有爱的青春陪伴者

图书在版编目（CIP）数据

因她过分可爱 / 萧筱晗著. -- 石家庄 : 花山文艺出版社, 2020.3

ISBN 978-7-5511-2337-2

Ⅰ．①因… Ⅱ．①萧… Ⅲ．①长篇小说－中国－当代Ⅳ．①I247.5

中国版本图书馆CIP数据核字（2020）第003647号

书　　名：	**因她过分可爱**
	YIN TA GUOFEN KEAI
著　　者：	萧筱晗
统筹策划：	张采鑫
特约编辑：	周丽萍
责任编辑：	董　舸
美术编辑：	胡彤亮
责任校对：	卢水淹
装帧设计：	颜小曼　西　楼
封面绘制：	扎小扎　陌水
出版发行：	花山文艺出版社（邮政编码：050061）
	（河北省石家庄市友谊北大街330号）
销售热线：	0311-88643221/29/35/26
传　　真：	0311-88643225
印　　刷：	长沙鸿发印务实业有限公司
经　　销：	新华书店
开　　本：	880×1230　　1/32
印　　张：	9
字　　数：	207千字
版　　次：	2020年3月第1版
	2020年3月第1次印刷
书　　号：	ISBN 978-7-5511-2337-2
定　　价：	36.80元

（版权所有　翻印必究·印装有误　负责调换）

Part 01 /001 爱的成本论	Part 05 /085 爱的凡勃伦效应
Part 02 /020 爱的科斯定律	Part 06 /109 爱的信息不对称
Part 03 /041 爱的途径依靠	Part 07 /132 爱的贴现率
Part 04 /061 爱的博弈论	Part 08 /153 爱的破窗理论

YINTA
GUOFENKEAI

目 录

Part 09/172
爱的奥卡姆剃须刀定律

Part 10/191
爱的木桶定律

Part 11/214
爱的需求定律

Part 12/235
爱的概率

Part 13/253
爱的干预

Extra 01/274
番外一 / 二货夫妻欢乐多之萌宠篇

Extra 02/278
番外二 / 二货夫妻欢乐多之萌娃篇

YINTA
GUOFENKEAI
目 录

PART 01 爱的成本论

xin la guo fen ke ai

在经济学里，
成本是指"机会成本"。
如果你为了一件事而放弃了其他机会，
其中收入最高的一项就是你的成本。
这个理论，同样适用于爱情。

❤ 粮食夫妇小剧场 ❤

听说您为了我放弃了艾美最有资历的陪购师,这是为什么啊?

 因为我有密集恐惧症。

这……有什么关系?

 靠近心眼儿多的人,我会不舒服。

您的意思是……我缺心眼儿?

（一）

星巴克靠窗的一角，倾泻在棕褐色木质小圆桌上的一缕春阳和流淌在空气中的慵懒爵士乐，交融出了几分岁月静好的味道。麦子轻啜了口冰摩卡，并没有因对面的争吵而破坏了好心情，反而看得饶有兴致。

穿着卡其色风衣的女子正咬牙切齿，恨不得将身旁的男友生吞活剥。而这个温文尔雅的男子却只平静地注视着她，一副波澜不惊的模样。

忽然，女子拍案而起，居高临下地指着男友尖声呵斥道："谷梁或，你就是故意的！"

男子抬手扶了一下英挺鼻梁上的金丝边眼镜，弯起精致的薄唇。睫毛下缘隆起两弯柔软的卧蚕，给他清澈如水的眼眸增添了几分亲和。这一抹浅笑，如雪地里映出的一缕晨曦，既清冽又温暖……

吃瓜群众麦子低头看了一眼平板电脑上的客户资料——谷梁或，29岁，C大经济学教授……

可教授的笑容显然对愤怒中的女友没有治愈力。她用食指指着谷梁或，声调一阵高过一阵："就说前几天我过生日，你送我个什么礼物？你自己说说，哪有生日礼物送皮炎平的？"

"咳咳……"麦子一口咖啡呛在喉咙里，赶紧拿过纸巾捂着嘴，偷笑——皮炎平？这什么鬼？

谷梁或却眨眨眼睛，一脸懵懂地看着女子，用清亮好听的声音慢条斯理地解释："其实一开始呢，我也想送你包包或者首饰之类的，但又怕买错了惹你不高兴。我问你要什么，是你自己说的要'999'……"

麦子强忍着笑，差点憋出内伤。她抿着嘴，轻声提醒道："谷教授，那应该是 Dior 的口红……"

谷梁或转过脸看向麦子，礼貌地点了下头，纠正道："麦小姐，我不姓'谷'。'谷梁'是个复姓，所以，你应该叫我'谷梁教授'……"

"呃……哦，对不起……"麦子调皮地鼓了鼓腮帮子。

女友还在盛怒中，这个时候适合科普您的姓氏吗？

可没想到，下一秒女子已经将火力对准了麦子。她盛气凌人地扬起下巴，指着麦子高声问道："她是谁？谷梁或，你陪我逛街，又带了个女的，什么意思？"

麦子刚想解释，谷梁或却抢先开口了。他脸上依旧挂着人畜无害的笑容，修长的手指平摊着指向麦子，郑重介绍道："这位是艾美私人形象管理公司的资深陪购师麦子小姐。今天请她过来，就是为了陪你购物。我了解过，麦小姐是艾美公司最优秀的陪购师，在业界很有名气。既然你想买衣服，这一块又是我的短板，不如就让麦小姐为你服务，这样也能节省时间成本。我下午还有课……"

资深？最优秀？有名气？

麦子来个发蒙三连，一双眼尾上扬的剪水明眸，随着这几个形容词的出现越瞪越大——这位教授口中描述的"麦小姐"，怎么连她自己都想问一句"同学贵姓"呢？

麦子还是服装学院大四的学生，在艾美私人形象管理公司只是做实习陪购师。工作经历不到三个月，何来"资深"一说？

而"优秀"就更不沾边了。她在艾美短暂的陪购生涯,简直可以用"劣迹斑斑"来形容。尽管她兢兢业业为顾客搭配出最时尚、最合身的服饰,但还是屡遭投诉。原因很简单——说话太直接,根本不经过大脑,一犯二就把顾客惹毛。

比如,她对一个坚持要买紧身裤的女士说:"就您那O形腿都能钻进一条狗了,当然要选阔腿裤啦!"

比如,她对一位体态丰满的女士说:"您这个身材,如果硬要穿白色风衣,那就成真人版'大白'啦!"

比如,她对一位看见百褶裙就移不开步的"中年少女"说:"您脸上的褶子比裙子上的还多,就省省吧!"

再比如,她跟一对老夫少妻说:"这爸爸太好了,给女儿买这么多漂亮衣服!"

……

如果非要说她在业界很有名气,估计也是"臭名昭著"吧?

而愤怒中的女子显然无暇顾及麦子的疑惑与震惊,依旧对着谷梁教授厉声呵斥:"节省时间成本?谷梁或,你觉得陪我逛街是在浪费时间吗?"

"呃……这不是最有效率的方法吗?"谷梁或澄澈的眼眸里闪动着孩子般的天真。

"够了!"女子冷笑一声,再次瞪向麦子。

如果眼睛里真能飞出兵器来,估计麦子一秒钟内就万箭穿心了。

"我看,你是觉得她长得好看吧?"女子咬着牙,每一个字都冒着森森的冷气。

麦子先是一怔,接着心中连叫"不好"——无辜吃瓜群众要被拉下水了。

因为屡遭投诉,她的老板兼大学师兄裴少霆给她提了个建议——装高冷。麦子本就长了张妖孽般冷艳的脸和模特一样高挑的身材,再板起脸来,还真会给顾客一种神秘莫测的专业感。

为了配合高冷路线,今天出门前她特意精心打扮了一番——静谧蓝的丝质紧身连衣裙,将她的好身材勾勒得玲珑有致。一件黑白相间的千鸟格西装松松搭在肩上,又平添了几分时尚与大气。她还特意将长发绾了个髻,只在鬓角松松拉下微卷的两缕。利落中带着妩媚,将原本的天真稚气遮掩得分毫不剩。

可现在,她肠子都悔青了。早知道会遇见这么一场乌龙,她宁可披个麻袋来。这下被人家女朋友当成狐狸精了吧?

"我想您是误会了……"麦子深吸一口气,尬笑,又战战兢兢地将一双黑丝包裹的长腿藏到桌下。

"你的确误会了。"没想到,谷梁或又抢着解释,"虽然在生物学的角度上,麦小姐是属于女性。但在今天这个语境下,她实际上是无性别的。我付给她钱,她带来她的陪购服务,仅此而已……"

What?

麦子瞪大眼睛,像看怪物一样看着对面这位英俊儒雅的教授,头上缓缓升起三条黑线——虽然道理上挑不出什么毛病,但这话听起来怎么这么别扭?她好歹也是服装学院的校花,在他眼里连个女人都算不上了?

而这位教授接下来的话,更是雷得她外焦里嫩。

"当然,客观上来讲,麦小姐的颜值是高于你,无论是相貌,还是身材……但你不必因此而自卑……"

麦子心中一万只羊驼呼啸而过——这个宝宝也太耿直了吧?居然比她犯二的时候还二!这是主动求"KO"吗?

果然。

"够了!"女子大吼一声,拿起桌上的咖啡使劲泼向了谷梁或,"分手吧!我再也不想看见你!"

(二)

在一阵浓郁的咖啡香中,女子一把抓起黑色漆皮小包,转身大步离去,细细的高跟鞋在地面上踩出了愤怒的节拍。

窗外依旧春光明媚,耳边的爵士乐依旧慵懒撩人。而我们这位温文尔雅的教授,还没来得及收起唇边的笑容,头上、身上已是一片狼藉。

麦子抬眸望望女子离去的背影,又转过来望望发梢还滴着咖啡的教授,蒙了……

而谷梁或依旧一副宠辱不惊的模样,只摘下眼镜,用纸巾擦了擦镜片。

"对不起,让你受到惊吓了。"他戴上眼镜,又给了麦子一个融化冰雪的笑容。

女友都跑了,他不去追,居然还在这儿安慰一个"非女性",这脑回路……

"呃……谷梁教授……我觉,你现在应该去追你的女朋友……"

谷梁或扭头朝门口的方向望了一眼,接着笑着摇摇头,语气温和:"算了,成功的概率不高。"

追回女友也要计算概率?行走的计算器吗?

"可是……你现在不追,恐怕是再难挽回了……"

麦子觉得作为"犯二"的同类,她有义务友情提醒一下。

谷梁或却无奈地摊开手:"是无力回天了啊!所以,追出去也是浪费成本。随她去吧。"

成本,呵,又是成本。麦子看着这位病入膏肓的"移动计算器",决定"弃疗"。

"哦,好吧……既然这样,那我今天的陪购也没必要进行了。"

她说完,暗暗松了口气——丢了一个客户,总好过多一个投诉。

可下一秒,麦子眼中又闪过一丝犹豫。她轻抿了下涂着梅子色口红的嘴唇,微蹙起眉头:"但……有一点要提醒一下谷梁教授。嗯……按照我们公司的规定,您之前预付的二百元定金……嗯……是……是不予返还的……"

她越说声音越小,头也渐渐低了下去。

之前也有过临时取消陪购的情况,因为退还定金的事可没少发生争执。麦子害怕谷梁或也会因这件事不满,但这是公司的规定她又不得不执行。

谷梁或看着她,嘴角渐渐弯起好看的弧度。

在这一刻之前,麦子并未引起他过多的注意。他只是觉得她长得很美。可那种美,就像时尚杂志上的模特,千篇一律,毫无灵性可言,看过,转头就忘了。

可就在她说出刚刚那番话时,那双用浓粗的眼线勾勒过的眼眸中,竟流露出一丝惊怯。让他联想到森林里悄悄出没的小兽,听见人声便惊吓得缩回头。

而再分辨,他不禁有些讶异——这双眼睛太干净了。若洗去妆容,分明就是个孩子。

谷梁或的沉默却让麦子产生了误解。她以为他真的因为定金的事不高兴了。行走的计算器,连追回女友都要算计的人,这二百块的定金肯定也是要斤斤计较的。那么接下来,是要投诉吗?

麦子不安地在桌子下面搓着手,歪头仔细斟酌着说:"嗯……来这儿之前,我根据你提供的照片研究过符合你女友的服饰,也做了形象分析、色彩分析等前期准备工作……按你之前的说法……这……这也是'成本'……对吧?"

情急之下,她居然用了一招"以彼之道,还施彼身"。

谷梁或微微一怔,接着轻笑:"嗯,这很合理。"

麦子本以为他会跟自己理论,可没想到竟这么痛快就答应了,如释重负。她站起身冲谷梁或微笑着点了下头:"好,既然没什么问题,那我走了,拜拜!"

她抓起包包转身猫腰就跑,生怕再生变数。

"麦小姐,请等一下。"身后响起谷梁或清朗的声音。

麦子驻足,转回身用警惕的眼神睨着谷梁或:"谷梁教授,你……你该不是反悔了吧?"

谷梁或无奈地笑了笑,接着用两只手在自己身上比画了一下:"你看我现在这副样子,实在没办法去上课。回家换衣服怕是来不及了。既然我已经预约了陪购,不如就请麦小姐帮我选套衣服吧!况且,那两百元的定金,如果不使用就会变成沉没成本,实在不划算……"

沉没成本?麦子皱了下眉,显然没听懂。但她看得出来,这位"铁算盘"是在计较这二百元定金,不过却不是跟她……

可马上麦子又喜上眉梢——管他什么意思呢!不投诉,又可以继续这个订单,那就是好事呀!

"好啊，那我们就继续进行！"麦子兴冲冲地坐回了座位。

谷梁或眼中含笑——还真是个小菜鸟，一惊一喜都写在脸上。

而麦子已经进入了工作状态，开始上一眼下一眼打量起谷梁或。

"教授，按照我们的流程，在陪购之前是要给顾客做一个形象定位的，包括你的五官、肤色、气质、身材、年龄、职业等等。但今天因为是临时更换了服务对象，所以来不及给您做具体的测试。我只能依靠我的经验，目测一下了。"

"哦，好，那就看吧。"谷梁或乖乖靠在椅背上，摆出一副任君观赏的姿态。

"教授，这样啊，您站起来转个圈。慢点！对，对，就这样！"麦子比比画画地指引着，全然把"高冷"二字抛诸脑后。

谷梁或很配合，站起身张开双臂，缓缓转了个圈。

麦子偷偷咽了下口水，心里估算着——身高大概有185厘米，宽肩细腰，双腿笔直修长，真是天生的衣架子……

这么个丰神俊逸的人物，竟不招女人待见，肯定是个脑回路不正常的怪咖。麦子在心中暗暗下了定义。

"教授，能给我看一下您的西装吗？"

了解顾客的品位和喜好，也是很重要的环节。

谷梁或很配合，脱下上衣递给麦子，只穿着白衬衫坐回了椅子上。

学了四年服装设计的麦子，刚刚触碰到这件西装就暗暗吃了一惊。深灰色的西装外套，样式没什么特别之处，可拿在手里却有种非常舒服的质感。她再看一下剪裁和做工，确定是纯手工制作。这样的一套西装，看似普通，但一定价值不菲。

是什么牌子呢？

伸手去翻领标，麦子愣住了——居然……没有领标！

这么考究的西装，却没有品牌，那便只有一个解释了。那就是服装设计师亲自为其量身定做，私下赠送的。一般都是身份贵重的人物才会享受这样的待遇。

麦子抬头看了一眼谷梁或，目光里透着疑惑——这怪咖到底什么来头？

"教授，这……是您平时穿的西装吗？"麦子试探性问了句。

谷梁或微笑着点点头："我对穿衣真的是一窍不通，平时上课就只穿这样的西装，也不用怎么搭配，总归穿不出什么笑话来。"

平时都穿这样的西装……

"还真是万恶的有钱人！"麦子低下头，从牙缝里挤出一句话。

"你说什么？"谷梁或挑眉问道。

"啊？"麦子一惊，赶忙摆手，"没……我没说话……呵呵……您一定是听错了……呃……我这个人呢，其实挺高冷的……不爱说话……嗯，对……不爱说话……"

说完，她故意将双手交叠放在桌面上，抬高下巴板起脸，摆出一副高冷矜持的姿态。

谷梁或看着她，忍住了笑。他似乎明白了，对面的这个小女生应该是初入职场还不太适应，或许是怕客户看不起她，所以故意装成熟、装高冷。人设定得不错，不过演技是真不怎么样。真正高冷的人，又怎么会自己一再强调呢？

"嗯，我还真不喜欢夸夸其谈的人。少说话，多做事，这样很好。"谷梁或并没有拆穿她，还想继续欣赏这拙劣的表演。

而麦子不禁一阵惊喜——这个高冷的人设，还真派上用场了。

（三）

就这样，谷梁或跟随着麦子走进了对面的商场。

因是工作日，商场里的人并不多，显得有些冷清。麦子昂首挺胸走在谷梁或身边，一双银色尖头高跟鞋踩得光滑的地砖咚咚作响，俨然一副时尚精英的模样。

可因用力过猛，细细的鞋跟居然踩进了地砖的缝隙。麦子依旧面不改色，接着咬紧牙关，气运丹田，将一股"真气"悄悄运到右脚上，然后暗自用力。终于在两次悄无声息的努力后，将鞋跟毫发无损地拔了出来。

虽前后不过十几秒钟，谷梁或却将她"运功"的每个细节尽收眼底，心里都笑翻了。

谷梁或低头瞥了一眼麦子的鞋："其实……你穿平底鞋应该会舒服些。"

麦子先是一怔，接着又是心头一暖。今天还是第一次有顾客关心她穿高跟鞋走路不方便。看来这个木讷的教授，还挺会关心人的。

"穿高跟鞋走路，噪音太大，我的耳朵不舒服。"

一句话，让沉浸在感动中的麦子瞬间清醒，原来，"舒服"是对他自己而言的。

她望着笑容可掬的教授，无奈地叹了口气，一句没经过大脑的话直接溜达出来了："唉，还真是个耿直 boy……"

"耿直"和"boy"这两个词，谷梁或都理解。可他觉着，放在一起应该就不那么简单了。

于是，刚刚迈上滚梯的他侧身问道："耿直 boy……是什么意思？"

麦子恨不得去撞墙。都说要少说话了,怎么又管不住自己这张嘴?幸好这个教授不懂网络流行语……

"呃……耿直 boy 嘛……就是形容这个……"她低头扫了一眼谷梁或笔直修长的腿,灵感来了,"嗯……腿很长很直,身材很好的男生……"

说完,她忽闪着假睫毛,给了谷梁或一个"蜜汁"微笑。

谷梁或迈下滚梯,斜睨着麦子的脸,不觉心中好笑——说谎,也要稍微有点演技吧?她就差把"胡说八道"这四个字写脑门儿上了。

"那……跟你穿高跟鞋有什么关系?"谷梁或故意促狭地问。

是啊,有什么关系?麦子翻了翻眼皮,并不灵光的大脑吃力地开启高速运转模式。

"嗯……我的意思是……教授,你身材好,个子又高,鹤立鸡群……当然体会不到高跟鞋对我等凡人的重要性了……"

谷梁或侧目打量着麦子:"以麦小姐的身高,不穿高跟鞋在女生里也算是'鹤立鸡群'了吧?"

他偏过头,好整以暇地看着她。

麦子只得硬着头皮继续圆:"教授,你是不知道高跟鞋对于女生的意义。女生穿上高跟鞋,就会不自觉地昂首挺胸,有一种气场全开的气势。"

为了配合自己表达的意思,麦子又挺了挺胸,步履铿锵。

谷梁或却微微颔首,低声细数高跟鞋的弊端:"时间长了会静脉曲张,还容易崴脚。最主要的是,遇到歹徒跑不快……"

这脑回路还真是异于常人啊!

"呵呵……"麦子转过头对谷梁或干笑两声,比比画画地说,"教授,如果你需要的话,我帮你挑一双健步如飞的鞋,让你无论遇到劫财还是劫色,都可以拔腿就跑!"

可话一出口,她马上又想撞墙了。胡说八道什么呢?怎么又放飞自我了?怎么又犯二了?

麦子趁谷梁或还没做出反应,赶紧赔着笑解释:"谷梁教授,我……我刚刚是开玩笑的……"

"哦,原来高冷的麦小姐也喜欢开玩笑呀。"

"哈?"麦子半张着嘴,无言以对。

幸好一抬头,走到了一家男装店。

这家店是麦子特意选择的。其实给谷梁或这样的衣架子搭配衣服倒不难,随便找一套有点档次的西装,他就会穿得很好看。可难就难在他的品位上。若只是个土豪,直奔国际大牌的店准没错,可他偏偏只穿设计师手工定制的西装。若真带他去了阿玛尼之类的店,怕是会被嫌弃。思前想后,麦子决定反其道而行之。

这家店装潢风格颇具古风,空气里还流淌着幽雅的古筝曲,服装也都是带着古风元素的。因麦子见谷梁或眉宇间有着浓浓的书卷气,觉得他的气质很适合。

麦子很快进入了工作状态。她先在衣架上扫视了一圈,目光落在一件暗红色、衣领和袖口带着祥云纹样的西装上。她拿起西装,利落地在谷梁或身上比了一下,然后又摇摇头,放了回去。接着,她又拿起旁边一件藏蓝色的,在谷梁或身上比了比。

谷梁或看着麦子,一丝笑意漫上嘴角。这时的她又展露了另一层面的美——进入到专业领域的那份认真和专注。

"这件不错,试一下吧。"麦子语气坚定。

谷梁彧很听话，在店员的带领下进了试衣间。趁着他换衣服的空隙，麦子又挑了搭配的衬衫和领带。

谷梁彧从试衣间走出来，站在镜子前。

几个女店员都发出了惊叹。

"先生，这件西装就好像是为您量身定做的一样。"一个女店员微微红着脸说，"您穿着比我们的模特还好看！"

谷梁彧只是礼貌地笑了一下，接着用征询的目光看向麦子。

而此时的麦子，正一眨不眨地盯着镜子里那个身影。这件西装乍一看很普通，可在灯光的映衬下在后背隐隐浮现出一条龙。龙身蜿蜒向上，龙口正对着衣领的开口处。剪裁得体的设计，将谷梁彧的线条勾勒得更加英挺，古朴典雅中又隐隐透着几分王者之气。

"谷梁教授，我觉得这件衣服很能衬托出你的气质。你自己觉得呢？"麦子走到谷梁彧身旁，望着镜子里的他，轻声问道。

谷梁彧的嘴角浮起一抹浅笑，点点头："嗯，我很喜欢。"

走出店门，麦子拍着胸口长长舒了一口气："呼……总算完成了这个艰巨的任务。"

"怎么，帮我买衣服很'艰巨'？"谷梁彧有些惊讶。

麦子嘟着嘴，指了指那件沾了咖啡的西装："教授，你都穿这种私人手工定制的西装，有钱也买不到的。我就想，你应该对衣服很挑剔。真是生怕挑不好就会被你嫌弃。"

谷梁彧先是一怔，接着笑着摇摇头："麦小姐误会了。其实这件衣服是别人送的，我就只管穿，也不知道价钱。我觉得穿什么都无所谓的。"

"啊？原来你是不识货啊！"麦子瞪大眼睛，提高了声调，"真是可惜了那么上乘的西装，简直是暴殄天物！"

学服装设计的人，对衣服总有着一种特别的情结，仿佛衣服也是有生命的。麦子脱口而出，为谷梁或的西装抱打不平，一时间又忘记了自己高冷的"人设"。

而下一秒，她就在谷梁或似笑非笑的目光中，赶紧捂住了嘴。

谷梁或看出她的慌乱，只淡淡笑着，没说什么。

麦子轻轻呼了一口气——幸好他没有在意。她发现这位教授性格迥异，所以生气的点似乎也不一样。所以，他对她的口无遮拦并没有产生反感。这个新发现，让她轻松了不少。

谷梁或低头看了看新买的西装，嘴角浮起赞许的笑容："麦小姐的眼光真不错！而且，我一直很喜欢带古典元素的东西。"

"哈，我果然猜对了！"麦子一高兴又口无遮拦了，"教授名字中的'或'字，我只在古文里见过。所以就猜测，你应该喜欢这一挂的。你们这些有学问的人起名字都特讲究，不像我，姓麦，就叫麦子，太普通了。"

"'麦子'这名字很好啊！"谷梁或抿唇想了想，"嗯，煮熟了能吃，有丰收的气息。"

这个解读让麦子瞬间有种在金灿灿的田野上扭大秧歌的冲动。

她无奈地笑了一下后，回敬道："那教授的姓——谷梁，让我不禁联想到谷子和高粱，也是充满着丰收的气息啊！"

"嗯，我们俩走在一起，还真是'五谷丰登'啊！"

麦子忽然想起小时候家里贴的年画。而他们俩仿佛成了画上抱着大鲤鱼的胖娃娃，头上顶着四个大金字——"五谷丰登"。

走出商场，麦子抬腕看了看表，然后对谷梁或展露了一个职业性的微笑:"好了,谷梁教授,今天的陪购就到此为止吧。刚刚好一个小时,按我们的收费标准是八百块。你之前预付了两百,再付给我六百块就好了。"

谷梁或掏出钱包,很爽快地付了钱。

"谢谢。"麦子将钱包收好,弯腰鞠躬,一字不差地背诵起来,"如果您对我的服务满意的话,麻烦登录我们公司的网站,给个好评。祝您生活愉快,再见!"

"等一下。"谷梁或拦住麦子,"我还想再预约一次陪购,可以吗?"

"啊?"麦子毫不掩饰眼中的惊喜,"当……当然可以啦!"

麦子简直不敢相信。在她的陪购生涯中,能不被投诉已经要谢天谢地了。真没想到,还有人愿意当她的"回头客"。

谷梁或将她的表情尽收眼底,温和地笑着说:"我也是很久没买衣服了。你帮我挑的这件,我很喜欢,所以想再预约一次。"

麦子赶紧掏出手机,迅速在屏幕上划动了几下,激动得有点结巴:"我……我看一下啊……那个……下周三可以吗?"

"周三下午,我有时间。"

"好,那就下周三见!咱们微信联系!"

麦子心情大好,忽然觉得应该附赠这位钢铁直男教授一些友情提示,帮他挽回一段感情,也算是做善事了。

"对了,教授,我感觉你的女朋友就是想让你陪她逛街,她应该并不是很在意是否能买到合适的衣服。你们俩之间就是有点误会,也没到不可挽回的地步,你回去哄一哄她就好了。"

可没想到,谷梁或却斩钉截铁地说:"不必了,我和她不合适。"

"哈?"麦子没想到他会是这么个反应。

"就拿逛街这件事来说,既然目的不是为了买东西,那为什么要浪费时间成本呢?"谷梁彧倒是很耐心地跟她解释起来,"大半天的时间,可以做很多事情。如果我用这半天的时间去校外上课,课时费大概是五千块。也就是说,陪她逛一次街,我就损失了五千块。真的很不划算。"

"不是不是……教授你该这么想,虽然损失了五千块,可是你会收获爱情啊!难道,你觉得爱情不值五千块?"麦子瞪着大眼睛,语气夸张。

镜片后,精光一闪。

"好,那我们就来说一说'成本'这件事。"谷梁彧竟摆出了上课的架势,"我认为逛街损失的成本是五千块的课时费,而你认为,不逛街损失的成本是爱情。而五千块的课时费对我而言是唾手可得的,这就是我逛街所放弃的代价,是成立的。但爱情?本就是捉摸不定的东西,难道真的逛一次街,就能收获爱情吗?答案当然是否定的。所以,你所说的'成本'并不成立。"

看着滔滔不绝的教授,麦子感觉脑细胞明显不够用了。

"好了好了……教授,我对经济学一窍不通。你就别再对牛弹琴了。"麦子举手投降,"我只知道,女生都是喜欢逛街的。如果你对陪女朋友逛街这件事如此反感,那么真的很难脱离单身。"

谷梁彧忽然一挑眉:"那麦小姐的闲暇时间也会用来逛街吗?"

麦子失笑:"我当然不一样了。逛街,那是我的工作。休息的时候,当然不会再逛了。你没听说,厨师回家都不做菜的吗?"

谷梁彧露出满意的笑容:"像麦小姐这样的女生就很聪明,懂得用消遣来赚钱,那么剩余的时间就可以做很多有意义的事了。你很懂得资源分配。"

面对突如其来的夸奖,麦子有点哭笑不得。不过话已经说得很明白了,去不去挽回女朋友那是人家自己的事。她这也算是仁至义尽了。

"呵呵,那谷梁教授,咱们今天……就到这里吧!下周三见!"

"对了,下次……别穿高跟鞋了。"谷梁或眸色渐深,"也别化这么浓的妆。"

不知为何,他忽然想看到她卸去所有伪装,最本真最自然的模样……

PART 02 爱的科斯定律

yin la guo fen ke ui

经济学中的科斯定律是指
在交易费用为零或者接近于零的情况下,
资源往往会流到价值最高的用途上去。
在爱情中,可以理解为
谁更在乎,谁付出的成本就更高。

♥ 粮食夫妇小剧场 ♥

既然你对我不满意,那我也不奉陪了!谁再给你陪购,谁是小狗!

 好吧,那我只能投诉了。

汪汪汪……

 ……

(一)

春日正午的阳光折射在写字楼的玻璃墙体上，晃得人睁不开眼。麦子从地铁口拥挤的人流中钻出来，踩着细细的高跟鞋一路小跑进了写字楼。刚进电梯，包里的手机响了——是微信的提示音。她掏出一看，嘴角立刻浮起甜蜜的笑容。

"回来了吗？直接来我办公室。"

正是老板裴少霆。

麦子用胳膊夹着包，双手捧着手机飞快地回复："回来了，已经进电梯了。"

收起手机，麦子抬头看见镜子里映出自己的脸——双颊绯红，眼角眉梢掩藏不住羞涩的喜悦。

裴少霆是麦子大学的师兄，比她高两个年级，也是学校的风云人物。自从在迎新晚会上看见这位阳光帅气又意气风发的师兄，麦子便芳心暗许。虽不在同一个系，但她仍想尽一切办法接近裴少霆。

为了弄清楚男神住哪个宿舍，她在网上买了一堆男士白T恤，自己精心地画上了图案，跑到男生宿舍楼挨个宿舍推销。结果，还没见到裴少霆，就被门卫大爷轰出来了。可她不灰心，又买通了裴少霆经常去的那家网吧的网管，搞到了男神的游戏账号。从来不玩网游的麦子，辛辛苦苦打怪升级，一个月后终于在游戏里跟男神搭上了话，还成功约出来见面。可当她打扮得漂漂亮亮出现在约会地点时，见到的却是个满脸青春痘、眼镜像瓶底一样厚的猥琐宅男。原来消息有误，她在游戏里一开始就锁定了错误目标。

虽说屡战屡败，麦子却是越挫越勇。参加裴少霆组织的社团、为他的篮球比赛当啦啦队……制造一切能与他见面的机会。终于皇天不负有心人，麦子在男神毕业前混了个脸熟，还成功加上了他的微信。

从那一天起，麦子时刻关注着男神的朋友圈动态。看到裴少霆白手起家，逐步创立了艾美——C市唯一一家私人形象管理公司，麦子的自豪感油然而生。虽然人家创业跟她半毛钱关系都没有，但她就是觉得心里想着这样一个优秀的人，自己也跟着发光了。

为了引起男神的注意，麦子精心设计她的二次元世界。她看见裴少霆的头像是一只蓝眼睛的可爱猫咪，便断定男神是个吸猫暖男。于是，她也将自己的头像换成一只小白猫，造成"情头"的假象。此外，她还每天都在朋友圈分享猫咪的可爱图片和养猫小贴士。直到有一天，她看见裴少霆在朋友圈洋洋洒洒致敬了自己的偶像——卡尔·拉格斐，并配了老佛爷与爱猫的合影。她这才明白男神根本不吸猫，而那猫也不是普通的喵星人，人家是"时尚大咖"啊！

在反省自己的无知后，麦子决定另辟蹊径——与其投其所好，不如主动勾引，哦不，是吸引！翻译过来就是——晒猫不如晒自己！她要在男神的视野里，营造出积极向上、努力生活的形象。每天晨练，她迎着朝阳比出剪刀手，展露朝气蓬勃的笑容；每次熬夜做设计图，她捧着速溶咖啡，用笑容遮盖黑眼圈，再配上一句类似"每个不曾起舞的日子，都是对生命的辜负"之类的鸡汤……她觉得只有这样努力生活的女子，才能配得上奋发有为的男神。如果裴少霆在她发的朋友圈下面点了赞，或是发表个评论,她就会跟打了鸡血一样兴奋一整天。

麦子在朋友圈给自己强行植入推销广告,果然成效显著。她刚刚开始毕业实习,就接到了裴少霆抛来的橄榄枝。他约她出来,侃侃而谈地描绘着艾美公司的壮美蓝图,以及陪购师这个新兴职业的发展前景。麦子望着近在咫尺的男神,双手捧腮,露出星星眼,晕乎乎地就把自己做服装设计师的梦想给"雪藏"了,欣然接受了陪购师这份工作。

在艾美的这三个月,麦子没事就往裴少霆的办公室钻。他不在,她就偷偷在他办公桌上放小零食。他在,她就没话找话跟他套近乎。裴少霆对麦子的态度一直很亲切,有时也会招呼她一起分享裴妈妈的爱心盒饭。他还有意无意地说起,麦子是他师妹,感情就是跟别人不一样。

每每想到两人接触中的一些小细节,麦子就会心潮起伏,一脸痴汉样儿……

艾美的规模并不大,目前只有三个形象顾问、五个陪购师和两个文员。这几个员工都在同一个办公区,中间用隔断隔开。因为陪购师的工作主要在外面,办公区里经常没几个人。

穿过员工区,麦子直接敲开了裴少霆办公室的门。

阳光透过落地窗,给男子修长的身影镀了一层金边。他朝麦子招了招手,狭长的桃花眼映着晶亮的光,嘴角荡漾着温暖的笑容。

麦子只觉得瞬间血槽就空了。

"师兄,你找我?"她迈着小碎步,像只雀跃的小鸟。

裴少霆指了指沙发,示意麦子坐下,然后自己也挨在她身边坐了下来。

麦子闻到他身上熟悉的男士香水味,脸颊微微发烫,又有些晕乎乎了。

"还没吃午饭吧?"裴少霆的语气很亲切,仿佛是跟亲人闲聊。

麦子羞涩地点点头:"嗯,还没来得及吃呢!"

"努力工作是好事,但也要爱惜身体啊!你看,都几点了?不知道的,还以为我这个老板苛待员工呢!"裴少霆将身子向后靠,伸开一只手臂轻轻搭在沙发背上,虽没触碰到麦子的背,却造成一种搂着她的错觉。

麦子心中一阵小鹿乱撞,说话也有点结巴了:"我……我一会儿去泡个方便面。"

裴少霆轻笑,眼中的柔情一闪而过:"方便面没营养,还是少吃为好。喏,我妈包的饺子,特意给你留的。"

裴少霆将茶几上的一个保温饭盒推到麦子面前,打开了盖子。

"青椒馅的。记得你喜欢。"

他边说边拿过一双方便筷子,掰开,又细心地磨掉木屑,放在了盒盖上。

麦子低着头,不敢看裴少霆的眼睛,更不敢让他看见自己绯红的脸颊。

"你……你吃了吗?"

裴少霆淡淡一笑,柔声说道:"我吃过了,这是特意给你留的。快吃吧!"

喜悦像绚烂的烟花在麦子的心田上绽放。她微微颤抖着夹起一个饺子,轻轻咬一口,唇齿间竟都是甜的……

裴少霆起身,又倒了一杯温水放在麦子面前,闲闲地问了一句:"今天还顺利吗?"

"嗯,顺利!师兄,今天的客户不但没投诉我,还跟我预约了下一次陪购呢!"麦子咽下一口饺子,喜滋滋地跟裴少霆汇报今天的成果,欢喜雀跃的模样好像是考了一百分回家的小学生。

裴少霆极自然地将手搭在麦子的肩膀上,语气里带着几分夸张:"是嘛,有进步啊!我说什么来着,你就是有潜力的,所以,千万不要因为之前的几个投诉就灰心丧气。只要你努力,就一定能成为我们艾美最优秀的陪购师!"

麦子的脸又红了,她羞涩地低下头:"都是师兄包容我。之前我表现那么差,师兄都从来没责备过我……换作别的老板,怕是早就炒鱿鱼了……"

"说什么傻话?"裴少霆温柔地注视着麦子,"你可是我的师妹,又是我亲自招来的。我对你可是抱着很大期望的。我知道,你还没毕业,一只脚刚迈进社会,人又单纯,一开始当然会有各种不适应。咱们都是从这个时期过来的。放心吧,师兄只会慢慢教你,永远不会开除你的!"

一股暖流涌上心头,麦子憨憨地笑了,歪着头说:"师兄,今天之所以这么顺利,都是因为你教我要装高冷。客户果然很满意。"

"这都是我这两年总结的经验啊!直接传授给你,也省得你走弯路。"裴少霆故意眯起眼睛打量着麦子,"嗯,你今天这套装扮就显得很专业,再不像个冒冒失失的大学生了。而且……很好看……"

最后那句话,他说得意味深长。

他说,她很好看……麦子红着脸,埋头继续吃饺子,而这一次,却是从舌尖一直甜到心里去了……

回到自己的位置,麦子用双手捂着滚烫的脸颊,嘴角还是不自觉地上扬着,眼中也是柔波流转。可几秒钟后,她的注意力便被身后那个隔断里的窃窃私语吸引了……

"喂，今天新来的那个妹子好像也是咱们裴老板的师妹。"

麦子竖起耳朵——又来个师妹？难道是她服装学院的同学？

"我看见了，老板可是殷勤呢，几乎是搂着肩膀带她进办公室的。出来的时候，小姑娘的脸红扑扑的……"

笑容凝固在麦子的嘴角。

"哎，那小姑娘长得还挺好看的。咱们老板还真有一套，把他大学里有姿色的师妹都招来了。对了，我还听见老板喊她的名字，可亲切了，一口一个'思雨'，连姓都省了。"

思雨？难不成是刘思雨？麦子瞬间瞪大了眼睛，今天所有的好心情一扫而空。

刘思雨跟麦子同系不同班，两个人的名字却经常被放在一起。那是因为，她们俩轮流坐着服装学院校花的宝座。

刘思雨走的是清纯玉女路线，长发飘飘，爱穿飘逸的长裙。每天化着不着痕迹的淡妆，巧笑倩兮，就是男生们心中那朵圣洁的白莲花。

而麦子却是那种对自己的美浑然不知的类型。她从来不精心打扮，可架不住长相妖冶、身材性感，只一件普通的T恤衫搭配牛仔裤，都能让男生流鼻血。所以，还是被贴上了"妖孽祸水"的标签。

本来麦子对"校花"这个头衔并不在意，对刘思雨也没什么特别的感觉。可没想到刘思雨却把麦子当成了假想敌，什么事都要与她一争高下。正所谓"明枪易躲，暗箭难防"，刘思雨总在背后玩阴的，害得麦子吃了好几次闷亏。麦子气急了找她理论，她便瞪着无辜的眼睛，挤出两行委屈的眼泪，哭得梨花带雨，让大家都觉得是麦子在欺负她。麦子本就一根筋，遇到这种白莲花，自然溃不成军。于是这两大校花，便势同水火了。

"真是阴魂不散！"麦子气鼓鼓地嘟囔了一句，又将双手握成拳头抵在太阳穴上，念道，"白莲花，绿茶婊，退散！退散！退散……"

而她的"念力"，倒是把不远处的手机给"念醒"了。随着欢快的旋律响起，身后隔断里的私语戛然而止。接着，形象顾问高梦洁和陪购师徐璐故作轻松地走了出来。这两个人应该算是麦子的前辈了，是一开始就跟随着裴少霆的老员工。

麦子没理会她们，只伸手拿起手机，屏幕上显示的是"杨柳"。

杨柳是麦子的高中同学兼闺蜜，大学又都考到了同一座城市。虽说一个在服装学院学服装设计，一个在C大学法语，但感情依旧笃厚。

"喂，麦子！"刚接通，电话里便传来杨柳急切而夸张的声音，"江湖救急！十万火急！我们不是说好做彼此的天使吗？'小天使'这次我只能靠你了！"

麦子扶额——她的"江湖救急"一个月能上演七八次，每次都会说"我们是彼此的天使"，搞得麦子都差点以为自己长翅膀了。

"又出什么事了？"麦子已经淡定了。

"哎呀，今晚我大本命来C市开演唱会！作为铁粉，我必须去应援！义不容辞！"杨柳的语气像要英勇就义一样。

麦子无奈地翻了个白眼。她知道，杨柳是个特别"花心"的追星族。她所谓的"本命"，经常两三个月就换一个。记得她上个月粉的是朱一龙，还一本正经地介绍自己是"朱太太"。麦子一开始没反应过来，还忽闪着大眼睛问：" 猪太太？佩奇她妈吗？"

"你又哪个'本命'啊？"麦子摇头叹息，"再说，你的'本命'开演唱会，我能帮上什么忙？我又弄不到票！"

"就是K-one啊！哎呀，简直帅出天际了！他的演唱会，我必须得去！当然，票我已经有了，就是有点小麻烦。演唱会的时间刚好跟我一节选修课撞车了。如果旷课会被扣学分，那就耽误我毕业了。拜托拜托，麦子小天使替我去上课吧！"

"我又不是你们学校的，万一被抓了怎么办？"

"不会的，就是选修课，好几十人的大课。老师根本不认识我。你只要偷偷躲在角落里，等他点名时答个'到'，就OK了！"

麦子考虑了一下，这个操作的确没什么技术难度，便一口答应了。

"么么哒，爱你！麦子小天使，你最可爱了！"杨柳在电话里欢呼，"等下我把教室地点发给你哈！晚上七点，别迟到了！"

麦子计算了下时间，下午还有个陪购大概到六点结束。她简单吃口饭，刚好能赶上七点的选修课。

可"小天使"今天的运气好像在中午形成了个分水岭。自从知道刘思雨也要来艾美，她便又开始倒霉了。下午的这个客户是个四十多岁的贵妇，要求特别多，也特别难缠。麦子给她搭配的衣服她看不上，而她自己的品位又实在一言难尽，麦子只得耐着性子陪她走了一圈又一圈。

(二)

好容易打发走了这位富婆，一看时间已经六点四十分了。麦子赶紧打了个车往C大赶。还好路上没堵车，她提前两分钟气喘吁吁跑进了教室。

可当麦子想找个偏僻的角落时，却发现只有第一排正中间有空位了。她想起杨柳说上课的老师并不认识她，也就坦然地坐在了第一排。

门口传来一阵脚步声，教室里的嘈杂戛然而止。麦子抬头望向走进来的老师，瞬间目瞪口呆。

修长挺拔的身形,白皙隽秀的脸庞上。如雕刻般英挺的鼻梁上架着金丝眼镜,镜片后的眼眸清澈如水……而最让麦子觉得扎眼的是,他穿着一件藏蓝色带古风元素的西装,将整个人的气质衬托得更加俊逸出尘……

居然,是谷梁彧!

而刚刚站上讲台的谷梁彧一眼就看见了坐在第一排正对着他的麦子。

她是他的学生吗?谷梁彧有些疑惑。他虽说算不上过目不忘,但自己教过的学生多多少少也是会有印象的,更何况麦子的相貌如此出众。另外,他记得上午跟麦子刚见面时的情形,她的反应明显不是见到学校的老师的样子。

谷梁彧又居高临下扫了一眼都要将头钻进书桌里的麦子,决定弄个清楚。

"上课之前,我们点下名。"谷梁彧翻开了点名册,"张楠……"

"到!"

"顾程远。"

"到!"

……

每喊出一个名字,谷梁彧都会偷偷瞥一眼麦子。

"杨柳……"

听到这个名字,麦子一个激灵,飞快地将笔记本竖起来挡住了脸,然后怯生生地举起手:"到……"

谷梁彧觉得好笑,这个动作不是欲盖弥彰吗?他微微眯起眼,心中有了数——哦,这次你叫"杨柳"。

点过名之后，麦子偷偷瞥了一眼谷梁或。看见这位教授并没有什么异样的表情，一颗心稍稍安稳了。她心存侥幸——或许这教授眼神不好，压根就没认出自己呢？

"好，我们来复习上节课的内容。"谷梁或翻开了教材，语气平和，"找一位同学回答一下吧！嗯……杨柳，你来解释一下，什么是'科斯定律'？"

判断失误，他眼神挺好……

麦子瞪大眼睛望着讲台上的谷梁或，大脑一片空白。

谷梁或则清了清嗓子，故意环顾教室，又问道："杨柳，来了没有？"

麦子如坐针毡——如果她不作声，那就证明杨柳没来上课。可如果她站起来回答问题，那就等于自投罗网。真是伸头一刀，缩头也是一刀。

"杨柳？"谷梁或微微蹙眉，提高声调，"没来吗？那……我可要记上旷课了……"

如果旷课会扣学分，还会耽误毕业……

"到！"麦子想起杨柳说的话，一下子从椅子上弹了起来。

谷梁或镜片后的眼眸精光一闪，嘴角隐隐浮起一丝难以捕捉的笑意："好，杨柳同学，你给大家解释一下，什么是'科斯定律'。"

麦子挠着头，一脸便秘的表情，天晓得这个"科斯"是卖什么的呀？

"不用紧张，回想一下上节课的内容，慢慢说……"谷梁或微微颔首，循循善诱，"杨柳同学……"

"呃……这个……我……我不知道……"麦子满脸通红。

谷梁或摇摇头："看来'杨柳'同学上节课没有认真听讲啊！那你课后留下来，我帮你复习一下。好，请坐吧。"

麦子坐下后，委屈巴巴地望着从容淡定的谷梁或，内心在呼唤——

我们不是"五谷丰登"组合吗？年画娃娃何苦为难年画娃娃？

接着，她偷偷掏出手机，给杨柳发了条微信："完蛋了！被教授抓包了！怎么办？怎么办？"

可等了半天，杨柳也没有回应。麦子叹了口气，脑海中已经勾勒出这个脑残粉在气氛热烈的演唱会台下挥舞着荧光棒的痴汉相。这个时候，别说是微信了，怕是打雷她都听不见吧？

此时，谷梁或已经若无其事地开始上课了。他的声音清亮好听，给人一种如沐春风的感觉。他的语言也风趣幽默，时不时就将同学们逗得哈哈大笑。

可麦子此刻只在思考一个问题——到底要怎样才能保住杨柳的学分呢？

就在麦子冥思苦想的时候，旁边两个女同学的低声交谈传入耳中。

"谷梁教授讲的经济学真是太有意思了。我这个对经济学一窍不通的人，都听上瘾了呢！怪不得他的课这么难抢！"

"咱们C大的学生就是幸运，听说外校请他上一节课好几千块呢！"

原来这位谷梁教授这么厉害。麦子偷偷抬眸瞥了一眼谷梁或，眼珠一转，一个计划成型了……

下课铃声响了，同学们陆陆续续走出了教室。谷梁或站在讲台上一声不响地收拾着东西。

麦子低着头一步一步挨到了讲台旁，用蚊子一样的声音喊了声："教授……"

谷梁或这才抬起头，推了一下眼镜，挑眉问道："你是杨柳？"

麦子红着脸，摇了摇头："我……我不是……我是……麦子……"

"哈，我还以为得了脸盲症，看谁都长成一副模样。"谷梁或戏谑道,"不过,麦小姐,你忽然跑到我的课堂上来,还顶替了我学生的名字,倒是把我给弄糊涂了。"

"是这样的!"麦子抬起头看着谷梁或,深吸一口气,快速而夸张地说,"我早就听说谷梁教授的经济学课特别精彩,很多对经济学一窍不通的人,听一节课都会爱上经济学。我特别仰慕谷梁教授!一直就想来听您的课!今天有幸能为您陪购,我就更按捺不住仰慕的心情了。刚好我一个同学选修了您的课,我就软磨硬泡,让我顶替她来听一节您的课,这样……这样……我就死而无憾了!"

麦子表情夸张,说完后马上喘了两口气。这段台词,她可是在大脑中排练了 N 多遍。

谷梁或眯起眼:"你对经济学感兴趣?"

"特别感兴趣!"麦子双手交握放在腮边,目光中满含向往,"我从小的理想就是做个经济学家!"

看着麦子那双黑白分明的眼睛和一脸夸张的表情,谷梁或很想笑。她真的不适合说谎。以经济学家作为理想的人,会连科斯定律都不知道?而且他们上午见面的时候,她可是丝毫都没表现出对自己的仰慕。

麦子看见谷梁或的嘴角微微抽动了一下,表情似乎也变得柔和了,又仗着胆子继续说:"那个……谷梁教授……杨柳其实并不想旷课的,都是我一个劲地求她,她实在拒绝不了,才让我来上这节课……她还千叮咛万嘱咐,一定要我把这节课的知识点都记下来,回头儿告诉她。教授,都是我的错……你可千万千万别给她记旷课呀!"

哦,这个才是真实的目的。谷梁或心中已猜出了七八分,但看到麦子小心翼翼的眼神,他的心又软了。这门选修课本就是给 C 大其他专业对经济学感兴趣的学生提供一个了解的机会,倒也不必太苛求。而且不知为何,他总是会被她不经意流露出的怯怯的样子戳中心里的某根弦……

"你也是C大的学生?兼职做陪购师?"谷梁或没有深究,而是岔开了话题。

麦子一怔,忙如实回答:"不是,我是服装学院的,大四了,在艾美公司做毕业实习。"

"哦,很高兴你能对我的专业感兴趣。"谷梁或捧起讲台上的一摞书本,做出要走的架势,"那今天就……"

话音未落,教室的门忽然"嘎吱"一声开了。谷梁或和麦子齐刷刷看向门口,只见一个娇小的身影慢吞吞地挤了进来,接着一瘸一拐朝讲台艰难地移动。

"杨柳?"麦子瞪大了眼睛。

穿着黑色熊本熊T恤、浅蓝色牛仔裤、扎着马尾辫的杨柳,双眼含泪扑到了讲台前,委屈巴巴地说:"谷梁教授……我今天……我今天从楼梯上摔下来……把脚给崴了……"

麦子将目光聚焦在杨柳的左脚上,果然缠着纱布。这道具做得还挺用心呢!

杨柳瘪着嘴继续声泪俱下:"我真的不想旷课的……可是……可是实在行动不便,要请假开假条也来不及了……所以……所以只能拜托这位同学替我上课……教授……我知道错了……就……就原谅我这一回吧……"

麦子望着天花板,心里暗骂:不怕神一样的对手,就怕猪一样的队友!本来都过去了,她还自己往枪口上撞!

谷梁或看了看哭得梨花带雨的杨柳,又看了看一脸生无可恋的麦子,摊开了手:"我本来已经想睁一只眼闭一只眼了,这可是你们自己没配合好。这种情况……我只能记旷课了。"说罢,他放下怀中的书本,抽出了点名册。

"啊?不是……教授……我……我都崴脚了……这么惨……您有点同情心啊……"杨柳情急之下一把按住了点名册。

谷梁或慢悠悠地拆穿了她:"可是麦小姐刚刚说,是因为仰慕我,上午又为我陪购,所以才恳求你把上课的机会让给她……"

"啊?"杨柳傻眼了,扯一下麦子的袖子,压低声音,"你怎么不早告诉我,你给谷梁教授做陪购啊?"

麦子咬着牙:"那你也没告诉我,你个学法语的居然去选修经济学啊!八竿子打不着的课,我哪知道会这么巧?"

"废话!还不是因为教授长得帅……"杨柳越说越没底气。

谷梁或将双臂环抱在胸前,微微扬起下巴:"行了,杨柳同学,事到如今该说实话了吧?坦白或许还能争取个宽大处理。"

"对不起教授……我……我是去看我'爱豆'的演唱会了……"杨柳低下头,像个泄了气的皮球。

"爱……豆?"谷梁或蹙起眉。这些小朋友的流行语对他来说还真是盲区。

"教授,'爱豆'就是偶像的意思。英文 idol 的音译。"麦子这回来能耐了,赶紧科普。

杨柳望向天花板——这是重点吗?

谷梁或点了点头:"哦,追星族啊!因为追星就不来上课,还欺骗老师。这个情节很严重啊!你又自投罗网,那……我只能记你一个旷课了……"

说完，他掏出了钢笔。

"啊，别呀教授！"杨柳用手死死捂住点名册，"刚刚……刚刚不是说了'坦白从宽'的吗？"

"可规则一旦制定，就不能违背……"

谷梁或话还没说完，忽然感觉衣兜里的手机振动了一下。他掏出一看，眉心拧成一团。

"麦小姐，咱们做个交易。"谷梁或揣起手机，看向了麦子。

麦子蒙了："交……交易？"

谷梁或抿了下嘴唇："只要麦小姐陪我一起走出教学楼，我就当今天的事没发生过。"

麦子和杨柳面面相觑。

"就……就走出去……就行了？"麦子瞪着眼睛确认。

谷梁或点头："没错，就跟我一起走出去就可以。不管见到什么人，发生什么事，你只管跟今天上午一样装高冷就好了。"

装……装高冷？麦子的身子不禁晃了晃。原来他早就看出她是装的了……

见麦子还傻愣愣的，杨柳赶紧推了她一把，附在她耳边说："喂，你发什么呆，赶紧答应啊！不就是和教授一起走出去吗？我在后面做掩护！大庭广众的，你又不会少块肉！"

"哦，好……"麦子机械地点点头。

就这样，麦子和谷梁或并肩往外走，杨柳则保持着一定的距离，偷偷跟在后面。

走到门口时，麦子一下子就明白了。

那个穿着卡其色风衣的女子就站在台阶上，昏黄的路灯光映着她严肃而高傲的脸。而当她看见站在谷梁或身边的麦子时,一双眼又喷出了火。

"谷梁或,你……你怎么还跟她在一起?"女子指着麦子,胸口剧烈地起伏着。

谷梁或则淡定地推了推眼镜,又扯出一丝优雅的笑容,不疾不徐道:"哦,麦小姐说对经济学很感兴趣,又一直想来听我讲课,我就带她一起来了。"

麦子张了张嘴,无可辩驳——这些话的确是她刚刚说过的。

"我就知道,你跟她肯定有鬼!谷梁或,你……你脚踩两只船……你太欺负人了!"女子红了眼圈。

谷梁或却一脸懵懂地眨了眨眼:"可是……唐莉,我们不是上午就已经分手了吗?还是你提出来的。我现在是单身,跟谁走在一起,有什么问题吗?"

"你……你……"唐莉气得嘴唇直哆嗦,又狠狠瞪了麦子一眼,"好,谷梁或,这次我们彻彻底底分手了!"

"哦,好。我尊重你的决定。"谷梁或冲她展开一个温暖和煦的笑容。

麦子就算再二也看明白了,这位教授根本就是在气人。

唐莉瘪了瘪嘴,哭着跑走了。

"原来,教授是想利用我气走你女朋友啊!"

麦子望着唐莉离去的背影,忽然有种犯罪感。她看得出来,这个唐莉是很在乎谷梁或的。而他却想尽办法伤对方的心,看来这男人不是不解风情,而根本就是冷酷无情。

谷梁或纠正:"不,是前女友。"

麦子吐了吐舌头,揶揄道:"教授还真是拿得起放得下……"

谷梁或听出麦子语气中的讽刺，笑了下："反正也只相处不到半个月，约会三次，哦对，还得算上今天上午那次。"

"上午……上午你也是在利用我！"麦子忽然都想明白了，"我……我是艾美公司业绩最差、投诉最多的陪购师，而你偏偏挑中了我，还跟你女友说什么，我是最优秀的。你分明就是想利用我气走她！"

谷梁或不以为然："我找你陪购，也付了相应的报酬。我们是平等交易。你何必在乎我出于什么目的呢？"

"可我不喜欢被利用！还是两次！"麦子嘟起嘴，转身气鼓鼓地下了台阶。

身后却传来谷梁或不紧不慢的声音："那我也不喜欢被欺骗，也是两次。"

麦子站定回身，瞪大眼睛："哪有两次？"

谷梁或淡然一笑，也跟着下了两级台阶，居高临下地俯视着麦子："'耿直boy'，似乎不是你解释的那个意思吧？我百度过了。"

"啊？"麦子半张着嘴，傻了。

"作为陪购师，你用语言讽刺客户，既然麦小姐经常被投诉，想必也不在乎再多我这一份了？"

谷梁或笑得人畜无害，麦子却感觉后背阵阵发凉。"投诉"两个字，简直是她的"紧箍咒"。

她一把抓住谷梁或的胳膊，可怜巴巴地哀求道："教授……我……我开玩笑的……我没有侮辱你的意思……求求你了……可千万千万别投诉我啊……再投诉，我就要破了上个月自己创下的纪录了……"

"哈哈哈哈……"谷梁或朗声笑了起来，轻轻拍了拍麦子的肩膀，然后用上课时的语调说道，"在交易费用为零或者接近于零的情况下，资源往往会流到价值最高的用途上去。放在日常生活中,我们也可以这样理解,谁更在乎,谁付出的成本就更高。这就是'科斯定律'。"

在麦子一脸茫然时,谷梁或与她擦身而过:"麦小姐,下周三见!"

"啊?"麦子反应了几秒钟,一转身,那个修长英挺的背影已经融入了茫茫夜色之中。

"喂,教授走了啊?刚刚什么情况?"

这时,杨柳健步如飞地跑了出来,两三下扯下了脚上的纱布。

麦子白了她一眼,没好气地说:"你的那个教授,想把自己女友给甩了,就利用我。都是你这个猪队友,不然我也不会助纣为虐。"

杨柳瞪大眼睛,一惊一乍地说:"哎,我刚刚远远看见了,好像是咱们教务处的唐老师!"

"嗯,对,我听教授喊她唐莉来着。"

"哈,原来真是这么回事!"杨柳一拍手,一张小脸上写满了"八卦"二字。

麦子像看神经病一样看着她:"什么事啊?"

杨柳眉飞色舞:"这个唐老师,是我们校长的女儿。而谷梁教授,又是C大最年轻、最英俊,也是最有前途的教授。早就听说,唐老师对谷梁教授有意思,可倒追了挺长时间,谷梁教授都无动于衷。后来听说唐校长亲自出马,一定要招这个女婿。今天这一出,我算是看明白了。谷梁教授是真没看上咱们这校长千金,可碍于面子又不好拒绝……"

"所以他就利用我!"麦子气得一跺脚。

杨柳斜睨着她,笑了:"谁让你长了一张标准的狐狸精的脸呢?怕是教授一开始没这个想法,后来也水到渠成了吧?哈哈哈哈……"

"你才狐狸精呢!"麦子瞪起眼,推了杨柳一下,奶凶奶凶的。

杨柳一把挽起麦子的胳膊,大步向前:"我呢?即便想当狐狸精,也没那个本钱。好啦,我知道,你是空有一个狐狸精的皮囊,没有那个本事。"

"还说我?今天又被你坑!我到现在还没吃晚饭呢!都饿扁啦!"

"好啦好啦!请你吃大餐——门口你最爱的那家凉皮炸串,走起!随便点,别给我省钱啊!"

"那我要十个肉串!"

"给你买二十个!"

PART 03 爱的途径依靠

yin ta guo fen ke ai

在经济学中,
所谓途径依靠是指事务一旦进入某一途径,
就可能对这一途径产生依靠。
这一理论,同样适用于爱情。

❤ 粮食夫妇小剧场 ❤

虽然有兰博基尼,但我还是天天挤地铁;虽然有大别墅,但我还是跟同学挤宿舍;虽然可以顿顿龙虾鲍鱼,但我还是吃大排档……

我明白,节俭是你的生活习惯.

不,因为我不是"虽然"……

……

(一)

周五的晚上,麦子无聊到躺床上给朋友圈的微商点赞,忽然男神来电话了……

"麦子,明天晚上有没有空?"裴少霆的声音在电话里听起来特别亲切。

麦子不假思索:"有啊,有啊!"

"我弄到了两张云裳夏季新品发布会的票。你感兴趣的话,一起去啊!"

"哇!"麦子一跃而起,差点撞倒台灯,"新品发布会,我还从来没有去过现场呢!"

云裳虽不是什么国际大品牌,但在国内也算是排在前几位了。一直梦想做服装设计师的麦子,自然很渴望亲临现场,长长见识了,更何况,还是和男神一起去。

"好,那就说定了。明晚六点,我在学校门口等你。记得穿漂亮点啊!"

一句话提醒了麦子。

"要……要穿礼服吗?"

"最好是穿礼服。怎么,你没有吗?"

麦子略微迟疑了一下,马上点头:"有有有,我是在想……穿哪件好呢，呵呵呵……"

笑声很是尴尬。可麦子不敢实话实说，生怕因为没有礼服，裴少霆就临时换人了。

买礼服肯定是来不及了，不过麦子有办法。四年的服装设计不是白学的。

她翻箱倒柜，找出了一件去年夏天买的珍珠粉色的连衣裙，然后就在缝纫机上忙碌起来。

麦子将连衣裙胸部以上连同袖子都剪裁掉了，变成了抹胸式的。她在领口缝了一圈小珍珠，又在裙摆上加了层白纱，而白纱上面也错落有致地点缀了大大小小的珍珠。最后，她找来了一条黑色缎带，在腰间打了个蝴蝶结。一件清新又不失庄重的礼服，就这样被她的巧手搞定了。虽说质量不怎么样，但不仔细看也能蒙混过关。

第二天，麦子特意用卷发棒将发尾随意卷了几个弯。微卷的长发松松搭在裸露的肩膀上，又增添了几分妩媚的风情。

当裴少霆将车停在麦子身前时，不由得一愣，眼中透出几分惊艳。接着，他下了车，绕到副驾驶，非常绅士地为麦子拉开了车门。

他今天穿了身笔挺的黑西装，领口打着领结，头发也用发胶定了型，整个人容光焕发。麦子的眼睛又变成了两颗红心。在她眼里，裴少霆就像是从童话里走出来的王子。

云裳的新品发布会在一个会展中心举行。他们到的时候，门口已经是豪车云集，人头攒动。麦子挽着裴少霆的胳膊，雀跃着走进会场。她瞪大眼睛，看着灯光摇曳中的衣香鬓影，真有种置身于电影中的感觉。

裴少霆的票并不是什么好位置。可即便坐在角落里，麦子也是异常兴奋。她东瞅瞅西看看，觉得一切都是那么美好而新奇。

忽然，一个熟悉的身影闯入眼帘。剪裁得体的藏蓝色西装，将那人的身姿勾勒得修长英挺。迷幻的灯光映出他背后若隐若现的一条龙……

谷梁教授？他怎么会在这儿？

接着，麦子的视线又落在他身旁的女子身上。虽然只是个背影，却十分婀娜曼妙。一件宝蓝色的露背紧身礼服，尽显她玲珑有致的曲线。高高绾起的发髻，雍容华贵。她优雅地挽着谷梁或的胳膊，一直走到了第一排方才落座。

"哈，怪不得甩了校长千金，原来是另有新欢。果然，男人都是大猪蹄子……"麦子愤愤嘟囔着。

"你说什么？"裴少霆扭过头问道。

麦子赶忙摇头："没，没什么……就是好像见到个熟人……"

裴少霆一怔："你在这里还有熟人？"

"呃……就是个陪购的客户，也不是很熟。"

裴少霆没再追问。他也知道，来找陪购师的多半都是些名媛贵妇，出现在这里也不足为奇。

而麦子的目光却依然在谷梁或和他身边女士的背影上逡巡。她见两人时不时地将头凑在一起交谈着，看起来关系很密切。

忽然，她灵光一闪，想起了谷梁或那件做工考究却没有领标的西装，思路一下子就清晰了——他应该是有个做服装设计师的女朋友。西装是他女朋友为他量身定做的，而他为了这个女朋友，想尽一切办法拒绝了校长的千金。

推理过后，麦子将食指和拇指张开，比在了下巴处，露出了柯南式的笑容。一阵紧张而激越的音乐惊醒了柯南附体的麦子。

发布会正式开始。一组组高挑的模特，穿着最新理念的夏装，在舞台上摇曳生姿，台下的镁光灯闪烁不停。

麦子抻长脖子，目不转睛地盯着模特身上的衣服，一阵阵心潮澎湃。如果有一天，她的作品也能出现在 T 型台上，那真的是死而无憾了！

最后，云裳的设计师穿着一袭与主题呼应的银色连衣裙走了出来。她年过花甲，头发也花白了，举手投足却尽显高贵优雅。

台下爆发出雷鸣般的掌声。

麦子痴痴望着追光下的那个身影，心头却涌起一阵酸楚。此刻，她距离这位设计师不过几十米，她却感觉，是那么遥不可及。她的梦想，有生之年还有机会实现吗？

散场后，麦子跟在裴少霆的身后走出会场。

仲春的夜风还是带着些许寒意的，麦子不由得打了个哆嗦。忽然，肩头一暖，不知是谁从后面为她披上了一件衣服。

麦子回头，看见的是谷梁或那张人畜无害的笑脸，再低头看身上，果然是那件藏蓝色的西装。

"谷……谷梁教授？"

谷梁或淡淡一笑："我刚进去的时候就看见你了。本来不想惊扰麦小姐，只不过看你同行的男士似乎不懂得怜香惜玉，怕你冻坏了。"

难道你这个直男懂得？麦子腹诽。

这时，裴少霆转回身，盯着谷梁或，微微皱起了眉："这位是？"

麦子赶紧解释："他……是我陪购的一个客户。"

"哦……"裴少霆打量了一下谷梁或，目光里带着警惕，又对麦子说，"把衣服还给人家吧，再走几步就上车了。"

"哦，好。"麦子本就不想穿谷梁或的西装，赶紧往下脱。

谷梁或却一把按住了她的手，笑着说："穿着吧，下次见面还给我就好了。对了，我可以问一下，麦小姐今天穿的这件礼服是出自哪个品牌吗？"

"啊？"麦子有些窘，微微红着脸说，"这……这就是我自己改的……没什么品牌……"

谷梁或的眼中闪过一丝惊喜。

"好，我知道了。谢谢。"

说完，他转身大步走了。

麦子傻愣愣站在原地。循着他的身影，她看见他上了一辆红色的保时捷。而副驾驶的位置影影绰绰坐着个人，似乎就是那位穿着宝蓝色礼服的女子……

黑色雅阁穿梭在夜晚的河车里。一排排迅速后退的路灯，在车窗上曳下斑斓的光影，折射在裴少霆英俊的面庞上，倒显出了几分阴晴不定。

"哦，对了，麦子，你应该认识刘思雨吧？"裴少霆似不经意提起，"你们应该是一届的，好像还是同一个系……"

"嗯，认识，不熟……"麦子的语气中带出了敌意。

裴少霆却语气轻松："她过几天也要来艾美做陪购师。我想着呀，你们是同学，肯定比别人亲近些。麦子，你就帮师兄个忙，带带她吧！"

"啊？"麦子瞪大眼睛，扭头看向裴少霆，"师兄，你……你让我带她？"

裴少霆偏过脸，冲麦子温和地笑了笑："有什么问题吗？"

"问题……问题大了！"麦子不假思索，脱口而出。

"怎么了？"

麦子皱起眉，忽然发现她跟刘思雨之前的所谓"过节儿"都是些鸡毛蒜皮的小事，若是连这些都跟裴少霆说，他肯定会认为自己是个小肚鸡肠的人。

"我……我的意思是……"麦子挠挠头，"我自己都做不好，还经常被人投诉呢！我哪有能力带别人啊？"

裴少霆将一只手轻轻搭在麦子的肩膀上。裸露的肌肤感觉到他指尖的温度，麦子感觉脸微微发烫。

"你不要总这样贬低自己。我都说了，投诉什么的，那都是小事。陪购师的专业能力，是要看他能否为客户找到最合适的穿搭。这一点，我敢说艾美所有的陪购师都不如你。"

听到心上人的肯定，麦子心里甜甜的。可一想到刘思雨那张白莲花的脸，她还是坚决摇头。

"师兄，我……我真的不行……既然是带新人，那就找个有资历的陪购师吧！我还实习呢，经验不足……"

可没等麦子说完，裴少霆便幽幽叹了口气，脸上的笑容也隐去了。

"麦子，师兄对你不好吗？"裴少霆声音发闷。

"啊？"麦子的心一下子提了起来。

裴少霆继续加码："我自以为对你算不错啊！你还没毕业，我就帮你安排进公司。你犯了错误，我从来都没责怪过你，还总是开导你。你喜欢看服装秀，我托人弄票带你看……可师兄为你掏心掏肺，你却连这么个小忙都不肯帮师兄……"

"不是……我……"麦子完全慌了。

"唉……"裴少霆又叹了口气，"行了，你不愿意就算了……我不会勉强你……"

"师兄，我……我答应你还不行吗？"麦子都快哭了，"你对我好，我都记在心里了。我不是那种不知好歹的人……只不过……只不过刘思雨在学校总欺负我……我……哎呀……你别生气……我带她还不行吗……"

"她欺负你？怎么欺负你了？"裴少霆的语气里满是关切。

麦子结结巴巴："就……就是总在背后说我坏话……"

"放心，你就只管教她陪购的事。若是她再欺负你，你就告诉我，有师兄在，你怕什么？"

麦子望着裴少霆的侧脸，心头又是一暖……

（二）

第二天，刘思雨就来艾美报到了。她穿着橘粉色的过膝纱裙，对每个人都笑眯眯的，很是和气，像个不食人间烟火的小仙女。只有麦子知道，她笑得有多假。

由于之前吃过闷亏，麦子长了心眼儿。她跟刘思雨接触时特别小心，与工作无关的话，一句不说。刘思雨初来乍到，倒也没耍什么心机。出去陪购时，她也只默默跟在麦子身后，不多说半句话。

转眼到了周三，麦子将谷梁彧的西装熨烫平整装在袋子里。她又想起谷梁彧不喜欢高跟鞋的声音，特意穿了休闲装和运动鞋。

刘思雨见麦子小心翼翼提着西装的样子，不禁问道："不是陪客户买衣服吗？你怎么还拿着一件去？"

麦子拉开出租车门，坐了上去，轻描淡写地说了句："这是他上次落在我这儿的。"

刘思雨在她身边坐下，看着西装的袋子若有所思："这个客户挺难缠的吧？还要求不准穿高跟鞋？呵呵，有意思，都是我们陪购师帮客户选服饰。他倒挑起我们的穿着了。"

"穿高跟鞋,时间长了会静脉曲张,还容易崴脚。最主要的是,遇到歹徒跑不快……不穿也挺好。"麦子不爱搭理她,直接引用了谷梁或的话,让她闭嘴了。

刘思雨瞥了麦子一眼——这都什么跟什么啊?

两人在步行街口下了车。麦子远远就看见了商场门的谷梁或。他个子高,又气质出众,在人群中格外显眼。她赶忙一路小跑,刘思雨提着长裙气喘吁吁跟在后面,一脸的不乐意。

"对不起,谷梁教授,让你久等了……"麦子一边喘着气一边跟谷梁或道歉。

谷梁或抬腕看看表,轻笑道:"你没迟到,还提前了五分钟。是我来早了,你不用道歉。"

麦子这次穿了一件宽松的淡粉色连帽卫衣,搭配一条牛仔铅笔裤。头发也只简单地梳成马尾,脸上更是脂粉未施,活脱脱一个青春逼人的高中生。

谷梁或的笑容里带了一丝满意——这样才应该是她最真实的模样,比上一次的装模作样好太多。

这时,一个清甜软糯的声音从麦子身后响起:"谷梁教授,您好!我是陪购师刘思雨。很高兴为您服务!"

说着,刘思雨上前一步,竟挡在麦子身前向谷梁或伸出了右手。她今天穿了一条白色的蕾丝裙子,为了搭配,还戴了一双缀着水钻的蕾丝手套。她脸上荡着亲切的笑容,纤纤玉手就这样悬在半空,像个高贵矜持的公主。

本来听说今天的客户是个大学教授,刘思雨就自然在大脑中勾勒出一个古板的中年男人的形象。可见了谷梁彧,她简直惊为天人。这教授也太年轻、太有气质了吧!而且他笑得特别亲切,应该很好接近……

可下一秒,刘思雨知道自己判断失误了。

只见谷梁彧收敛了笑容,皱起眉,目光聚焦在她伸出的右手上,冷冷地说了句:"你不知道,戴着手套与人握手是不礼貌的吗?"

"啊?"刘思雨愣了一下,接着满脸通红。她这样的"小公举"一直都是备受男生爱护的,还是头一次遭遇这样直接的批评。

而此时的麦子却在心里乐开了花——"绿茶婊"遭遇"耿直boy",玩不转了吧?

谷梁彧没再搭理刘思雨,径直走进了商场。

麦子赶紧快步跟上去,解释道:"谷梁教授,实在对不起。思雨是我们公司新来的实习生,刚好我带她实习。新人不懂规矩,你别跟她一般见识!"

最后这句,麦子特意提高了声调,跟在后面的刘思雨脸都绿了。

谷梁彧没理这个话茬,指了指麦子手中的袋子:"你拿的什么?"

"哦,差点忘了。"麦子将袋子捧到谷梁彧眼前,"你的西装,我熨烫好了。我先替你拎着吧!"

谷梁彧一把拿过袋子,拎在手中,淡淡道:"麦小姐是陪购师,又不是助理。我哪有让你拿东西的道理?"

麦子心头一暖——斤斤计较的人有时也挺贴心。

"教授,你也喜欢看时装秀啊?没想到会在'云裳'的发布会上遇见你。"麦子边走边闲扯了一句。

后面的刘思雨听到"云裳发布会"几个字,瞬间瞪大了眼睛。她加快脚步,竖起了耳朵。

"哦，我是陪个朋友去的。"谷梁或淡淡答道，"她是个服装设计师。"

"服装设计师？哇，好厉害啊！"麦子双眼放光，"哎呀，我最羡慕服装设计师了！我的理想就是成为服装设计师！"

"哦，原来不是两次，是三次……"谷梁或斜睨着麦子，嘴角浮起一丝戏谑的笑。

麦子一怔："什么三次？"

"你不是说，你的理想是成为经济学家吗？"谷梁或说完便笑了。

"啊……哎呀……"麦子一捂脸，"教授，我那天一着急瞎编的……"

谷梁或板起脸，故意逗她："你又欺骗客户，我是不是该投诉了？"

麦子的眼中闪过一丝惊恐，又让谷梁或联想起森林里胆怯的小兽。他忽然发现，吓唬她似乎挺好玩。

一直在观察中的刘思雨蹙起了眉。这空气里怎么隐隐有些恋爱的"酸臭味"？再看看英俊儒雅的谷梁或，她心里顿时燃起了斗志——她才应该是所有男人心目中的女神，绝对不能输给麦子！

"教授，您可千万别投诉。要不这样吧，这次陪购我给您打折。"麦子倒是实诚，一心想着投诉的事。

谷梁或笑着摇了摇头："那倒不必。不如……我们用其他的事来交换。"

"什么事？"麦子眼巴巴看着他。

谷梁或从里怀掏出一个棕色的小本子："是这样，我的那位设计师朋友想进军男装市场，她拜托我对各大男装品牌做个调查。上次陪购，我发现麦小姐对服装领域很了解，眼光又好。所以，我想请麦小姐帮我一起做调查。"

"这……这……不行……我哪里懂啊？"麦子口中拒绝着，心跳却逐渐加速。

谷梁或坚持着:"你要是不懂,那我就更不懂了。其实我的朋友想要的就是作为顾客,对这个品牌的服装最直接的感受,并不是做那种专业性的市场调研。你只需要把你最直接的感受说出来,我记录在本子上,再整理给她就好了。"

"那……那你就说都是你写的啊!可别提我……让人家笑话……"麦子羞涩地低下了头。

此刻,她的心中充盈着喜悦与满足。虽然她不知道是怎样的一个品牌,可这样也算是参与到一个男装品牌的建立啊!如果她的某个观点被采纳了,那她也算是为这样一个品牌出了一份力。这种感觉,真是太美妙了……

可就在两个人达成协议时,刘思雨挤了过来,亲昵地挽住麦子的胳膊,笑眯眯地对谷梁或说:"谷梁教授,您可能不知道,我跟麦子是同学。我们都是学服装设计的。既然您需要采纳不同人的观点,那么我也很想为您的朋友出一份力呢!"

原来,听完谷梁或的一番话,刘思雨已经彻彻底底把他当作猎物了。如果说,一开始她还只是被他的外表所吸引,单纯地想和麦子较劲。那么现在她已经看到了谷梁或更深远的价值——他有个做服装设计师的朋友。如果跟他搞好了关系,他再肯引荐的话,那么她就能踏足时装领域。这可比做陪购师的前途光明多了。所以,不惜一切,她也要接近谷梁或……

麦子没想那么多,她看见刘思雨又来跟她抢,就气不打一处来。她用力甩开刘思雨的手,不耐烦地扔出一句:"怎么哪儿都有你啊?"

刘思雨闻言立刻做惊恐状,接着又红了眼圈。她的眼睛不算太大,眼皮是内双,眼尾稍稍下落,给人一种我见犹怜的感觉,尤其是眼泪汪汪的时候,总能激起男人的保护欲。

"麦子……你……你生气了吗?"刘思雨娇滴滴地哽咽着,"我……我没有跟你抢的意思。我只是……太想帮谷梁教授的忙……一时间没想那么多……你可千万别多心啊……"

麦子无奈地翻了个白眼——又来了,又来了!这白莲花的戏码,都上演多少回了?

这时,谷梁或轻轻扶住麦子的胳膊,拉着她继续往前走,口中似跟空气说话:"我跟这位小姐好像是刚刚见面,她怎么就这么热心帮我的忙?也是奇怪……"

刘思雨的眼泪生生憋了回去。她歪着头,瞪大眼睛看着走在前面的谷梁或,恨恨地咬了咬牙。

麦子心里一阵舒畅,暗暗对谷梁或比了个"耶"。

走进一家店后,麦子同往常一样马上投入到工作中,拿着衣服认真地在谷梁或身上比对,还时不时同谷梁或探讨。

刘思雨心中思量着,应该让谷梁或看到自己专业的一面,于是也跟着忙活起来。她看麦子选中一件浅灰色的衬衫,就故意拿了一件酒红色的同款。

可谷梁或根本没搭理她,直接拿过麦子选的就去付账了。

麦子心里一阵得意,还故意探过头问谷梁或:"教授,你都不试一下吗?"

谷梁或回头淡然一笑:"我相信你的眼光,不用试了。"

从头到尾,他根本没搭理刘思雨,只把她当空气。

刘思雨讪讪地将衣服挂了回去,低着头跟在两人身后。

"最怕空气突然的安静,最怕朋友突然的关心……"

有了教授这个"神助攻",麦子难得在跟刘思雨过招中占了上风,心里这个解气啊!她得意扬扬地哼起了歌,歌词字字诛心。

谷梁或又积极配合:"唱得真好听!"

"哈哈,谢谢夸奖!教授,不瞒你说,我唱歌还拿过校园十佳歌手呢!"说着,麦子回头得意地冲刘思雨笑了一下。

"这么厉害!你还真是多才多艺呢!"

又补了一刀。

后面的刘思雨已然脸色铁青——作为和麦子平起平坐的校花,她有个最大的劣势,那就是五音不全唱歌跑调。前面这两个人一唱一和的,莫非是商量好的?

买了两件衣服之后,谷梁或拉着麦子去商场的水吧小坐。他坐在塑胶小圆凳上,两条大长腿有些无处安放的局促。但他没抱怨什么,脸上依旧挂着人畜无害的笑容,掏出之前的那个小本子,规规矩矩地等着麦子发表意见。

麦子倒有些不好意思了,羞涩地笑了一下:"非要我说……那……那我就胡诌几句了。"

谷梁或用微笑鼓励她。

麦子清了清嗓子,说得头头是道:"我们去的第一家店,设计风格算是中规中矩,很多年也没有什么突破创新。可客流量一直很稳定,基本都是回头客。而像我做陪购时,也喜欢带客户去。那是因为什么呢?第一,这家店的衣服虽然款式一般,但质量上乘,在面料和做工上舍得下本钱。而男人本就不像女人,总换新衣服。如果一件衣服能穿上个三五年,那当然是性价比最高的选择了。第二,就是因为款式中规中矩,所以好搭配，不容易犯错。大多数男人对于穿搭这件事，都不十分在行。如果一件衣服怎么穿都不会出错，那当然是最好的选择了……"

谷梁或边点头边认真记录。

得到了鼓励与肯定，麦子的胆子大了："第二家那个男装品牌呢，算是国际大牌了。过去的定位是三十岁以上的商务人士，风格也是比较传统。可近几年，他们把目光转向了年轻人，开始向潮牌方向发展。虽说创新是生命，但步子走得有点急，设计理念有些不伦不类了。且致命的是，价格定位有问题。既然面向年轻人，就应该切合年轻人的购买力，可他们的定价还是跟从前一样。这就形成了一种年轻人买不起，而成功人士穿起来又不合适的尴尬局面。教授，你的朋友要做男装，这点一定要注意……"

看着神采奕奕、侃侃而谈的麦子，谷梁或嘴角的笑意越来越深。这样专注而热情的眼神，他太熟悉了……

而坐在一旁喝柠檬茶的刘思雨却是越听越酸。她也想发表一些自己的见解，吸引谷梁或的注意。可经过前面两次，她有些不敢出招了。她在心里揣摩着这个笑容温煦，说话却毫不留情面的男人，还真是猜不透。在摸不清对方脾气秉性的时候，还是按兵不动为好……

"麦子……"谷梁或忽然换了称呼，"我想定制一个长期的陪购服务，你们公司有这样的吗？"

麦子瞬间瞪大了眼睛，半晌才结结巴巴地问："我……我没听错吧？教授，你是说……要我长期陪购吗？"

"有问题吗？"

"没……没……"麦子使劲摇摇头，又深吸一口气，激动地说，"就是……就是幸福来得太突然……我一时间不敢相信……教授，我可是艾美业绩最差的陪购师……只要陪购的时候不被人投诉,我就'阿弥陀佛'了……我从来没想过,在我这里还能有人需要定制长期的……"

谷梁或笑着说:"我也是假公济私,你说的这些对我的朋友应该很有帮助。一次怎么能够呢?"

"那我们有包月、包季度和包年的……"

"那就包年吧!"谷梁或语气轻快。

此时此刻,麦子眼中的谷梁或已然变身成了穿红袍戴纱帽的财神爷。天啊,包年!那可是好多好多钱啊!而且,艾美公司只有资深陪购师才有那么一两个包年的客户,而麦子才做了三个月,这简直破纪录了。

麦子抬眸对上"财神爷"诚挚的目光,掩饰不住内心的喜悦,心想着得赶紧赞美他几句。

"教授还真是有头脑!我们艾美的包年陪购服务真的超级划算,能享受八折优惠,还额外赠送两次呢!"

"表面上看起来似乎是我占了便宜,但实际上,包年对你们更有利,可以实现资金快速回流。"谷梁或逻辑清晰,"我选择包年,不是为了图便宜,只是为了你……给我这么好的建议……"

他的断句意味深长。

刘思雨眉心一动,偷偷瞥了一眼麦子。而反应迟钝的麦子,还沉浸在拿下包年订单的喜悦之中,丝毫没听出谷梁或的言外之意。

"教授,真是太感谢你了!你放心,我一定为您鞍前马后,鞠躬尽瘁!我帮你省钱,你帮我赚钱,我们'五谷丰登'组合一定会财源广进、吉祥如意、风调雨顺、国泰民安……"麦子一激动把能想起来的春联横批都说了一遍。

谷梁或笑着点点头:"嗯,'五谷丰登'组合,这个名字起得好!"

刘思雨用关怀傻子的眼神看着他们俩,可谷梁或接下来的一句话却让她直接傻了……

"麦子,如果你对服装设计感兴趣的话,我的那位朋友倒是想见见你呢!"

刘思雨在桌下攥紧了拳头,努力压抑着心中的焦躁——她还没策划好如何让谷梁或上钩,麦子就先她一步达到目的了……

而麦子却傻呵呵地笑了:"教授,你开玩笑吧?人家是服装设计师,见我这个还没毕业的学生干吗?"

"她在云裳的发布会上看见了你穿的礼服,很感兴趣。"谷梁或慢条斯理地说着。

麦子一拍脑袋:"哦,我想起来了,那天你特意过来问我裙子是什么品牌的。原来,是这么回事啊!"

"没错。只是没想到,竟是你自己做的。我的那位朋友得知之后,一直夸你有天赋。她还说,如果你想做服装设计师,可以到她的公司来实习,她会帮助你的。"

麦子惊喜得张大了嘴。有成名的设计师带她出道,这是她梦寐以求的啊!

可随即,她又犹豫了。裴少霆那张阳光帅气的脸浮现在脑海中。

麦子记得,她入职艾美的第一天,裴少霆就拉着她的手说,希望她能陪他一起看着艾美走向辉煌的明天。师兄的理想,难道不是她的理想吗?师兄对她那么好,她若是为了自己的前程撇下他,那岂不是太自私了?况且,她还幻想着成为他的另一半……

"谷梁教授,真的很感谢你给我提供这样的好机会……"麦子低下头,"但……我还是不想离开艾美……其实,做陪购师也挺好的……每天逛逛街，就有钱赚……好多女生都羡慕我们呢……"

刘思雨侧目——这二货脑袋让门挤了吗？为了做陪购师，放弃这么好的机会？

谷梁或皱着眉看着麦子，心中升起了疑惑——刚刚她的眼睛里明明燃起了希望，可为何只一瞬间就熄灭了呢？看得出来，她是真心喜欢服装设计这个职业的，难道有什么难言之隐？

"麦子，你如果有困难的话，可以告诉我。虽然我们只见过几次面，但……我如果能帮上忙还是……"

"不不不……"麦子赶紧摆手，"教授，你真是古道热肠。但……你的好意我心领了……我……我真的不能离开艾美……"

哦，原来症结在"艾美"。

而刘思雨却将身子靠在塑胶椅背上，眯起眼打量着谷梁或，仿佛是在看着一块芳香可口的蛋糕。哼，那个笨蛋自己不吃，那就别怪我不客气了……

在回公司的出租车上，麦子直愣愣地望着车窗外，一副失魂落魄的样子。

刘思雨斜着眼睛瞄了她一会儿，然后用手肘撞了一下她的胳膊："喂，都是同学，别怪我没提醒你啊，那个教授……你最好离他远点……"

麦子一惊，扭过头瞪着她："什么意思？"

刘思雨看出她眼中的防备，嗤笑了一下："男人一旦对你好，那就是有目的的。你看他，又是订包年，又是给你推荐设计师朋友，这么百般讨好你，为什么啊？那都是给你下的鱼饵，就等你上钩呢！"

麦子一皱眉："你怎么总把人往坏处想啊？我觉着谷梁教授人挺好的。再说，人家有女朋友。他说的那个服装设计师，应该就是他女朋友。

上次我在云裳的发布会上看见他们坐在一起了。人家女朋友长得又漂亮，又是服装设计师，比我强多了，能打我什么主意？"

"有女朋友就更危险了啊！"刘思雨提高了声调，"现在的男人，长得稍微平头正脸的就一肚子花花肠子。更何况像他条件那么好的。或许脚踏好几只船都说不定呢！图你个新鲜呗！"

"哈……"麦子笑了，斜睨着她揶揄道，"哎，你不是不食人间烟火的小仙女吗？怎么如此了解男人？仙女下凡啦？"

"你……"刘思雨臊得满脸通红，用手捂住了嘴，眼睛里又泛起了泪光。

麦子赶紧推开她："你少来，这里除了司机没有男人，我可不会背'爱莲说'，眼泪对我没用！"

被讽刺成"白莲花"的刘思雨气得一句话都说不出来。

虽然口头上占了上风，但麦子的内心还是动摇了。唐莉那张气愤又委屈的脸，不禁浮现在脑海中。是啊，谷梁彧，他们见面的次数都屈指可数。她又怎么知道他是什么样的人呢？他给她描绘的那个梦的确很美，但离她的现实生活太过遥远，她还是踏踏实实地跟着裴少霆吧……

04 PART 爱的博弈论

yin ta gan fen ke ai

博弈原本指下棋。
而在经济学中的博弈论则是指
二人在平等的对局中各自利用对方的策略
变换自己的对抗策略，达到取胜的目的。
适用于经济学，同样也适用于爱情。

♥ 粮食夫妇小剧场 ♥

茶香袅袅,古琴幽幽。

谷梁彧执黑,在棋盘的右下角从容落下一子。麦子则不假思索直接将一白子落在棋盘中央。

"呃……麦子,你有没有听过'金角、银边、草肚皮'?一般没有直接往中间下的……"

麦子一摆手:"哎呀,什么肚皮不肚皮的,我有我自己的想法。"

谷梁彧轻笑着摇摇头,继续布局。

可在五个回合后,麦子忽然拍着手一跃而起:"哦,我赢喽!没想到赢你这么轻松!"

谷梁彧盯着棋盘中央排成一条直线的五个白子,头上冒出三条黑线。

"你……是在下五子棋?"

"不然呢?"

(一)

傍晚，谷梁或手捧一摞卷子走在教学楼悠长的走廊里。这座楼有些年头了，两侧的墙壁灰白斑驳，灯光也有些昏暗。这落寞的氛围倒是烘托了他失落的心情。

麦子那张生动的脸浮现在脑海。她眼里闪动着希望的光亮时，是那么动人。可她为什么要拒绝呢？她的顾虑到底是什么呢？

烦躁。

走到教室门口，一眼望见窝在窗边的杨柳。她叼着一支笔，正对着另一本书折着书页。谷梁或思索片刻，嘴角弯起优美的弧度。

拿定主意后，他大步走上讲台，扫视了一下。

"十分钟之后，我们开始考试。闭卷，大家把书都放到前面。"

教室里瞬间炸了锅。

"不是吧？闭卷？"

"教授，是选修课啊！没搞错吧？"

"就是！就是！选修课不都是开卷的吗？"

谷梁或等大家稍稍平静后，淡淡说了句："选修课必须开卷考试，这是哪里写着的规定？"

同学们哑口无言，纷纷低下头。

杨柳偷偷瞄了一眼面无表情的教授，心里嘀咕着——他该不会是变着法地找我麻烦吧？

考试开始。

谷梁或慢悠悠地踱着步子，时不时低头看看大家的答题情况。他假装不经意走到杨柳身旁，看见她除了姓名那一栏几乎都是空白的卷子，隐隐露出满意的笑容。

四十五分钟很快过去了。杨柳嘟着嘴，哭丧着一张小脸将卷子放在了讲台上。

"这位同学，你怎么除了选择题都没答啊？"谷梁或拿过她的卷子，故意皱起眉摇头叹息，"这……想给你及格都难啊……"

杨柳脸都白了。如果挂科，等补考就要到下学期，那就意味着不能正常毕业了。她专业课明明都是优，要是折在选修课上，那可冤死了。

她偷偷斜了一眼谷梁或，只见他似笑非笑，眼神里好似暗藏着什么玄机……

难道，他真是因为上次的事要报复她？

杨柳皱着眉走出教室，又默默回头望了一眼，眯起眼抿唇点头做了个决定……

等到同学们都交了卷离开后，她从包里掏出眼药水，迅速往眼睛里滴了两滴，然后梨花带雨地跑回谷梁或跟前。

"教授……教授……我知道错了……您就高抬贵手……就……就饶了我吧……"

正在收拾卷子的谷梁或假装一怔，问道："同学，你还有事吗？"

杨柳索性蹲下身，一把抱住谷梁或的腿，抽抽噎噎道："教授……骗您是我不对……我已经知道错了……您……您可千万别挂我的科啊……"

谷梁或眼中闪过一丝狡黠,却故意假装问道:"我都还没批卷呢,你怎么就知道自己会挂科呢?"

杨柳像个树袋熊一样紧紧扒着谷梁或的腿,哭得声噎气堵:"教授啊……您发发慈悲……我家里穷啊……供不起两个大学生……我妈……我妈让我和我姐抓阄……我姐……我姐为了让我上大学……故意抓了错的……为了给我凑学费……她……她嫁给了村长家的傻儿子……我还想着早点毕业……好……好赚钱养家……教授啊……您看在我那苦命的姐姐的份上……别……别给我挂科啊……"

这剧情也太狗血了吧?

"哦……原来你家这么困难啊……"谷梁或的目光落在杨柳脚上那双最新款的耐克球鞋上,不禁失笑。

"想及格是吧?"谷梁或居高临下,"来,咱们谈个交易。"

杨柳一怔,缓缓松开手,扬起小脸疑惑地看着笑容温煦的教授——又是交易?

谷梁或继续布网:"其实很简单。我只需要你帮我提供一些情报……"

情报?

杨柳迅速站起身,"嗖"地后退一步,一只手捂住领口,瞪圆了一双惊恐的眼睛:"特务?间谍?潜伏在大学校园的恐怖组织?"

谷梁或哭笑不得:"你想象力有点丰富。我只是想知道一些关于麦子的事情。"

"麦子?"杨柳的眼睛瞪得更大了,她皱起眉认真思考,接着恍然大悟,"哦!难怪我一直觉得我们家麦子小天使骨骼清奇。哎,教授,她是女间谍吗?可那智商也不像啊……"

谷梁或被她天马行空的脑洞弄无奈了,决定简单明了说明目的,否则,搞不好下一秒他就成外星人了。

"其实,我只是想帮麦子实现做服装设计师的梦想。但是她拒绝了。我想知道原因。"

"哦,就这样啊……"杨柳松了口气,眼中明显透出失望。

可紧接着,她的眼睛又亮了,上前一步冲谷梁或挤了挤眼睛:"教授,你……为什么要帮麦子实现梦想?不会是……看上她了吧?"

谷梁或扶了扶眼镜,脸颊有些泛红。可紧接着,他便收起了窘迫——现在主导局势的人可是他。

"想不想及格?"

面瘫脸,直击要害。

杨柳点头如小鸡啄米:"嗯嗯嗯……教授,你想知道关于麦子的什么,我都告诉你!身高、体重、三围、喜欢男生的类型……"

"她为什么不想离开艾美?"

"哦,这个啊……她暗恋艾美的老板,也是她的师兄,叫裴少霆……"

谷梁或蹙眉:"居然是为了男人……"

杨柳眨巴眨巴眼睛,附和道:"我一直觉得她眼光太差了!那个老板根本连教授的一根头发都比不上!哪里像我们谷梁教授,人又帅,又有学识,青年才俊,前途不可限量,真是百里挑一……"

谷梁或抬手及时制止了她的"彩虹屁"。

"加个微信,随时跟我汇报。"

(二)

麦子签了包年订单,在艾美引起了不小的轰动。裴少霆还给她颁发了月度优秀员工奖。

虽说奖金只有三百块,但因是男神的鼓励,麦子简直乐开了花。她当下决定,用奖金请同事们喝下午茶。

就在她去买咖啡的空隙,刘思雨坐在隔断里一脸天真无邪地说:"我还以为订长期陪购服务的都是女顾客呢!真没想到,麦子这么厉害,竟能让一位男顾客订包年。"

正在对着镜子补妆的徐璐不禁抬头望向刘思雨:"你说什么?男顾客?"

刘思雨转过头,脸上挂着甜甜的笑:"是啊,一位大学教授,他对麦子可殷勤呢!我看着倒像是他为麦子服务一样。麦子真是太厉害了!呵呵呵……"

一串"毫无心机"的银铃般的笑声,淹没在众人鄙夷的冷笑中。

"哼,我就说嘛,成天被投诉的人,怎么忽然接个包年?原来靠的是'旁门左道'。"陪购师李忻站起身扫视了一下办公区,冷冷地问,"喂,你们还等着喝狐狸精的咖啡吗?我可不敢喝,怕惹一身臊……"说完,她背起挎包大步走了。

剩下的人也嘟囔几句,陆陆续续地散了。

当麦子提着两大袋咖啡和小食回来时,办公区里只剩下刘思雨一个人。

"咦?人都哪儿去了?"麦子将东西放在办公桌上,抬手抹去额角的汗珠。

刘思雨幽幽一笑:"麦子,你不知道你把大家都惹生气了吗?"

"啊?"麦子蒙了,"我……我怎么惹他们了?"

刘思雨撇了撇嘴,阴阳怪气地说:"你拿了包年订单,然后就大张旗鼓地请客,这不明摆着炫耀吗?那些都是资深的陪购师,被你这个还没毕业的实习生给比下去了,人家能不生气吗?"

"啊?可是……我……我没有炫耀的意思啊……"麦子气呼呼地坐在椅子上,鼓着腮将一杯杯咖啡从塑胶袋里拿出来,"就三百块的奖金,买这些还搭了我二十块呢!真是好心没好报……"

刘思雨看着她,嘴角浮起轻蔑的笑。

"不喝拉倒,我给师兄送去!"麦子咬牙切齿地拿起一杯咖啡,又抓起小食的袋子,直奔裴少霆的办公室。

刘思雨瞥见麦子放在桌上的手机,快步走过去,点开了微信……

晚上,正在看书的谷梁或忽然收到一条验证信息。

"谷梁教授您好,我是艾美的陪购师,也是麦子的好朋友刘思雨。有些陪购方面的事宜想跟您沟通一下。"

谷梁或皱了皱眉,修长的手指滑动着屏幕,点开了杨柳熊本熊的头像。

"刘思雨是麦子的朋友?"

几秒钟后,杨柳回复了一段语音,语速很快,叽里呱啦的。谷梁或能想象出她义愤填膺的模样。

"朋友?呵,教授你开什么玩笑?我跟你说,那个刘思雨就是个绿茶婊!她在学校的时候处处给麦子使绊子,麦子都恨死她了!她还到处装无辜、装可怜,就麦子那个二百五的脑袋,被她坑了不是一回两回……"

绿茶……婊?

谷梁或又百度了一下,然后退出了微信。真是连拒绝都懒得点。

想了想,他又拨通了麦子的电话。

"喂,教授,有事吗?"

电话里传出咕噜咕噜的声音。

谷梁或不禁问了句:"你在做什么?"

"喝咖啡……"麦子的声音有些发闷。

她怕浪费,把下午买的咖啡都拿回宿舍了,这会儿正跟室友一边喝一边抱怨艾美的同事呢。

"你这个时候喝咖啡,会影响睡眠的。另外,咖啡因对神经系统有影响,平时还是少喝为好……"

"教授……"麦子打断了他,"你大晚上给我打电话,是开健康讲座吗?"

谷梁或笑了:"不,我是问你一件事。刘思雨怎么会知道我的微信?"

"啊?不可能啊!她现在只跟我实习看不到顾客信息……我也没给她啊……"

"好,我知道了。"这次换成他打断她,"放下电话后给手机设个密码。咖啡倒掉,喝杯热牛奶。早点睡,晚安。"

麦子还没反应过来,谷梁或已经挂断了。

"他怎么知道我手机没设密码?"麦子挠着头,一脸茫然。

下一次陪购,谷梁或提出只要麦子一个人来。麦子本就讨厌刘思雨,正好借机甩掉她。

刘思雨等了一晚上,也没见谷梁或通过验证,陪购又不带她,真是憋了一肚子气。见办公区来的人多了,她又拿出了看家本领,窝在角落里装出一副楚楚可怜的模样。

高梦洁经过她身旁,驻足问道:"思雨,你怎么了?"

刘思雨吸了吸鼻子,眼中泛着泪光:"我来得晚,本想着多跟麦子学学的……可……她现在出去都不带我了……我真着急……万一……万一实习期到了,我还什么都不会……那就留不下来了……"香腮挂泪,哭都美得像幅画。

众人见状都围了过来，你一言我一语地劝慰着。

徐璐一手撑着桌子，冷笑道："她是不是跟那个'包年'出去了？"

刘思雨抹着眼泪点点头。

"思雨，你傻呀？她干那种勾当怎么会带着你？"徐璐一脸不屑。

刘思雨眨着懵懂的眼睛，细声细语："你别说得那么难听嘛。或许，那个男顾客就是单纯想买衣服呢，现在很多男人也是在意形象的。"

"我看就你单纯！你以为我是凭空说这些话？"徐璐坐回自己的位置，打开电脑登录了公司的平台，然后招呼大家，"来，你们过来看看！"

众人都围了过去。

徐璐指着谷梁彧的订单："你们看，预约的时候明明说是这个男的给女朋友找陪购。可怎么到最后变成了他自己了呢？这不是太奇怪了吗？"

一阵唏嘘。

刘思雨死死盯着电脑屏幕，默默记下了唐莉的电话号码。

五分钟后，她拿着手机偷偷溜进卫生间，按下了那串数字。

接通后，她用甜美的嗓音礼貌地说："唐小姐，你好！这里是艾美私人形象管理公司，因您之前订过陪购服务，想跟您做个满意度调查……"

没等刘思雨说完，电话里便传出一个尖厉而愤怒的声音："你们那是什么下三烂的破公司？陪购师勾搭顾客男朋友！我没找你们算账，你们倒自己找上门来了！还满意度？差评！差差评！"

刘思雨将手机紧紧地握在手中，嘴角缓缓上扬，眼中闪过一丝阴鸷……

（三）

"我算是体验到学生记笔记的辛苦了。"

商场的麦当劳里,谷梁或揉着酸痛的手腕,嘴角却噙着温暖的笑意。

麦子脸上兴奋的红晕尚未褪去,眼中闪动着光彩,感叹道:"我发现这样做陪购,比单纯为顾客选衣服开心多了!"

谷梁或看定她,眸色渐深:"开心,是因为涉及了服装设计。这说明你是发自内心喜欢这个领域。不如……再考虑一下我的提议吧!毕竟,人活这一辈子,总要为自己的理想努力一次啊!"

麦子眼中的光彩逐渐暗淡,取而代之的却是一种坚定的果决。

"教授,你说得很有道理。"她深吸一口气,弯起嘴角展露出一个礼貌而疏离的笑容,"人是要为自己的理想而努力。但,人不是只有一个理想。我的的确确很想成为服装设计师,但同时,我还有另一个理想……这个理想,让我不能放弃现在的这份工作,我也是心甘情愿为之付出的……"

"可以冒昧问一下,你的另一个理想是什么吗?"

虽已知晓答案,但仍想求证。

麦子歪着头仔细斟酌:"就是……让艾美越来越好,不仅能在C市有一席之地,还要在全国都有连锁公司……最后……上市!"

这是裴少霆给艾美描绘的宏伟蓝图。

谷梁或挑眉:"你是老板吗?"

"当……当然不是……"麦子红了脸,"但……我是艾美的一员啊!公司的理想就是我的理想,公司的成功就是我的成功……"

这句依然是裴少霆说的。

谷梁或轻抿了一口矿泉水,嘴角的笑容隐隐带着嘲讽:"不得不说,你的老板很有一套。"

"我们老板本来就很厉害!"麦子显然没听出谷梁或的言外之意,

还抿着嘴美滋滋的。

"我的意思是……你们艾美的老板,可真会给员工洗脑啊!"谷梁或一针见血。

麦子瞬间怔住了:"你……你什么意思?"

谷梁或平静道:"刚刚那句话,根本就是老板给员工洗脑的说辞啊!醒醒吧,麦子,这不过是资本家的变相压榨罢了……"

"喂!你这个人……"麦子瞪起眼,"你又不认识我老板,你凭什么这么诋毁他?"

谷梁或轻笑,扶了一下眼镜:"我猜想,这位老板应该挺年轻的,在小女孩的眼中一定挺有魅力。于是,你就晕头转向了,盲目为了所谓的爱情放弃了自己的理想……"

麦子气鼓鼓地拍了下桌子:"你……你这个人可真不会说话……"

"我是不会说假话,而你又不喜欢听真话。可如果我发现了事情的真相,又不告诉你,心里会过意不去的。"

"你见过我老板吗?你又怎么敢肯定你说的就是真相?"麦子扭过头,索性不搭理他。

"好吧,咱们先抛下你老板是不是在给你洗脑这个问题。单说说为了所谓爱情放弃理想这件愚蠢的事。"

麦子转过头,瞪着谷梁或:"为爱情放弃理想怎么就愚蠢了?跟喜欢的人在一起,难道就不是理想了吗?"

"哦……"谷梁或故意拉了个长声,"看来我没猜错,你自己都承认喜欢你们老板了。"

"我……"麦子的脸顿时涨得通红,"你……你别瞎联系啊,我是在说为爱情放弃理想到底值不值得这个问题。看着自己喜欢的人事业有成，而自己也能参与其中，这就是种幸福！反之，为了自己的理想就舍弃爱情，那是自私！"

谷梁或不疾不徐："可是你爱的那个人为了自己的理想，却让你舍弃你的理想，难道就不是自私了吗？"

"教授！"麦子扬起下巴，眼睛瞪得溜圆，像只竖起毛准备战斗的小奶猫，"讲到爱情，我觉得你并没有什么发言权。你比我强吗？不也是单身狗？一个loser有什么资格在这里对别人感情的事说三道四呢？"

这番话都上升到人身攻击了，投诉她一百次也不为过。麦子说完，自己心中也隐隐有些后悔，不过说出来，还真是痛快……

可对面的人并没有生气，而是陷入了深深的思考。

半晌，谷梁或蹙着眉点头，似做了个重大决定："嗯，言传不如身教。我是应该给你拿出一个成功的爱情案例。"

"啥……啥？"麦子彻底蒙了……

（四）

晨曦透过车子的挡风玻璃映在谷梁或白皙清俊的脸上，眼底隐隐泛着乌青——一夜未眠的标记。

自从昨天跟麦子不欢而散，谷梁或便一直思考着"言传身教"这件事。按照以往的习惯，他想制定一个周密的计划。可计划来计划去，他忽然发现一个很严重的问题——这件事怎么看都是自己要对麦子展开追求啊！可追女孩子，在他的人生中是从未涉及过的课题，何况她还那么小，跟自己的学生差不多……

驶进校园，谷梁或减慢了车速。三个穿着C大校服的女生手挽着手，叽叽喳喳地从前面走过去。

谷梁或瞥了一眼她们的背影，蓝白相间的裙子忽然让他释怀了——她又不穿C大校服，根本不算是他的学生，有什么不可以？

他舒了一口气，心里的某扇门似乎打开了。

"逛街，那是我的工作。休息的时候，当然不会再逛了。你没听说，厨师回家都不做菜的吗？"

麦子说过的话回响在耳畔。谷梁或眯起眼笑了——不用花费时间成本陪她逛街的女朋友，不错！真不错！

车子驶过主楼，忽然两个熟悉的身影引起了谷梁或的注意。他减慢车速，扭头望向主楼门口。

穿着藕色长裙，长发在微风中舞动的刘思雨正对着唐莉不住地点头，姿态很是谦卑。而唐莉则板着脸，摆出一副高高在上的样子。

她们俩怎么在一块？谷梁或皱了皱眉，转动方向盘开走了……

下午没有预约陪购，麦子本打算在学校弄毕业设计。可裴少霆一个急促的电话，又把她叫回了公司。

踏进办公区，麦子感觉到气氛不对——安静得有点异常。她左右扫视了一下。看见几个人正躲在电脑后面偷偷看她，目光触及，便又缩了回去。

到底发生了什么？麦子忐忑着敲开了裴少霆办公室的门。而当她看见坐在沙发上的唐莉，心一下子提了起来。

"师……师兄……"麦子怯怯唤了声，目光中透着无助。

而裴少霆却只望向唐莉，客气地问了句："唐小姐，是她吗？"

唐莉瞥了麦子一眼，冷冷地说："对，就是她。"

麦子手足无措，有种被当作犯人的感觉。

裴少霆皱着眉看向麦子，语气冷硬："这位唐小姐投诉你借陪购之机勾引她的男朋友。麦子，我平时是怎么教你们的？陪购师是要热情，但也要洁身自好，要跟顾客保持距离。艾美创建两年来，还是头一次出这样的事。你，赶紧给唐小姐道歉！"

"师兄……"麦子只觉遍体生寒，眼中水光流转，声音也抖得厉害，"我没有……我没有……"

"你还狡辩！"唐莉站起身，盛气凌人地指着麦子，"为什么那天晚上，你会和他在一起？"

麦子赶紧解释："那……那是我替同学去上课……我……我也不知道是谷梁教授的课啊……真的就是巧合……"

"麦子！"裴少霆厉声打断了她，眼神冰冷，"别废话了！赶紧向唐小姐道歉！"

麦子怔怔看着裴少霆，泪水模糊了双眼："师兄……你为什么不相信我？"

裴少霆不耐烦地叹着气："难得唐小姐大度，只要你道个歉就不追究了。你赶紧给唐小姐道歉！"

麦子委屈得嘴唇发抖，眼泪扑簌簌下落，可她仍倔强地摇着头："不，我没做错事，为什么要道歉？我若是道歉了，那不是等于承认勾引顾客了吗？我不道歉！"

"麦子！"裴少霆使劲拍了下桌子，眼睛也瞪了起来，"你知不知道这件事如果闹大了，对艾美的声誉会造成巨大影响吗？"

"为了公司的声誉，你就要冤枉我吗？"麦子胸口疼得发紧，"师兄……你说过的，有你在，不会有人欺负我……可现在……你却这样冤枉我……"

若是换作别人，麦子的心不会这么疼，偏偏是裴少霆，这个她喜欢了四年的人，这个口口声声说待她比旁人亲的人……

裴少霆眉头紧锁，咬了咬下唇，语气稍稍缓和了些："不就是道个歉吗，有这么难？"

麦子眯起眼，泪水让裴少霆的脸变得模糊不清。她哽咽着，一字一句地说："我……没做错……我不道歉……"

说完，流着眼泪，夺门而去。

唐莉坐回沙发，冷冷地说："我已经很宽容了，可她这个态度……"

"唐小姐您放心，我一定会让麦子跟您道歉的。我们艾美的诚意，您不用怀疑……"

低三下四劝走唐莉后，裴少霆坐在椅子上揉着太阳穴。他没想到，一向乖巧听话的麦子，这次的态度却如此强硬。看来他要多费些心思来哄这个师妹了。

就在他愁眉不展的时候，刘思雨敲门进来了。

"有事吗？"裴少霆的语气中带着疲惫。

"我……"刘思雨坐在沙发上，欲言又止。

裴少霆有些不耐烦："有什么事就说啊！"

刘思雨瞪大一双无辜的眼睛，眼中还泛着点点泪光，语气恳切："师兄……其实，我……我就是想替麦子解释一下……她真的没有勾引唐小姐的男朋友。他们……他们关系是很好，但绝对不是那种关系……只不过，唐小姐的男朋友认识一位服装设计师。麦子想通过他的关系去做服装设计而已。毕竟，那才是她的专业啊！"

裴少霆缓缓靠在椅背上，定定地看着刘思雨："你是说……麦子想离开艾美，去做服装设计师？"

"啊……"刘思雨急忙用手掩住口，"不是，不是，师兄，她只是想让那个人帮她引荐一下，她没说要离开艾美。不过，那个人倒是很愿意帮她呢！对了，他们好像还一起去看过云裳的发布会，他还把西装忘在麦子那儿……"

云裳的发布会？西装？

发布会结束后的那一幕浮现在脑海。

本来以之前对麦子的了解，裴少霆不太相信单纯的麦子会做出那种事。可唐莉这边不依不饶，他怕事情闹大了会影响艾美的声誉，就想着让麦子道个歉就过去了。可现在他忽然发现，麦子似乎没他想的那么简单。也难怪她坚持不肯道歉，原是早就另觅了出路……

刘思雨出去后，裴少霆思索了一会儿，带着怒气拨通了麦子的电话。没等麦子说话，他便冷冷地下了最后通牒："如果明天你还不肯向唐小姐道歉，那就不用继续在艾美的实习了。"

"师兄，你说过……永远都不会开除我……"

耳畔只有电话挂断的忙音。

麦子蒙着被子哭得昏天黑地。

手机又响了。

这次却是谷梁彧。原来他自从早上看见刘思雨和唐莉在一起，就一直心神不宁。上完最后一节课，他终于忍不住给麦子打了电话。

"你又找我干什么？我工作都被你搞丢了……呜呜呜……"接起电话，麦子泣不成声，"这回你高兴了？你跟你女朋友闹分手，为什么要扯上我？我……我倒八辈子霉遇到你……呜呜呜……我怎么就是狐狸精了？我连恋爱都没谈过……我也没勾引谁……怎么就狐狸精了……呜呜呜……"

憋了一肚子的委屈和愤怒一股脑儿发泄在谷梁彧身上。

谷梁彧心头一凛——果然出事了。

"麦子，你先别哭。发生什么事了，你好好跟我说。"谷梁彧的声音有种安定的力量。

麦子抽泣着:"唐莉今天来投诉我……说……说我勾引她男朋友……师兄……师兄逼着我道歉……"

"不能道歉!"谷梁或大声打断她,"这不是你的错。"

"我没道歉……可……可师兄说如果明天再不道歉,就……就开除我……"

提到裴少霆,麦子委屈的眼泪又涌了出来。

谷梁或咬了咬牙:"好了,麦子,这件事因我而起,交给我来解决。你放心,我一定还你一个公道。"

"你不是一直劝我离开艾美吗?我……我被开除,不是……正遂了你的心?为什么还要帮我?"

谷梁或语气坚定:"麦子,这是原则,是底线!就算要离开,也不是这么不清不楚地离开。谁是谁非,一定要说清楚!"

放下电话,麦子哽咽着自语:"对,这是原则,是底线……"

其实,她也明白道歉是解决这件事最简单的方法,仅仅一句话就能让这场风波平息。但她就是坚持着不肯,正是因为这件事触及了底线。裴少霆不懂,而谷梁或懂……

挂断电话后,谷梁或略微思考了一下,然后点开微信通过了刘思雨的那条验证信息。

果不其然,没过半分钟,刘思雨便发来一句:"谷梁教授,您好!"接着是一只可爱的兔兔说"你好"的表情。

"有事?"谷梁或简短扼要。

过了一会儿,刘思雨发来一段语音,声音甜得发腻。

"教授,上次您说要帮麦子引荐那个做服装设计师的朋友,麦子拒绝得太没礼貌了。作为她的朋友,我替她跟您道歉。教授,您可千万别跟一般见识啊!她啊,就是说话太直了。教授别生气哦!"

"哦,还有别的事吗?"

又是一条语音。

"教授,是这样的。我呢,也是学服装设计的。嗯……在学校的成绩还不错呢!呵呵,期末考试的分数比麦子高哦!我想……既然麦子不想要这个机会,那……教授可不可以把这个机会给我呢?我一定会好好珍惜的。"

一丝讥讽的笑漫过谷梁或的嘴角,他用修长的手指快速回复道:"可是我的朋友并没有见过刘小姐的作品。"

"这个简单,我可以拿设计图给教授的朋友看。"

"好,我在C大,你有时间送过来吧!"

"嗯嗯,谢谢教授!我马上就过去!"

接着又是个兔兔说"Thank you"的表情。

谷梁或将手机丢到办公桌上,冷笑着自语:"智商不足以支撑你的野心啊……"

第二天上午,天阴沉沉的。雨滴在车窗上汇成一条条蜿蜒而下的小溪,而车内的气氛更加压抑。

"我不去!"坐在副驾的唐莉紧咬着下唇,倔强地将脸扭向车窗。

谷梁或双臂环抱在胸前,很松弛地靠在驾驶座椅上,不疾不徐道:"你明知道,我从来就没喜欢过你,跟你约会,也只是顾及唐校长的面子,而这件事跟麦小姐本就没有任何关系。我只是想让你知难而退。你又何必去为难一个不相干的人呢?"

"你真的跟她什么事都没有?"唐莉转过脸质问。

"没有。"

"哼……"唐莉冷笑,"如果真的没有,你干吗这么紧张?你又为什么逼我去撤销投诉?"

谷梁或无奈地蹙起眉:"我只是不想一个无辜的人因我受牵连。唐莉,就算她跟你道歉了,又能怎么样呢?我还是不会跟你在一起。这样只会徒增我对你的反感。如果你非要个'道歉',那我跟你道歉。对不起,我实在对你喜欢不起来……"

"你?"唐莉瞪着谷梁或,眼中水光流转。

谷梁或目视前方,接着说:"据我所知,麦小姐还只是大四的学生,她就个孩子。唐莉,因为我们之间的纠葛,就毁了一个孩子的前程,这是为人师表该做的事吗?"

唐莉再次望向车窗外。

雨越下越大,雨点急促地砸在玻璃上,溅起朵朵水花。

她何尝不知道谷梁或的心思,只是没听他亲口说出来,总是心有不甘。她也想到麦子或许就是个局外人,可她宁愿相信是谷梁或移情别恋,这样似乎更能维护她可怜的自尊心。而麦子本也没想做什么,若不是昨天忽然来个艾美的"调查员"话里话外煽风点火,她也不会一冲动就跑去投诉。

"好,我去撤销投诉……"

麦子接到裴少霆的电话,马上来到公司。她本以为裴少霆还要继续逼她道歉,可没想到推开门看见的除了唐莉还有谷梁或。

两个人都坐在沙发上。谷梁或还是那副霁月清风的模样，而唐莉脸上的表情略显尴尬。

"麦子，过来过来！"裴少霆站起身，热情地招呼麦子，笑容依旧温暖，但麦子的心暖不起来了。

裴少霆亲昵地拉过麦子，指着谷梁或说："原来啊，就是一场误会。谷梁教授今天亲自过来解释清楚了。唐小姐呢，也撤销了对你的投诉。还不赶紧谢谢他们！"

麦子怔怔看向谷梁或，刚要点头说"谢谢"，却被谷梁或扬手制止了。

"裴总，是我们连累了、冤枉了麦小姐，应该我们道歉才是，哪有让她跟我们致谢的道理？"谷梁或看向裴少霆，镜片后的眼眸透着冰冷。

裴少霆尴尬地笑了笑，有点手足无措。

谷梁或却站起身，冲麦子微微鞠躬，郑重其事地说："麦小姐，对不起，请接受我的道歉。"

"啊……"麦子赶紧摆手，"不用这样……"

谷梁或望向唐莉，眼神凌厉。

唐莉皱着眉，略微欠了欠身，不耐烦地说了句："对不起……"

"好了好了！"裴少霆拍了下手，又从衣兜里掏出两张金色的卡片，分别递给二人，"这件事呢，就算是过去了。以后二位在我们艾美不论是订陪购服务，还是形象设计全都享受 VIP 的待遇！"

谷梁或接过 VIP 卡，看都没看一眼，随手放在了茶几上，又似不经意问了句："哦，对了，刘思雨小姐在吗，我找她还有些事。"

麦子一怔，与谷梁或对视了一下，马上说："在，我去叫她。"

刘思雨低着头跟在麦子身后走进办公室。她心里打着鼓，尤其不敢抬头看唐莉。

谷梁或却热情地介绍道:"刘小姐,这位是唐莉,唐老师……"说到一半,他忽然拍了下头,"哦,对,我想起来了,你们俩应该认识……"

"啊……我……"刘思雨慌了,满面通红。

唐莉瞥了她一眼,轻声道:"哦,是见过。她是艾美的售后调查员,来学校找过我,也是她建议我来投诉的。"

"售后调查员?"裴少霆立起眼睛瞪向刘思雨,"我们艾美什么时候有'售后调查员'了,我怎么不知道?"

刘思雨哆嗦了一下,额角渗出了细密的汗珠。

站在一旁的麦子恍然大悟,怪不得唐莉会时隔这么久才来投诉,原来是这绿茶婊又作怪了。

谷梁或慢悠悠地从公文包里抽出几张图纸,笑眯眯地递向脸色惨白的刘思雨:"刘小姐,你的设计图还给你。不好意思,虽然我看得出你十分渴望得到我那位设计师朋友的指导,但她看过之后觉得不是很满意。很遗憾,虽然我很想引荐你们认识,但她拒绝了,我也无能为力。"

刘思雨看着谷梁或和煦的笑容,脊背阵阵发凉。

裴少霆瞪着刘思雨,忽然使劲拍了下桌子,厉声道:"你不是说……是麦子想要谷梁教授引荐吗?怎么倒是你?"

"我……我……不是……师兄……你听我解释……"

没等刘思雨说完,谷梁或迅速掏出手机:"是这样,我那个朋友在云裳发布会上看见了麦小姐自己设计的礼服,便想让我引荐。可麦小姐一直拒绝。倒是这位刘小姐,毛遂自荐,还主动把自己的设计图送过来。"

说完,他点开了微信,刘思雨甜腻的声音瞬间在办公室响起。

麦子低头抿唇,心中暗爽。没想到教授出手,还真是一招毙命。

脑海中浮现了对战游戏的画面——白衣飘飘的谷梁或手持一柄长

剑,对着刘思雨接连使出一串必杀。刘思雨惨叫一声,嘴角渗着血飞到半空中。与此同时,屏幕上跳出两个鲜红的大大的字母——KO!

裴少霆的一声怒斥将遐想中的麦子拉回现实。只见他面沉似水,眉头笼着阴云,厉声对刘思雨说:"搞了半天,都是你在背后捣鬼。先是撺掇着唐小姐来投诉,又跟我说麦子要跳槽。小小年纪,竟有这么多的心机。我们艾美不留你这样的祸害!你走吧!"

刘思雨溃不成军,只得含泪收拾东西走人了。

麦子送谷梁彧和唐莉到门口。

待唐莉上了车,她偷偷扯了下谷梁彧的衣角,低声说:"教授,今天真是谢谢你。"

谷梁彧瞥了她一眼,嘴角浮起玩味的笑意,似对着空气说:"你选衣服挺有眼光的,但选男人……眼光不是一般的差……"

"什么?"麦子怔住了。

可谷梁彧已经上了车,绝尘而去……

为了安抚麦子受伤的心,裴少霆特意拉着她去公司对面吃西餐。

可牛排和甜品没有勾起麦子的食欲。她坐在裴少霆对面,始终低着头,闷闷的。

裴少霆给麦子的杯子斟满红酒,笑着说:"怎么还不高兴啊?师兄不是跟你道歉了吗,还生师兄的气?"

麦子抬眸,眼中闪着泪光:"没生气……但……还是……还是伤心……你不相信我……"

她扁了扁嘴,眼泪又掉下来了。

裴少霆赶紧拿过纸巾帮她擦眼泪,又解释道:"师兄不是不相信你。

你是什么样的人,我难道还不清楚吗?只不过,我觉着顾客是上帝,咱们道个歉让她消消气,就什么事都没有了。况且,事情要是闹大了,对你的名声也有影响。师兄是为你着想,哪承想,你脾气这么大……"

"我没做过的事,为什么要道歉?道歉不是等于承认了吗?这是原则,是底线……"麦子嘟起嘴,委屈巴巴的样子。

裴少霆轻笑,伸手揉了下麦子的头发:"傻丫头,你啊,就是还没走入社会,想问题太简单。这社会上的事,哪有非黑即白的?什么原则、底线,那都是小孩子才执着的事,大人们想的都是怎么才能圆满解决问题。"

麦子皱眉——是吗?谷梁或明明比裴少霆年纪大,他却是讲原则、守底线的……

"可是……师兄你昨天打电话要开除我……"麦子委屈的眼泪又涌上来了,"你说过的,永远不会开除我……"

"唉……"裴少霆叹了口气,"我那都是气话啊!都是那个刘思雨挑拨,她说你想让谷梁教授帮你引荐服装设计师,要离开艾美。我想着,我对你这么好,你却要背叛我,就越想越伤心……说到底都是那个刘思雨太坏了。你之前还提醒过我,都怪我太大意。"

原来,他是以为她要离开才说出那么绝情的话。原来,他这么在乎她……

杯子里,琥珀般甘醇的红酒映出麦子傻傻的笑……

PART 05 爱的凡勃伦效应

yin la guo fen ke ai

经济学中,凡勃伦效应是指消费者对一种商品需求的程度因其标价较高而不是较低而增加。
爱情也如此。

♥ 粮食夫妇小剧场 ♥

 大品牌固然能满足消费者的虚荣心理,但我还是比较倾向性价比高的小品牌。就像你今天涂的口红,应该不会太贵吧?但颜色特别自然,很适合你。

不贵,学校门口麻辣烫,十块钱一碗,多放点辣椒!

（一）

艾美的周年庆安排在了城郊的温泉度假山庄。

宴会厅内，灯火辉煌，杯盘罗列。员工们分坐两个圆桌，都目不转睛地望着台上的人。

晚宴开始之前，西装革履的裴少霆站在大屏幕前侃侃而谈，正声情并茂地描绘着公司发展的宏伟蓝图。

"'私人形象管理'这在中国还是个新兴行业。我们艾美人是敢于第一个吃螃蟹的人，是勇于劈山开路的人！从陪购到形象设计，这两年我们艾美人一直走在探索的道路上，也取得了丰硕的成果。然而，我们的目标仅限于此吗？当然不是……"

看着意气风发的男神，麦子双手捂着发烫的脸，眼睛里又飞出了小心心。

大屏幕上滚动着PPT。裴少霆伸手一指："这，就是我们艾美的下一个目标！"

麦子眯起眼看着大屏幕，口中轻声念着："形象管理APP？"她用手肘碰了一下旁边的徐璐，压低声音，"这是干什么的？"

徐璐漫不经心地说："APP……应该是手机软件吧？"

接着，裴少霆用激昂的语调介绍着这个新项目。

大致就是利用大数据打造专属个人形象设计的手机APP。输入一些个人信息,便会有大数据的推荐。还有智能模拟试穿衣服、试妆面等功能。

"师兄太厉害了!"麦子一脸痴汉相,"他脑袋里怎么会有这么多想法呢?"

坐在麦子另一边的高梦洁轻笑:"这些都是国外已经有的东西了。"

麦子嘟起嘴:"那……他也很厉害呀,我都不知道……"

这时,裴少霆的讲话已经进入了收尾阶段。

"各位艾美的同仁,我想对大家说:'昨天很残酷,今天更残酷,明天很美好,但是大多数人死在了今天晚上。'我想和在座的各位一起做那少数的人。让我们继续坚持,坚持,再坚持!迎接我们的将是无比灿烂美好的明天!谢谢!"

麦子使劲鼓着掌,手心都拍红了,还不住感叹:"师兄说得太好了!太有哲理了!"

徐璐斜了她一眼:"那是人家马云说的。"

"啊?"麦子扭头傻傻看着她,"那……那他能知道这些,也很了不起了!"

徐璐和高梦洁的目光越过麦子对视了一下,都抿唇浅笑。通过刘思雨那件事,她们算是看明白了,麦子根本就是个毫无心机的纯情傻妞,对她的敌意也减少了。

老板讲话结束,大家便开始觥筹交错。长袖善舞的裴少霆在两桌之间穿梭,说笑、敬酒,逢迎得恰到好处。

麦子一边往嘴里塞美食,一边偷瞄着男神,心里念叨着——快到碗里来!快到碗里来!

终于,喝到半醉的裴少霆晃晃悠悠挨在麦子身边坐了下来,口里喷着酒气,双颊泛红,一巴掌重重拍在麦子的肩膀上。

麦子被他拍得生疼，可脸上还是洋溢着笑容。

"来，师妹，师兄敬你一杯！"裴少霆拿起桌上的啤酒瓶将麦子的杯子倒满了。

白色的泡沫溢了出来，沾了麦子满手都是。望着裴少霆迷离的桃花眼，她整颗心也溢满了欢喜。

嘴唇刚沾到杯子，忽然听见旁边的高梦洁喊了声："等一下！咱们玩点特别的吧？"

裴少霆侧目，含含糊糊地问："玩什么？"

徐璐站起来跟着起哄："来来来，师兄师妹喝个交杯酒，怎么样？"

麦子的脸腾地红了。她紧张地看向徐璐，发现她正对着自己挤眼睛。她心跳忽然加快——莫非自己那点小心思被徐璐她们看穿了？

裴少霆倒是满不在乎。他熟谙酒桌上的应酬，喝高兴了什么花样都有，酒醒了就过去了，谁也不会当真。

"好！"裴少霆应和着，竟主动挽起了麦子的胳膊，将自己杯中酒一饮而尽。

众人有敲杯子的，有吹口哨的，气氛一下子起来了。

麦子听见自己的心跳，脸红得都快滴出血来了。她怔怔地看着近在咫尺的男神，呼吸都困难了。

裴少霆咽下啤酒，见麦子还傻愣愣的，不禁催促道："怎么还不喝？"

麦子赶紧颤抖着将杯子放在唇边，可一紧张，竟然呛了一口。

裴少霆松开手，拍了拍麦子的背，打着哈哈："着什么急，慢点喝啊！"

伏在桌上的麦子边咳边懊恼——这么神圣的时刻，居然掉链子，真是太没出息了……

这时，对面的李忻大声抗议："老板偏心！只跟师妹喝交杯，都不跟我们喝！不行不行，要雨露均沾！"

大家也都笑着起哄："对对对，雨露均沾！"

麦子忍住咳嗽看向裴少霆，心中打鼓——他……应该不会答应吧？

可正在兴头上的裴少霆哪会顾及麦子的心情？他拎着酒瓶站了起来，手一挥："好！雨露均沾！"

就这样，麦子眼睁睁地看着心上人跟每个女生都喝了交杯酒。她心难受，胃里也跟着难受，一捂嘴，起身便往卫生间跑。一阵翻江倒海，把晚上吃的东西全吐出去了。

待整理好，刚要推门出去，麦子忽然听见外面传来裴少霆的声音，应该是在打电话，语气极不耐烦。

她屏气凝神，仔细捕捉着信息。

"妈，我都说多少遍了，我正在创业，暂时不想谈恋爱！不要再安排我相亲了，好不好？"

相亲？麦子瞪大了眼睛——还好，他拒绝了。

"哎呀，妈，你就别操心了行吗？我知道张阿姨家的女儿很优秀……可她家那小门小户的，我的事业也借不上什么力啊！我压根就不想找这样的……"

麦子的心开始一寸寸地下沉。

她知道裴少霆的家境一般，父母不过做点小生意，只能算是小康家庭。她本觉着他们算是门当户对，可裴少霆这话的意思是，他要找的伴侣必须能在事业上对他有所助益。而这一点，她的父母根本做不到……

胸口堵得透不过气来。待裴少霆的脚步远去，麦子推开门一口气跑出了山庄。

（二）

残阳如血，暮色渐浓。迎着清爽的山风，麦子深深吸了两口清新的空气，方才觉着好受了些。想起裴少霆在酒桌上八面玲珑的样子，她忽然不想回去了。

沿着蜿蜒的小路，她信步走着。空气里是泥土混着青草的味道，耳畔时而传来鸟虫的啁啾声。在自然静谧的环境里，一颗烦躁的心渐渐平静。

转了个弯，忽望见一个古色古香的院落。灰墙黛瓦，黑漆带着铜环的大门虚掩着。

麦子走到门前，思量着，前面不远处是个名胜古迹的园林景区，这应该是个角门。

随手推门而入，果真别有洞天。只见假山嶙峋，小桥流水，一栋小楼雕梁画栋，掩映于垂柳之中。沉沉暮色里，竟犹如一幅淡雅隽永的水墨画。

麦子有些恍惚，沿着光滑的石子路走了进来。忽然，前方传来一阵激烈的犬吠。接着，一个黑影叫嚣着向她冲了过来。

"啊！"麦子惊呼，转身便想跑，可脚下青苔一滑，竟踉跄着跌进了池塘里。

麦子不会游泳，一边在水里瞎扑腾，一边大呼"救命"，可岸上只传来一声高过一声的犬吠。

喊了几声，又呛了口水，麦子彻底绝望了。天都黑了，景区哪里会有人？搞不好明天的新闻里就会有这样一条——某某景区打捞出一具女尸，经调查为服装学院大四女学生……

就在这时，岸上响起了一个清朗男声："水深不到一米，你别慌！

我拉你上来!"

接着,一只温暖有力的大手抓住了麦子的手,用力将她向上一提,另一只手揽住她的腰,很轻松就将她抱上了岸。

麦子又惊又吓,腿都软了,一屁股坐在地上,像个孩子一样"哇"地哭了起来。

救她的男子俯身贴近她的脸,惊呼一声:"麦子?"

麦子听着声音挺熟悉,抹了一把脸上的水,抬头望去。迷蒙中,只见那人穿了件月白色长衫,在这样的景致里真好似个从古书里走出来的人。而唯一的区别是,他鼻梁上架着一副金丝边眼镜,镜片后的一双清澈眼眸盈着笑意……

"谷……谷梁教授?"麦子哆哆嗦嗦地站起身,像看怪物一样打量着谷梁或,"你……你怎么大晚上的出现在山里?你是神仙还是妖怪?"

谷梁或伸手轻轻拨过麦子额前的湿发,淡淡一笑:"你大晚上出现在我的住处,我还想问你是神仙还是妖怪呢?"

"住处?"麦子回头望了一眼暮色中的小楼,又歪头皱眉看着谷梁或,"你……住在景区里?大学教授兼职做景区管理员吗?"

谷梁或笑得有些无奈,抬手向远处一指:"那边才是景区,这里是挨着景区的私人住所。"他略微思索了一下,又补充了一句,"这园子是我朋友的。我写论文需要个清净的地方,就借宿几天。"

麦子吐了下舌头:"好吧,贫穷限制了我的想象力。原来现在的有钱人不住大别墅,而是住景区旁边的小园子,还养着恶犬伤人……"

"恶犬?是说它吗?"谷梁或弯腰抱起了害麦子落水的罪魁祸首。

麦子定睛一看,差点要找个地缝钻进去,居然是一只奶油色的小泰迪。而它在谷梁或怀里完全没了刚才的嚣张气焰,正奴颜媚骨地舔着他的手。

一个大活人,居然被这么个小东西吓得掉进池塘,这不是让人笑掉大牙吗?

正在麦子埋怨自己窝囊时,谷梁或一把拉起了她的胳膊:"看你衣服都湿透了,外面风大,先进屋吧!"

麦子傻愣愣被谷梁或拉进了屋,只觉一股暖流扑面而来。环顾四周,她发现里面的装潢虽也是古典风格,但一应现代化的设施俱全。三面墙都是高高的书架,上面满满都是书,倒像个图书馆。窗边的楠木桌上放着个笔记本电脑。旁边一杯茶,萦绕着袅袅水汽。可想而知,谷梁或之前是坐在这里写东西的。

墙角放着一个棕色的棉质小垫子。"罪魁祸首"摇着尾巴跳了上去。乖乖地趴在那儿舔着自己的小爪。

谷梁或推开北面一扇雕花木门,转身对麦子说:"这里面是浴室。我刚烧了洗澡水。你去洗个热水澡吧。"

"啊?"麦子迟疑。

在一个男人的住处洗澡,这也太不方便了。

谷梁或却随手拿过一件白色男士T恤,自顾自在麦子身上比了一下:"长度刚好,你去换上吧。湿衣服我拿去烘干。"

他说得极其自然,丝毫没注意麦子的脸已经红成番茄了。

"教……教授……"麦子下意识地捂住领口,"我在你这儿洗澡……不……不合适吧……"

谷梁或镜片后的眼眸闪烁着童真:"你都湿透了,不好好洗个热水澡是会感冒的。"

"可是这孤男寡女……"

谷梁或轻笑："你是觉得我不像正人君子吗？你是长得很漂亮，但是我……"

"但是你压根就没把我当女人！"麦子想起了他之前说过的话，一把扯过T恤，"好了，我明白。我……洗澡去了……"

怎么忘了他是个钢铁直男？在他眼里，她只是生物学角度上的"女人"，当然不会有危险……麦子边想边进了浴室。

而谷梁或的手还悬在半空中，无奈地摇摇头，低声自语："我是想说，我不会乘人之危。这反应也太快了。"

麦子飞快地冲了个澡，随手用了一些沐浴露。她发现这个沐浴露的味道有点熟悉，似乎就是谷梁或身上的淡淡薄荷味。忽然全身沾染了一个男人的味道，这感觉有种奇怪的暧昧。

T恤很长，麦子穿上后刚好到大腿。松松垮垮的，却也掩藏不住她的好身材，倒显出了另一种诱惑。

当麦子走回客厅，谷梁或下意识地轻扫了一眼T恤下面笔直修长的腿，脸颊微微泛红了。

麦子也有些尴尬，试着调侃道："教授的T恤被我穿出了今夏流行新时尚呢！下半身失踪，BF风，呵呵！"

话一出口，麦子的脸瞬间红了——穿着人家的衣服，还说什么"BF"，这话是会让人误会的呀！

"啊，教授……你可能不知道BF什么意思……是……是……那个……best friend的意思！"麦子在心中默默感谢了一下小学英语老师。

谷梁或眼中闪过一丝狡黠："我怎么记得，前几天看的时尚杂志上面写的是'boyfriend'呢？"

"哈？你还看时尚杂志啊……"麦子满脸通红，挠着头，"那可能是我记错了……啊哈哈……"

"不过'best friend'也不错。就先从好朋友开始……"

麦子没听懂——开始?开始做什么?

谷梁或指了指窗边的藤椅,示意麦子坐下,然后又给她倒了一杯热茶。接着,他抬腕看了看表:"衣服烘干大概还需要二十分钟。这段时间里,你应该回答我一个'哲学问题'。"

麦子用茶杯暖着手,一脸懵懂:"哲学?"

"你从哪里来?要到哪里去?大晚上的出现在这里,难不成真是神仙妖怪?"

麦子低头苦笑。许是夜晚容易让人放松,而此时此景又太像置身另一个时空,她对着谷梁或把一肚子的苦水都倒了出来。说到最后,竟抽抽搭搭地哭了起来。

谷梁或的心头掠过一丝烦躁。看见麦子这副模样,他是心疼的。可对于男女情爱这回事,他又真是外行。他能把经济学化繁为简,通俗易懂地讲解给学生,却不懂得如何哄这个哭泣的小女孩。

求助?可这里再没第三者。等下,或许有……

谷梁或转头看向狗窝,那只小泰迪已经四脚朝天翻着肚皮没心没肺地呼呼大睡了。

"球球!"谷梁或唤了一声。

只见那狗耳朵一动,接着嗖地一翻身,扬起头,睡眼蒙眬地看向主人。

谷梁或冲它招招手:"过来!"

球球又动了动耳朵,噌噌几下蹿到谷梁或脚边,用小脑袋蹭着他的脚。谷梁或又指了指麦子,继续下指令:"表演!"

球球马上后腿站立,像个小孩子一样晃晃悠悠走到了麦子面前,两只前爪抱在一起,开始给麦子作揖,然后又举着小爪转了几个圈。鲜红的小舌头也伸了出来,不停发出"哈哈哈"的声音。

麦子先是一愣,接着便破涕为笑:"哈哈,这小狗太可爱了!"说着,她还伸手摸了摸球球的头,全然忘了就是这个小东西害她落水。球球顺势舔了舔麦子的手。这两位算是握手言和,冰释前嫌了。

谷梁或看见麦子的笑容,松了一口气——亏得咱球君一身才华,不是酒囊饭袋。在哄女孩子方面,他甘拜下风。

"教授,这是你的狗吗?"麦子抬眸,眼睛还是红红的,"我还是头一次见到男人养泰迪呢!"

谷梁或清咳了两声:"山里捡的。估计是哪个游客带它上山走丢了吧。"

"好可怜啊!"麦子将球球抱了起来,轻轻抚着它卷曲的毛,"一定吓坏你了吧?不过幸好你又遇到一个好主人。"

谷梁或盯住麦子,嘴角浮起一丝浅笑,意味深长道:"所以说……要懂得变通。狗都不一定只有一个主人,何况人呢?"

麦子皱了下眉,觉着教授这话听着有点别扭。

"你不会是在影射我吧?我又不是狗。再说……我师兄也……也不是主人……"

"我就是打个比方。既然你们的诉求不一致,你又何必执迷不悟呢?"谷梁或收起笑容,神情很认真。

麦子却撇了撇嘴,一边用手梳理着球球的毛,一边反驳:"你说得轻巧。我可是喜欢了他整整四年啊!为了他,我都没谈过恋爱……"

"他到底哪里好?"

语气有点酸。

麦子眨眨眼："师兄……哪儿都好……他最大的优点就是，有远大的理想，奋发有为，不像现在的年轻人浑浑噩噩虚度光阴。"

"这样的人多了，像我……我也没有虚度光阴啊！"

麦子把头摇得像拨浪鼓："不不不，教授，你跟我们不是一代人。"

谷梁彧胸口发闷——好吧，原来在她眼里他已经步入中年了。

看着吃了闷亏的谷梁彧，麦子忽然有点爽——谁让你不把我当女人！

"那你现在想怎么样？还继续喜欢你那个有为青年吗？"

谷梁彧特意把重音放在了"青年"两个字上。

麦子皱起眉，幽幽叹了口气。球球很配合地舔了舔她的手。谷梁彧看着极懂察言观色的球球，心想，这货上辈子是太监吧？

"我哪知道该怎么办？"麦子闷声说，"我放不下他，可他……又不喜欢我。唉，都怪我没本事，不能在事业上帮他……"

"哼……"谷梁彧的神情带着鄙夷，"有上进心是好事，可干吗要靠女人啊？"

"他不是靠女人！"麦子争辩，"他自己也很努力啊，又不是吃软饭。只不过，他觉得如果另一半也能给他点帮助，那会事半功倍。现在创业多难啊！他白手起家，真的很不容易。我觉得……我能理解他……"

"可是你不觉得这样的爱情太过功利了吗？"谷梁彧一针见血。

麦子斜睨着谷梁彧，一脸的不以为然："教授，在爱情这件事上，你好像没什么发言权。"

好吧，又回到了那个死命题……

谷梁彧暗自咬咬牙，决定一定要好好对这个小丫头"言传身教"。他蹙眉思索了一下，眼睛亮了："好，在爱情上没发言权，那我在经济学上总有吧?"

麦子一怔:"这件事跟经济学有什么关系?"

谷梁或笑了,又用上课时的腔调说:"我跟你讲,这世上所有问题都能用经济学思维来解决。在经济学里,有个名词叫'凡勃伦'效应。"

麦子又蒙了,这位"凡先生"又是卖什么的呢?

"所谓凡勃伦效应是指消费者对一种商品需求的程度因其标价较高而不是较低而增加。"谷梁或来了精神,"举个例子,样式、皮质差不多的一双皮鞋,在普通的鞋店卖80元,进入大商场的柜台,就要卖到几百元,却总有人愿意买。一个普通的包成本不过100元,可打上LV的logo却标价上万,可偏偏就有人愿意掏钱。"

"哦,这个我明白。包装和品牌效应嘛。"

"对,可为什么会出现这种情况呢?"

麦子思考着说:"因为……因为买的人觉得有面子。"

"没错!"谷梁或拍了下手,"这种商品不只具有物质效用,而且能给消费者带来虚荣效用,使消费者通过拥有该商品取得受人尊敬、让人羡慕的满足感。也正因为如此,有购买能力的消费者都会不遗余力、毫不犹疑地购置那些可以引起他人尊敬和羡慕的昂贵商品……"

趴在麦子腿上的球球打了个哈欠。

麦子一脸茫然:"可是,这跟爱情又有什么关系呢?"

谷梁或推了下眼镜,继续说:"你有没有想过,你的心上人为什么对你没兴趣?或者说,为什么没有把你列为结婚的对象?"

麦子瞪着眼睛摇头。

"因为他没有看到你的价值……"

麦子嘟起嘴:"我本来也没什么价值啊!"

"不要妄自菲薄。"谷梁或提高了声调,"麦子,你有很多优点。比如善良、率真,比如服装设计方面的天赋……可遗憾的是,这些都不是那个人需要的。所以说,你们的诉求不一样。但如果你非认准了这个人,那我们也可以想想办法。"

"什么办法?"麦子瞪大了眼睛。

谷梁或看着麦子,眸色渐深,忽然探过身子说了句:"让我追你……"

"什……什么?"麦子大惊失色,差点从藤椅上滑下去。

谷梁或有点心塞,这句话本身带着点试探意味,但看得出来这小丫头对自己还真是没有半点"非分之想"。

还好他自己能挽尊。

"当然不是真的。"谷梁或转开目光,尽量掩藏自己的不自在,"那个人不是需要有个助益他事业的另一半吗?那我就装个有钱人追你,让他看到你的价值。"

"哈?"麦子挠挠头,"可……可他认识你啊!再说,如果你追我,那我不真成抢客户男朋友的狐狸精了?"

谷梁或想了想:"我可以不露面啊。就让他知道,你有个很有钱的神秘追求者,越是神秘就越能勾起他的兴趣。"

"这……这真的可行吗?"

"不一定。不过,可以试试啊!反正你又不会损失什么!"谷梁或故作轻松地耸耸肩。

"可是……你为什么要帮我?"麦子的眼中闪过一丝警惕,"大学教授很闲吗?做这样的事,不会浪费时间成本吗?"

她可是记得,这位教授连陪女朋友逛街都觉得是浪费时间成本,现在却肯花费时间精力成全她的爱情,这不是很奇怪吗?

谷梁或瞥了一眼电脑，轻笑："这是我最近研究的课题——经济学在婚恋关系中的作用。"

"啊？"麦子将信将疑，"还有这样的课题啊？"

"我刚不是说了吗？世间所有问题都能用经济学的思维来解决，当然也包括婚恋。怎么样？咱们谈个交易，我帮你搞定你那个师兄，你帮我实践这个课题。"

麦子歪头想了想："嗯……听起来似乎挺有意思……"

"那你准备好了。我，要开始追你了！"谷梁或郑重宣布。

（三）

正午，刚上完课的谷梁或夹着书走出教学楼。忽然，一个黑影嗖地出现在面前，吓得他反射性退后一步。他定睛一看，原是穿着熊本熊T恤的杨柳。她张开双臂拦住谷梁或的去路，一副欲言又止的模样。

"同学，有事？"谷梁或站定，低头俯视。

"教授，我……我倒想问问你有没有事？"杨柳说完，警觉地左右看看，然后神秘兮兮地上前一步，压低声音，"我听麦子说，你要帮她追裴少霆……你没事吧？那可是你情敌啊！这么快就放弃了？"

谷梁或无奈地笑了："人都是这样，得不到就会不甘心。与其一直心存幻想，倒不如干脆让她称心如意。那个时候再发现那人跟她幻想的根本不一样，才会彻底死心。"

"那就是说，教授没放弃麦子？"杨柳圆溜溜的眼睛登时放出光彩。

"我像那么容易就放弃的人吗？"谷梁或眨眨眼，嘴角浮起玩味的笑，"所以，你大可把心放回肚子里。我们的约定依然有效。"

杨柳一怔，接着尬笑，夸张地摆着手说："哎呀，教授，你误会了！我是纯粹关心你们的进展，才不是为了考试成绩那点小事呢！呵呵呵呵……"

谷梁或抬腕看表："好啦，我要找麦子吃午饭了。"

"哇！"杨柳双手交握，双眼放光，"你们这就要去烛光晚餐，哦不，是烛光午餐了。太浪漫了！教授，友情提示，她吃得多，你可千万别嫌弃她……"

"嗯，能吃是福。"

杨柳用姨母般的眼神目送谷梁或，在他身后握紧拳头使劲比了一下："教授，加油！我是你坚强的后盾，噢耶！"

谷梁或将车停在写字楼门口，然后给麦子打了个电话。虽说之前已经约定好了，但他还是听出了麦子的紧张。

五分钟后，麦子慌慌张张地走了出来，站在门口四下张望着。谷梁或赶紧按了下喇叭。

麦子朝这边望过来，瞬间瞪大了眼睛。谷梁或见她一副傻愣愣的模样，又是忍俊不禁。

"不是吧！教授，你居然开着玛莎拉蒂来接我！"麦子坐上副驾驶便开始大呼小叫，"我记得你以前开的是帕萨特啊！"

谷梁或轻笑："都说要装有钱人了，当然装备也要升级啊！"

"可这车，租一天也不便宜吧？"麦子一脸肉疼，"教授，你帮我追男神，我已经很感激了。还这么破费……要不，租车的钱我出吧！不过，我可能一时拿不出这么多，分期行不行……"

"哈哈哈哈……"谷梁或终于忍不住笑了起来，"放心吧，车是跟朋友借的，没花钱。"

"你怎么有那么多有钱的朋友啊？"麦子歪着脑袋看着谷梁或，接着又低头掰起手指,"送定制西装的朋友、住景区豪宅的朋友,还有开豪车的朋友……"

"如果你对我的朋友感兴趣,以后有机会带你见见。"

麦子使劲摇头:"才不要!像我这种浑身散发着穷酸气息的人,很有自知之明的好吗?"

谷梁或故意凑过去。

麦子警惕地推开他:"你干吗?"

"想知道什么是'穷酸气息'。"谷梁或笑得人畜无害,"很香啊。"

要不是早知道他是个耿直 boy,而且他的眼神又太过纯良,麦子肯定判定他意图不轨。

"好啦。咱们还是先决定吃什么吧!我不太了解你的口味,中餐还是西餐?"谷梁或笑着征求意见。

麦子皱起眉:"其实……我们不一定非要一起吃饭啊,他又看不见。"

谷梁或又是一阵心塞——跟他吃个饭都这么不情愿吗?

"我是想带你去有钱人吃饭的地方见识见识,免得被人问起来的时候露怯。"

谷梁或反应倒是快。

可麦子又摆出一副肉疼的表情:"那岂不是要去很贵的餐厅?"

谷梁或差点倒了:"你放心,我请客。"

"你的钱不是钱啊?"麦子瞪起眼睛,"大学教授的钱是大风刮来的吗?上完自己学校的课,还要到别的学校兼职挣外快,很辛苦的好不好!"

谷梁或哭笑不得——她这么"善解人意",是不是该感动一下呢?

"嗯,从现在开始。麻烦你不要考虑钱的问题。之前我说过了,这是我现在研究的课题。既然是课题,学校就会给我研究经费。所以在你身上花的每一分钱,都不是我自掏腰包。你大可放心。"

"学校这么大方?这985重点大学是牛哈……"

"好啦,吃什么?"谷梁或快抓狂了。

麦子嘟起嘴:"西餐吃不饱,中餐吧。"

果然能吃……

半小时后,谷梁或将车停在一栋白色二层小楼前,然后绕到副驾驶很绅士地帮麦子拉开车门。

麦子下车后,不禁有些惊诧。她发现这里环境很幽静,楼前是绿油油的草坪,两排修剪整齐的树木像迎宾的士兵。而那栋小楼没有挂什么招牌,倒像是私人别墅。

"这……这是饭店?"麦子傻愣愣问道。

谷梁或轻笑点头:"嗯,这里是会员制的,不对外。我觉得有几道菜还不错,带你来尝尝。"

会员制?不对外?那就是有钱都不一定进得去……

麦子再次感叹,贫穷限制了自己的想象力。

里面果然跟宫殿一样富丽堂皇。穿着考究的服务生将他们带入一个单间。坐在红色丝绒镶着金边的椅子上,麦子只觉浑身不自在,抬眸看向谷梁或,他正拿着精致的菜单随意翻看,姿态优雅,神情从容。麦子忽然发现,对面这个男子身上似乎自带一种贵族气质,在这样的环境里丝毫没有违和感。

"有什么忌口的吗?"谷梁或看出麦子的局促,决定自己做主。

麦子摇头,傻愣愣地说:"没,我什么都吃。"

谷梁或轻笑:"不挑食好呀!好养活。"

菜齐了，满满一桌。

麦子瞪大眼睛："教授，太多了。这……这根本吃不完啊！"

"第一次跟你吃饭，不太了解你的食量。多了总比少了好啊，不然，你回去抱怨没吃饱，那我多没面子。"

"呵呵……"麦子尬笑，"我就算再能吃，也吃不了这么多呀！你这是喂猪呢！"

本来还想装装矜持，可接下来却是一路打脸。

当麦子将第一口菜送进嘴里后，便一边惊呼一边挥舞着筷子停不下来了。

"唔，这个好好吃！"

"这个这个，是什么做的？口感好好啊！"

"什么？红薯？骗人！哪里有这么好吃的红薯？我怎么看它一点都不像红薯！"

……

谷梁或饶有兴致地看着将嘴塞得鼓鼓的麦子，心情大好。他发现原来看她吃东西也是一件身心愉悦的事。

麦子拿起餐巾纸抹抹嘴，又偷偷打了个饱嗝，再一看盘子里已是风卷残云。

谷梁或抿唇浅笑："看来，你的食量还是有潜力可挖的。"

"啊……"麦子捂脸，"教授，其实……其实我平时不吃这么多的……是这里的菜太好吃了……啊……好丢人……"

"不丢人，这样很真实。"谷梁或笑吟吟的。

麦子见谷梁或基本没动筷子，又是一阵愧疚："教授，你……你都没怎么吃啊……是不是我吃太快了，你都没抢上啊？哎呀……你都没吃饱吧?"

"哈哈哈……"谷梁或朗声笑了起来,"没有,我吃了。只不过,自己吃没有看你吃开心,看着看着就忘了。"

"看我吃东西很开心?"麦子一脸的不可思议。

谷梁或笑着点头:"是啊,不仅是开心,甚至可以说很享受。"

"哈哈哈……"这次换成麦子笑了,"教授,你这是什么嗜好?喜欢看别人吃东西,有意思。"

"也不是谁吃都喜欢看的。你吃东西的样子很可爱……"

镜片后的眼眸中,柔情一闪而过。

"真的吗?那我去做个吃饭主播吧!哈哈哈哈……"

麦子笑得没心没肺。

吃完饭,谷梁或又将麦子送回了公司。

麦子刚要下车,却被谷梁或拉住了。

"这个拿着。最好让裴少霆看见,这样会引起他的注意。"谷梁或说着,像变魔术一样从车后座拿过一大捧香槟玫瑰,还有一个精致的白色纸袋。

"哇,你还买花了!"麦子接过玫瑰,脸红了,"这花真漂亮。可是怎么好意思又让你破费……"

"别忘了,有研究经费。"谷梁或轻笑,语气像哄小孩子。

"那,这个又是什么?"麦子拎起纸袋问道。

"礼物。"谷梁或的笑容里带着神秘,"上去再拆。记住,要当着他的面……"

麦子刚想说什么,忽然看见不远处裴少霆正从车里下来。

"师兄来了!"麦子抬手一指,声音因激动有些发颤。

谷梁或顺势轻轻推了她一下,催促道:"赶紧下去,跟他一起进电梯!"

"哦……好……"麦子慌忙抱着东西下了车。

谷梁或看着她慌慌张张的背影,嘴角浮起一丝玩味的笑。简单、真实、毫不做作的姑娘,真是太可爱……

赶在电梯门合上的前一秒,麦子成功挤了进去。

电梯里只有裴少霆一个人。他穿着黑色休闲西装,一只手插在裤兜里,优雅地轻倚在电梯一角。

"嗨,师兄……"麦子从玫瑰花束后面探出头,笑容有点尴尬。

裴少霆一怔,目光触及玫瑰花,直起身子问道:"你……你这是从哪儿回来?"

麦子憨憨一笑:"跟一个朋友吃饭去了。"

想起她和谷梁或的"阴谋",麦子不禁有些心虚,脸颊微微泛红,声音也有些抖。

可这样的反应,倒让裴少霆有了另一种解读。他又瞥了一眼娇艳欲滴的香槟玫瑰,轻声问了句:"男的?"

麦子的脸更红了,轻轻点了下头。

裴少霆蹙眉:"你交男朋友了?怎么都没听你说起过,对师兄都保密?"

"不是……"麦子赶紧摇头,背出准备好的台词,"他……就是追我……我……我都还没答应……"

"哦……"

电梯门开了,裴少霆没再说什么,只径直走向自己的办公室。

可办公区的人见到捧着玫瑰花的麦子,瞬间炸营了。

"呀，麦子，你这是跟谁约会去了？"高梦洁先迎上去，"还送花？交男朋友啦？"

"没没没……"

没等麦子解释，徐璐又大声嚷起来："我都看见了，你是从一辆玛莎拉蒂上下来的！男朋友挺有钱啊！"

"不是男朋友……"

麦子只顾着解释，没注意裴少霆已经驻足，侧身望向了她。

"哎，这个是什么？"徐璐指着麦子手中的纸袋问道。

麦子将纸袋和花都放在办公桌上，红着脸说："我……我也不知道，说是个礼物，还没打开看呢！"

"快打开看看是什么？"

众人催促。

麦子想起谷梁彧的叮嘱，偷偷朝裴少霆的方向瞟了一眼，发现他不但没进办公室，还朝这边望着，便欣然打开了纸袋。只见里面是个布袋，再打开登时目瞪口呆。

几秒钟后，大家又是一阵惊呼：

"哇，'香奶奶'的经典款！"

"天啊，这包得四五万呢！"

"麦子，你男朋友出手真大方！"

……

从事时尚领域的女人对奢侈品有着猎犬一样的敏锐。

可此时的麦子已经完全蒙了，她看着桌上那只做工精细，带着双 C 的 logo，浑身散发着高贵气质的包包，心里只有一个念头——谷梁教授怕是疯了吧？

"不好意思,我……我去下洗手间……"

麦子握着手机挤出人群,飞快地跑走了。裴少霆皱了下眉,也进了自己的办公室。

电话接通后,麦子一面压低声音,一面又用夸张的语调嚷着:"教授,你们学校到底给了多少研究经费啊?你……你不能这么挥霍啊,那一个包好几万呢!"

电话里传来一声轻笑,接着是谷梁或平和的声音:"高仿,没那么贵。"

"就算是A货,做到这个程度也不便宜呀!"

谷梁或只得哄着她说:"咱们做戏就得做足,你被个有钱人追,都不送个名牌包,那演得能像吗?你呢,就当那包是个道具,别有心理负担啊!"

麦子想了想,也是这么个道理,于是说:"教授,那我就只当是你借给我的。等演完了,我还给你。"

谷梁或放下电话,浅笑着自语:"不贪财,不爱占小便宜,加分!"

PART 06 爱的信息不对称

yin la guo fen ke ai

经济学中,
信息不对称理论是指在市场经济活动中,
掌握信息比较充分的人,
往往处于比较有利的地位,
而信息贫乏的人,则处于比较不利的地位。
此理论同样适用于爱情。

❤ 粮食夫妇小剧场 ❤

"麦子,你是九,我是三。除了你,还是你……不行,她数学不好……麦子,我们去吃全家桶吧!这样就是一家人了呀!不行不行……垃圾食品不健康……还是这样吧,麦子,别让我再看见你。否则,看见你一次,我就喜欢你一次……"

谷梁彧一边给球球添狗粮一边练习跟麦子表白。

再多一点……再多一点……哈哈,比平时多了好多……球球伸着小舌头,望着满满的食盆,心花怒放——官宣!本汪只认这只叫"麦子"的人类做女主人!

（一）

"啪……"

随着一声脆响，白色骨瓷茶杯在光可鉴人的大理石地面上摔了个粉身碎骨。

梁万鹏脸色铁青，鹰隼般的眼睛狠狠瞪着对面沙发上坐着的谷梁或，连眼角的皱纹里都溢满了愤怒。他抬起一只手捂着起伏的胸口，深蓝色的丝绸睡衣胸前揪成一团。

"你……你就跟你那个妈一个德行！"

语气愤怒，但明显有些中气不足。

谷梁或皱了下眉，冷冷扫了一眼梁万鹏，慢悠悠道："我妈追求自己的事业有什么错？难道，我们母子凡事都要听从你的安排？我们就不能有自己的人生？"

"好啊，你们一个个翅膀硬了，都要摆脱我是不是？"梁万鹏使劲拍着桌子，额角青筋暴跳，"若不是我拼死拼活打下的江山，你们母子能活得如此自在？"

谷梁或深吸一口气，语气却是淡淡的："我妈把自己的事业经营得风生水起。若不是你为了声誉一直不肯离婚，她早就摆脱你了。而我，虽说只是个大学教授，但也能自己养活自己，我也不靠你什么。"

"你……你就算撇得再清，你就算改了姓，你也是我梁万鹏的儿子！

你身上流着的是我的血！你看不起我满身铜臭，可我赚的钱将来都是你的！整个鹏程集团也早晚都是你的！"

谷梁或站起身，不耐烦地说："你非要给我，那我就去做慈善，捐给非洲难民……"

"你……你……咳咳咳……"梁万鹏脸色转为青紫，身子晃了两下，捂着胸口剧烈咳嗽起来。

谷梁或一怔，慌忙上前扶住他："怎么了？"

一个中年男子推门跑进来，拿起桌上的药瓶，迅速倒出几颗塞进了梁万鹏的嘴里，接着又扶着他坐下，轻轻抚着他的背。

"少爷，梁董上周刚做的心脏手术，不能动气。你……你就少说两句吧……"

谷梁或瞪大眼睛："心脏手术？关叔，您怎么没告诉我？"

"唉，梁董不让说……"

谷梁或望着双眼紧闭、脸色青白的父亲，表情复杂。

关叔叹了口气，黝黑瘦削的脸庞布满愁云，语重心长唤了声："少爷……"

"说了多少次了，又不是旧社会，什么老爷少爷的？关叔，您在我眼里就是长辈。"

"既然你当我是长辈，那我就倚老卖老一回。"关叔看着梁万鹏，摇头叹息，"梁董说到底也是为了你好。虽说那高家的千金不是你自己挑的，但梁董可是千挑万选。他看重的是那姑娘的品行、学识……样样都是比照着你的标准挑的。可你刚刚却说，他是为了什么商业联姻。这不是拿刀子戳他的心吗？"

谷梁或皱紧眉，看了一眼喘着粗气的父亲，欲言又止。

关叔又接着说:"你大学毕业,就擅自做主把自己的姓氏改了。梁董气得住了院,那个时候就已经落下病根了。这几年,他年纪大了,这心脏越来越不好。你就别气他了啊!好歹,他也是你的父亲啊!"

谷梁彧幽幽叹了口气,语气也变软了:"我只是查了族谱,发现我们梁家的姓氏是由'谷梁'这个复姓演化而来的。我不过是认祖归宗,又不是不认他……"

"我的好少爷,你就听关叔一句吧!梁董的身体是一天不如一天了……他也是真心为你着想。这次的事,又不是包办婚姻,只不过是让你跟高小姐接触一下。若你真不喜欢,梁董也不会逼你。你就体谅体谅他,别再惹他动气了……"关叔苦口婆心地劝着。

谷梁彧紧锁双眉,目光缓缓落在书案上的一张照片上。照片里的女子皮肤白皙,五官轮廓很深,有点混血的感觉,笑容里透着与生俱来的优越感。停顿了几秒钟,他伸手将照片揣进衣兜,转身默默地向书房门口走去。

身后传来关叔的叮嘱:"后天高小姐从英国回来,别忘了去机场接她!"

谷梁彧没应声,只在门口又回头望了一眼靠在椅背上的梁万鹏,心里五味杂陈。其实,作为一个身家百亿的房地产巨头,梁万鹏没有任何风流韵事,对妻儿也是尽心照顾,算是很难得了。可他的专制,过强的控制欲,却还是让好好的一个家分崩离析……

(二)

笼在心头的阴云在见到麦子明媚的笑容后,便烟消云散了。谷梁彧以神秘追求者的身份约麦子看了场电影。开心麻花的喜剧片把个没心没肺的姑娘逗得前仰后合，谷梁或觉着看她比看电影有意思。

一大桶爆米花放在两人座位中间。黑暗中，谷梁或将手伸进桶里，却刚好碰到了麦子柔软温热的手指，指尖一阵酥麻。他偷偷睨着麦子，仿佛是做错事的小学生，心里一阵小鹿乱撞。看到麦子全神贯注盯着银幕，笑得没心没肺，他才暗自舒了口气。爆米花放入口中，奶油的香甜漫过味蕾，还真是甜啊！

蓝色玛莎拉蒂停在服装学院门口。谷梁或转过脸，笑容和煦，眼中带着深意："麦子，谢谢你……"

麦子一怔，笑了："教授，是你请我看电影，应该我谢你才对吧？"

谷梁或轻轻摇头，语气里夹杂着一丝疲惫："这几天……我心情不大好……跟你看完电影忽然就都好了。"

"哈哈哈哈……"麦子又爽朗地笑了起来，"教授，那是人家电影好笑，不关我的事。我看完了也觉得心情好好啊！"

"这……还是我第一次单独跟女生看电影……"

"真的吗？"麦子眨眨眼，忽然拍了下手，"想一想，我好像也是第一次……以前都是和室友啊，闺蜜啊，倒是有男生约过我，不过我都没答应，呵呵……教授，反正都是'第一次'，你不亏！"

话一出口，麦子就后悔了。这最后一句，怎么有点像是在调戏人家……

"对了，最近进展怎么样？"谷梁或看出麦子的窘迫，马上转移了话题。

"哦，进展嘛……不太明显。"麦子皱起眉，"公司的同事都知道有个很有钱的人在追我，也时不时会开几句玩笑什么的。可师兄……从来都没问起过……他最近都在忙公司的新项目，根本没时间关心我的事……"

"别急。"谷梁或安慰她,"他不问,你可以主动提啊!单独相处的时候,你就把话题引过去,再看他什么反应。"

麦子很乖地点点头,接着又想起了一件事,忽闪着大眼睛:"对了,教授,公司的同事总问我那个神秘追求者是做什么的。我怕说不好被看出破绽,你帮我编一个吧!"

谷梁或淡淡一笑,抬眸望向街对面的一片高层,语气清浅:"你就说……是个家里搞房地产的富二代。"接着,他朝着楼群轻轻抬了抬下巴,"如果再问具体的,你就说学校对面的高层小区就是他们家盖的……"

"哈?说得这么具体,那万一被本尊知道,丢人可丢大了……"说到一半,她自己又摇摇头笑了,"也是,本尊怎么可能知道?我真是杞人忧天。哈哈哈哈……"

谷梁或在她的笑声里,眉头渐渐舒展。他抬腕看了下表,轻声说:"好啦,我还要去机场接个人,你回去好好休息吧。"

"你还要去机场?几点的航班?"

"八点半到。"

"啊?"麦子惊呼,"现在已经八点十五了!哎呀,你早说呀!这离机场那么远,十五分钟肯定到不了啊!"

"没关系。"谷梁或笑着安抚,"如果她不想等,可以走嘛……"

谷梁或没着急去机场,而是回到住处换了平时开的那辆黑色帕萨特,然后才不紧不慢地往机场开去。他将车停在航站楼门口,想了想又将后座的一摞卷子放在了副驾驶的座位上,接着才拨通那个陌生的号码。

几分钟后,一个穿着淡紫色丝质连衣裙,身材窈窕的女子拉着拉杆箱走了出来。她长发微卷,大大的墨镜遮住半个脸,踩着细跟的高跟鞋迈出优雅的步子。拉开副驾驶的门，女子皱了下眉，又抬眸看向谷梁或，眼中透着疑惑。

谷梁或则冲她淡淡一笑，礼貌地打着招呼："高小姐，你好！"

"你好……"高馨雅语气有些迟疑，接着又低头看了一眼座位上的卷子。

可谷梁或却朝后面指了一下，轻声说了句："请上车吧！"

高馨雅皱着眉将旅行箱放进后备厢，然后坐在了车后座。

谷梁或发动了车子，却一直沉默不语。高馨雅摘下墨镜，盯着谷梁或的后脑勺，忽然有种叫了网约车的错觉。不对，似乎出租车司机都比他热情，而且不会迟到……

"呃……谷梁教授，百忙之中还来机场接我，真是太过意不去了……"高馨雅虽心里不高兴，但表面上还是要表现出大家闺秀的良好修养。

"不客气。"谷梁或简单地回了句，之后又不说话了。

高馨雅暗自咬了咬牙。过了一会儿，她又尝试着破冰："梁伯伯最近怎么样？身体还好吗？"

"不好，被我气住院了。"谷梁或如实回答。

"啊？"

高馨雅彻底蒙了，这人什么情况？

她想顺着话题继续问，可又觉着这是人家的家事，她一个外人不好过问。而话说到这个份上，再转移其他的话题又显得太刻意……于是，她如某人所愿闭上了嘴。

车停在了高家别墅大门外。

谷梁或礼貌而疏离地跟高馨雅说了声"再见"，然后便按开了后备厢。他没下车，自然也没帮她拿行李。等高馨雅自己搬出行李箱，他便一脚油门绝尘而去，真跟出租车司机着急拉活一样。

高馨雅望着消失在夜色中的车尾灯，气得直跺脚。

进了家门，父亲高博正等在客厅里。高馨雅将行李箱递给保姆，接着踢掉了高跟鞋，噘着嘴坐在沙发上。

"回来晚啦！是航班延误了？还是跟梁家那小子约会去了啊？"高博笑着问道。

高馨雅把头一扭，气鼓鼓的，一言不发。

高博有点蒙，忙挨过去："怎么了，谁惹我宝贝女儿生气了？"

"还不是那个谷梁或！"高馨雅拿起沙发靠垫狠狠地摔在地上，"他迟到了半个多小时不说，一路上还对我爱搭不理的！刚刚送我到门口，连车都没下！这个人……简直一点教养都没有！"

高博皱了下眉，语气有些紧张："那……他没有约你下次见面？"

"没有！"高馨雅瘪了瘪嘴，眼泪涌了出来，"就算他约我，我也不去！我讨厌他！"

高博忙抓住了高馨雅的胳膊："哎哟哟，我的小祖宗，你可别在这件事上耍小孩子脾气。之前爸可跟你说过，咱们家公司资金周转不过来，正等着梁万鹏救命呢！生死存亡的关头，可就看你能不能抓住他儿子了！"

"可人家根本不搭理我！我总不能主动去找他吧？"

高博想了想，安抚道："好，接下来我来想办法。你只要乖乖听话，好好配合我！"

高馨雅噘着嘴，一副不情不愿的样子。

麦子从快递小哥手里接过了一大捧娇艳欲滴的玫瑰，又狠狠心疼了一下谷梁或的"研究经费"。而艾美公司的人对这一幕已经习以为常了，大家开了几句玩笑，又都各忙各的去了。

正当麦子将花摆在办公桌上时，裴少霆从她旁边的过道走了过去。他瞥了一眼玫瑰花，忽然驻足，低声对麦子说："麦子，到我办公室来一下……"

麦子一怔，马上想起了谷梁或的叮嘱，心头不禁一阵紧张。这次，她一定要把握独处的机会好好说说被富二代追求的事，看看男神到底什么反应……

而没想到的是，不等麦子开口，裴少霆倒是自己提起这个话题了。

他挨在麦子身边也坐在了沙发上，顺手给麦子倒了一杯茶，笑吟吟地问道："师妹的恋爱谈得怎么样啊？什么时候把男朋友带出来让师兄认识一下呢？"

麦子的心开始下沉——他的语气如此轻松，根本就是不在意她跟别人谈恋爱啊……

"呃……那个我还没答应他呢……他……他还不是我男朋友……"

裴少霆微微怔了一下，又笑着说："你们这些小女孩啊，总觉得吊着人家的胃口好玩是吗？但也不要太过分，小心线放得太长，鱼就跑了……"

这话麦子听着有点别扭。

"不……不是的……"麦子涨红了脸，看了裴少霆一眼，又低下了头，颤声说，"是……因为……因为……我有喜欢的人了……"

说完这句话，麦子觉着自己的心都要跳出来了，虽然不是直接表白，但也已经非常明显了。

裴少霆眨眨眼，然后勾起嘴角笑了，一双桃花眼在麦子红透了的脸上逡巡着。

"有心上人了呀？"裴少霆语气中带着几分轻佻，"也不知道……是谁这么厉害，都能与鹏程集团的公子抗衡了……"

麦子抬头，目光中透着疑惑："什……什么鹏程集团？"

"哦，我也是听她们说的。听说追你的那个人是咱们学校对面那个小区的开发商的儿子。那个楼盘不就是鹏程集团的吗？据我所知，光咱们 C 市三分之二的楼盘可都是他们家的，全国好多大城市也都有。这身家……估计要上百亿了吧？"

麦子手心里都冒冷汗了。她倒不是被什么鹏城集团的实力吓到，而是感觉自己的这个谎言要穿帮。本以为编个小开发商随便蒙混过去就行了，可谁知，一不留神把牛皮给吹大了。

她在心里默念：教授啊教授，原本以为你挺了解行情的。谁料想，竟也是个土包子，居然都不知道鹏程集团。

"呵呵……师兄，你这么清楚，莫非……你认识他？"麦子忐忑。

裴少霆笑了："开什么玩笑？我哪有你这么幸运，晚宴跑出去遛个弯就能碰上大人物。"

"呵呵……"麦子尬笑，心里算是踏实了几分。

"哎呀……"裴少霆忽然张开双臂靠在了沙发背上，摆出一个放松的姿势，似自言自语道，"这时间过得可真快，艾美都创建两年了……师兄也老大不小了，也该考虑考虑个人问题了……"

麦子疑惑了。他之前不是还说一心在创业上，暂时不考虑结婚的事吗？怎么今天忽然转变了态度？

她抬眸对上了裴少霆的桃花眼，忽然发现他眼中一丝柔情闪过。

麦子一惊，忽而转喜——莫非，教授这招起作用了？

(三)

歌剧院内回荡着华美高亢的歌声，一束追光下，歌者正在忘情投入地演唱。

"这首《今夜无人入眠》真的是太经典了！我看了无数遍《图兰朵》，每次都能被震撼到。这也是普契尼最后一部作品，我觉得是他的巅峰之作……"坐在台下的高馨雅歪过头微微凑近谷梁或，卖弄着自己的品位和学识。

身边的人却没什么反应。

她偷偷斜了一眼，只见谷梁或歪着头靠在椅背上，双目微闭，胸口均匀地起伏着。

这是……睡着了？高馨雅不禁皱眉。不是大学教授吗？不是说很有品位吗？怎么看歌剧还能睡着了？

"呃……谷梁教授……"高馨雅试探着唤了他一声。

"嗯？"谷梁或皱了皱眉，接着又打了个呵欠，一扭身背对着她，继续睡。

就这样，我们的教授伴着《今夜无人入眠》睡得格外香甜。

直到散场，谷梁或才意犹未尽地睁开眼，恍恍惚惚地跟着高馨雅往外走。

高馨雅胸口憋闷，但想着梁家这根"救命稻草"还是硬生生挤出了一脸甜甜的笑："教授，我看你似乎不太喜欢歌剧。那你平时喜欢听什么呢？"

谷梁或用手捂着嘴又打了个呵欠，懒洋洋地说了句："凤凰传奇。"

"啊？"高馨雅瞪大眼睛，几秒钟后又讪讪地笑了，"呵呵……那个挺接地气……也……也挺好听……那个……教授，我忽然觉得有点饿了……"

没等高馨雅说完，谷梁或忙抢着说："哦，是啊，你不说我还不觉得，我也饿了。"

高馨雅心头一喜，忙说："那不如……"

"不如早点回家吃饭吧！"谷梁或说完，大步流星地往外走。

高馨雅暗自攥紧了拳头，在心里问候了他全家……

黑色帕萨特再次停在高家别墅门口，谷梁或还是没有下车的意思。

高馨雅转了转眼珠，亲切地笑着说："今天真的很开心，好久没有人陪我看歌剧了。对了，教授，你周六是不是没有课呀？我们去打网球好吗？"

谷梁或微微蹙眉，心中泛起疑惑。他本来想去机场接完高馨雅，再把她安全送到家，就算完成任务了。可没想到，梁万鹏住了院，关叔又苦口婆心地劝了他好半天，他只好又陪高馨雅看了次歌剧。他故意表现得很糟糕，就是想让高馨雅讨厌他，主动撤退，可她居然再次约他。这其中，似乎没那么简单……

"啊，网球啊……"谷梁或果断摇头，"不会。"

高馨雅暗自咬咬牙，转而又耐心地问："那你喜欢什么运动呢？高尔夫？保龄球？游泳？或者……骑马？这些，我还都会一点呢！"

迎着千金名媛热切的目光，谷梁或轻轻吐出三个字："广场舞。"

啥？高馨雅差点倒了。看看眼前这个不食人间烟火般儒雅俊逸的教授，想象着他跟一群大妈一起跳着《最炫民族风》……那画面真是太美不敢看……

"教……教授，你开什么玩笑？"高馨雅尬笑。

谷梁或却是兴致勃勃，镜片后的眼眸闪动光亮："怎么是开玩笑？就我们C大南门对面的公园，有好几支广场舞队伍呢！我跟着张大妈、李二婶她们跳了大半年了，现在身体倍儿棒！上周，我们'夕阳红'队还在比赛中打败了'金色晚霞'队呢！高小姐，你要有兴趣，我明天就带你去？"

听他说得有鼻子有眼的，高馨雅真想抡起包砸死他。

"呵呵，你自己去吧……再见！"

望着高馨雅愤怒的背影，谷梁或勾起嘴角笑了。接着，他又低头思索了一下，然后给麦子发了一条微信："周六有空吗？我们去打网球？"

（四）

麦子放下网球拍，坐在休息区的椅子上，脸上泛着运动后的红晕。谷梁或坐在她旁边，递给她一瓶饮料，笑着说："没想到，你网球打得这么好。"

"我体育课选的就是网球。一开始，是因为这身衣服好看。"麦子笑嘻嘻比了一下自己身上的白色网球裙，"后来渐渐就迷上了。上学期，我代表我们系打比赛还得了个季军呢！"

看着麦子神气活现的模样，谷梁或眼中的笑意更深了："哇，这么厉害！"

"不过，我还是头一次在这么高级的网球场打球。"麦子双手比画着，夸张地说，"这里好大！好漂亮啊！"

"你喜欢，我常带你来。"

"别了别了！长长见识就行。"麦子急忙摆手，低声嘟囔了一句，"由俭入奢易，由奢入俭难啊……"

谷梁或一挑眉："什么？"

"我的意思是，教授这段时间带我出入这些高档场所，见识是真长了不少，可心里不踏实啊！就……就好像是灰姑娘，衣服啊、马车啊什么的到了十二点统统要打回原形。所以，我不能太留恋。我要时刻保持清醒！"

说着，麦子用双手轻轻拍了拍脸颊。

"可是灰姑娘最后还是嫁给了王子呀！"

"哈哈哈哈……是因为人家本来就是公主。"麦子大笑，又推了一把谷梁或，"再说，教授你也不是王子。咱俩不都是赝品吗？哈哈哈哈……"

看着没心没肺的麦子，谷梁或心头有些泛酸。让她留恋的，就只有"衣服、马车"吗？

"咔嚓"一声，手机屏幕定格了一张照片。上面一对穿着白色网球服的俊男美女笑得很是开心。

"馨雅，干吗呢？"一个身材高挑，有着小麦色皮肤的年轻女子搂过高馨雅的肩膀，目光锁定了屏幕上的人，"这两个人是谁啊？你干吗偷拍人家？"

高馨雅望着远处谈笑风生的谷梁或和麦子，咬紧了牙，恨恨地说："我约他打网球，他说他不会……却带着别的女人来……"

"哦，原来那个就是鹏程集团的公子啊，长得还真不赖！"同伴龇牙笑了笑，又轻蔑地说，"看来人家不是像你说的那样不解风情，而是……风情都留给别人了，呵呵呵……"

听到同伴的嘲笑,高馨雅更是气不打一处来。她眯起眼看着笑得前仰后合的麦子,从牙缝里挤出了一句:"管你什么来头,跟我抢?没门!"

这边的谷梁或丝毫不知自己已被偷拍,一心只在麦子身上。

"都到中午了,饿了吧,我们去吃饭。"谷梁或很自然地发出邀请。

麦子却红着脸摇摇头:"不了……师兄约我吃饭了……"

"哦?"谷梁或一怔,"他……现在开始主动约你了?"

"嗯!"麦子使劲点点头,眼中放射出光彩,"教授,你说的那个凡什么效应,还真管用。师兄这几天经常约我,他……他还暗示我说想要结束单身……"

"哦,不错……你的愿望要达成了。那我是不是也该功成身退了?"

虽说一切进展都在计划之中,但此刻的谷梁或还是忍不住柠檬精附体,酸了,酸透了——她心里果然只有那个师兄……

麦子忽闪着大眼睛,说:"我还挺舍不得的。教授,跟你一起玩挺开心的,有时候,我都忘了是假的了。呵呵。"

"舍不得……我?"谷梁或小心翼翼地问。

麦子脸一红,连忙解释:"教授,你可别误会。你这么好的人,我可不敢痴心妄想。我只是……只是觉得,一开始以为你这个人不解风情,情商有点低,跟你谈恋爱肯定挺难受。可这段时间我发现,你既体贴,又会照顾人,应该会是个很好很好的男朋友。之前错过你的那些,都是没福气。你一定会遇到更好的,加油!"

麦子握紧拳头,冲谷梁或比了个手势。

"嗯,我会遇到一个很好很好的……"谷梁或笑得意味深长。

当麦子气喘吁吁推开西餐厅雅间的门时,裴少霆已经坐在那里,正笑眯眯地看着她。

"对不起……对不起……"麦子弯着腰，一脸的歉意，"路上堵车，来晚了……"

裴少霆示意她坐下，脸上挂着宽和的笑："没关系的，晚就晚了，男人等女人天经地义。"

麦子心头一甜。

这家餐厅叫"左岸"，是 C 市很有名的情侣餐厅。裴少霆约她在这儿吃饭，言语间又这样暧昧，不禁又让她一阵小鹿乱撞……

"饿了吧，点的都是你爱吃的。赶紧吃吧！"

裴少霆边说边拿起刀叉，优雅地切着牛排。

麦子其实不喜欢吃西餐，但她发现裴少霆很喜欢，就顺着他的意思了。

"对了，我刚刚看见你从那辆'三叉戟'上面下来。"裴少霆似不经意地说，"是跟那个人约会去了？"

"呃……"麦子觉得有点尴尬，但还是如实回答了，"他约我去打网球。"

裴少霆抬起头，盯着麦子的脸，忽然幽幽叹了口气。

"师兄，你怎么了？"麦子放下刀叉，紧张地问道。

裴少霆又苦笑了一下，接着摇摇头："没什么，吃吧……"

"不对。"麦子一皱眉，"师兄，你是不是有什么事啊？遇到麻烦了？"

"是……有点麻烦……"裴少霆抿了抿嘴唇，忽然又转变为轻快的语气，"算了，不说了，好好吃饭……"

"师兄，你到底遇到什么困难了？你告诉我嘛。我……我是……没什么本事……可、可我还是想帮你分担的……"

裴少霆又笑了，眼中柔情流转，又伸手揉了一下麦子的头："傻丫头，干吗这样说自己。其实，你比我厉害多了，起码……你认识鹏城集团的公子……"

麦子的脸腾地红了，一阵阵心虚。

"如果我也认识这么有能耐的人……"裴少霆又叹了口气，眼神复杂，"也不用愁成这样了……"

"什么意思？"麦子有点蒙。

裴少霆又苦笑一下："告诉你吧，免得你一直好奇。咱们艾美那个新项目资金链断了。我可是把自己全部家当都投了进去，如果再找不到投资人……唉……艾美……唉……怕是凶多吉少……"

"啊？这么严重？"麦子紧张得变了脸色。

看见裴少霆忧虑的模样，她只觉心都揪成了一团。她知道艾美是他的全部心血，如果艾美完了，对他将是致命的打击。

"所以说嘛，师兄羡慕你啊！呵呵呵呵……"裴少霆笑得很不自然，"我要是也认识那么个人物，就厚着脸皮去拉他入股了。"说完，他靠在椅背上，注意着麦子的表情变化。

麦子半张着嘴，傻愣愣地看着裴少霆。她似乎理解了他的意思，但又不太确定。他兜了这么大一个圈子，该不会是想让她出面去说服鹏程集团的公子入股艾美吧？可不管她愿不愿意，那都是不可能做到的事。她根本不认识什么鹏程集团的公子，一切都是假的啊……

裴少霆见麦子不说话，以为她不乐意，只得又苦笑了一下，自己给自己找了个台阶下："好啦，出来吃饭是开心的事，就别想那些烦心事了！吃饭吃饭！"

麦子机械地拿起叉子将一小块牛排塞进嘴里，却是味同嚼蜡……

"就是说,你现在同时跟教授和老板两个人谈恋爱,脚踩两只船,真是渣啊!啊!啊!"

商场里的游戏区,杨柳一边拉着操纵杆,一边死死盯着娃娃机里的夹子,嘴里还不忘数落麦子。

麦子狠狠咬了一下可乐的吸管,又使劲推了她一下:"什么脚踩两只船?都没有谈恋爱好不好?"

"呀!"杨柳一声惊呼,扭过脸瞪着麦子,"差一点就抓到了!你推我干吗?不管,你赔我!"

麦子将可乐塞到杨柳手中,撸起袖子站在娃娃机前,挥动着操纵杆三两下便夹出了一只粉红色的小兔子。

"娃娃机杀手,还真不是浪得虚名!"杨柳拿起兔子嬉皮笑脸地看着麦子。

麦子却悻悻转过身,坐在了角落里的塑胶圆凳上,继续喝可乐。

杨柳赶紧跟上去,拿着兔子在麦子眼前晃悠,还学着蜡笔小新的声音说:"一边是温文尔雅的教授,一边是英俊潇洒的老板,到底该如何选择呢?唉,这恼人的爱情……"

"够啦!"麦子一把抢过兔子,瞪起眼睛,"都说了,我没谈恋爱!"

"那你在这儿发什么愁啊?"杨柳双腿一跨,坐在了麦子对面。

麦子皱起眉,叹了口气:"不都是因为吹牛吹大了吗?我就想让教授装个有钱人追我,好引起师兄的注意,可谁知道咱们学校对面的小区是什么鹏城集团的啊!我就那么随便一说,哪知道师兄就当真了……"

"当真了好呀……"

"好什么呀!师兄现在在弄艾美的新项目,需要投资。他话里话外的意思，我大概也听懂了，他想让我拉鹏程集团的公子入股。可……可那都是假的啊！我哪认识那样的人物？"麦子越说越懊丧。

"等一下！"杨柳瞪大眼睛，摆出一个"尔康手"，"你好像搞错重点了。你现在该关注的不是教授是不是冒牌货，而是你的男神在知道你被个超级有钱人追之后，居然想利用你拉赞助！"

"这……这有什么不对吗？"

"当然不对了！"杨柳提高了声调，"他这些天不断地约你出来。你以为是对你有意思，可人家只是为了搭上投资人。"

麦子张着嘴，愣住了。

杨柳又继续说："我就问你，如果你真的认识什么鹏程集团的公子，是不是就去劝人家入股了？"

麦子眨眨眼，然后又点点头。

"喂，你的智商都用在夹娃娃上了吗？"杨柳一副恨铁不成钢的模样，"你那个老板，根本就不喜欢你！他只是看你傻，想利用你！"

麦子皱起眉："不会的……师兄不是那种人……"

杨柳一撇嘴："你爱信不信！反正，我觉得你那个老板，一点都比不上谷梁教授。你倒不如考虑一下他……"

"别开玩笑了！"麦子乐了，"教授是很好，可人家又不喜欢我。他不过是想做个学术研究而已。亿万富翁是假的，他追我更是假的！"

"那如果是真的呢？"杨柳探出身子，直直地盯着麦子的脸。

"就没那个'如果'！"

麦子呼噜呼噜一口气把可乐吸到了底。

第二天中午，麦子结束陪购回到公司。整个办公区只有徐璐一个人在吃盒饭，她见麦子进来，冲麦子招了招手。

"哎，我昨天看见你了……"徐璐放下筷子，拿起餐巾纸抹了抹嘴，笑得有点神秘。

麦子坐在她旁边，问道："什么时候？在哪儿啊？"

徐璐的目光在她脸上逡巡着，忽然话锋一转："麦子，其实一开始我不怎么喜欢你，或者说，挺讨厌你的……"

"啊？为什么？"麦子瞪大眼睛。

徐璐轻笑："其实也没什么特别的原因。第一，公司就那些资源，多一只'狼'，分的'肉'自然就少了，不管谁来我们都是排斥的。第二嘛，你长得真的不太像良家妇女。"

"可是我……"

徐璐一摆手："我知道，你不是那样的人。后来慢慢接触，再加上刘思雨那件事，我们都明白了，你这个人其实很简单，甚至有点傻。我还真挺喜欢你这性格的。所以，今天我多管闲事，多跟你说几句。"

麦子真是越听越糊涂。

徐璐又转回了原来的话题："昨天我看见你和裴老板从左岸出来。"

麦子脸一红，笑着挠挠头："嗯……对，我们一起吃的午饭……"

"你不是跟鹏程集团的公子谈恋爱吗？怎么又跟咱们老板约会？"徐璐的语气里带着一丝揶揄。

麦子马上解释："不，我没谈恋爱，那个人……他……他在追我，可我还没答应……我跟师兄也不是约会……"

"哈哈哈……"徐璐靠在椅背上笑了，"看你紧张的。是不是怕我说你是狐狸精？"

"我……"

"好啦,我都说过了,我知道你是什么样的人。但同时,我也多多少少了解咱们裴老板的为人……"徐璐朝裴少霆办公室的方向瞄了一眼,再次转向麦子时眼神带着深意,"不怕再告诉你一件事。其实一开始他是想让我带刘思雨的,但我拒绝了。原因就像刚才说的,狼多肉少,谁进来我都不愿意。后来,他也找过其他的陪购师,听说还弄了一张云裳发布会的门票,但还是没人愿意,所以他最后才去找你……那发布会,他应该是带你去看了吧?"

麦子直愣愣地看着徐璐,心一点点下沉……

徐璐抿唇一笑,伸手拍了拍麦子的肩膀:"你喜欢裴老板是吧?"

"啊?我没有……"麦子的脸红得快滴出血了,紧张得像被警察逮住的小偷。

"行啦,你那点小心思,就差写脑门儿上了,咱们这一屋子人又不是瞎子。"

麦子的心都要跳出来了——有那么明显吗?大家都看出来了?

徐璐眯起眼笑着说:"我比你大几岁,就以'姐姐'自居了。听姐一句劝,裴老板并不适合你。他这个人太油滑了,对谁都好,又对谁都打着小算盘。你就想啊,我们都看出来的事,他会看不出来?可他一直吊着你,什么意思?我看,他对你未必有真心。现在既然有条件那么好的人在追你,你可别犯糊涂啦!"

见麦子瞪着眼睛看着自己,徐璐又低头轻笑:"当然,你会奇怪,我为什么要跟你说这么多。我也是有我的'小算盘',呵呵……你要是真嫁入豪门,咱们也算是相识一场,发达了可别忘了姐姐啊!呵呵呵呵……"

晚上,麦子心事重重回到宿舍。一向简单乐观的她,第一次觉得心里很乱,迷茫、失落、困惑交织在一起,甚至还有那么一点害怕……

似乎一切都和她原本以为的不一样。刚到艾美实习时,裴少霆几乎是手把手地教她,她一直以为那是师兄对她的偏爱。她一面窃喜,一面心存感激。可今天徐璐说的一番话才让她明白,那只不过是因为"狼多肉少"没人愿意带她,裴少霆才不得不亲自出马。

而当她怀着一颗蠢蠢欲动的少女心,穿着亲手缝制的漂亮礼服,挽着男神去参加发布会时,她以为那是王子和公主的一次约会。可实际上,不过是老板给下属带实习生的一个"奖励"。而且,还是被所有人拒绝以后才落到她头上的"奖励"。

她猜不透隔断后面那些每天对着她微笑的同事心里到底想什么,更搞不懂她心中那个温柔可亲,既有才华又有理想的师兄心里到底想什么……

"怎样才能知道别人心里想什么呢?"麦子靠在床头给谷梁或发了一条不着边际的微信。

不一会儿,谷梁或就回复了:"心理学,我也研究过一点。你有兴趣,可以交流。"

麦子有点想笑,谁要跟他交流什么心理学啊?

"我就是忽然发现,我以为的好像跟别人心里想的差别很大。"

"知人知面不知心,就算是自己说出口的,也不一定就是真实想法。所以,做你认为对的事情就好了。太在意别人的想法,会让自己很累。"

麦子握着手机望向天花板,然后点点头——嗯,教授的话似乎有点道理。不过,别人的想法可以不在意,师兄的呢?

PART 07 爱的贴现率

yin ta gun fen ke ai

在经济学中,
贴现率就是未来价值转化为
当前价值的打折程度。
在爱情中,人们往往也会面临同样的选择。

❤ 粮食夫妇小剧场 ❤

教授,做了快三十年的单身狗,你就没想过随便找个人将就一下?

 没有,我有耐心等。

等你的真命天女出现?

 不,等一个笨蛋迷途知返……

（一）

　　进了星巴克，麦子下意识地走到了靠窗的位置，坐下，方才反应过来，这正是上次谷梁或被唐莉泼咖啡的位置。回想起他那天狼狈的模样，她不禁抿唇笑了。

　　一阵脚步声打断了麦子的思绪，抬头，只见一个身穿黑白格子连衣裙，眉眼间有些混血气质的女子正朝她走来。麦子低头确认了一下平板电脑上的照片，马上起身笑脸相迎："高小姐，你好！"

　　高馨雅面无表情地坐在麦子对面，抬起下巴打量着她，神情倨傲。

　　麦子被她看得浑身不自在，总觉着那目光里似藏着敌意。

　　"高小姐，很高兴为您服务。"麦子开始了一贯的开场白，"之前我根据您提供的照片和资料做了前期的准备工作。这是我为您预设的几个风格。您看看喜欢哪种。"

　　麦子边说边将手中的平板电脑递到高馨雅面前。

　　高馨雅用指尖在屏幕上随意划了两下，然后皱起眉，轻蔑地笑了一下："很一般嘛……"

　　麦子一怔，忙又赔着笑："高小姐如果不喜欢，我们可以再沟通。或者，到商场边试穿边找感觉。"

　　高馨雅将平板电脑推回给麦子，目光依旧在麦子的脸上打转，忽然没头没脑地问了句："你们做陪购师的，也赚不了多少钱吧？"

"啊?"麦子怔住了。

高馨雅又自顾自地说:"如果遇到个有钱的金主,仗着有几分姿色,就要死缠烂打了吧?"

麦子瞪起眼:"你什么意思啊?"

"没什么意思。"高馨雅说着站起身,"我只是觉得,你不够专业,不想找你陪购了。"

麦子也站了起来,气呼呼地说:"高小姐,你哪里不满意可以指出来,我这边也可以随时按你的意思调整。可你不能忽然取消订单啊!你要知道,前期我可是非常认真地做了准备工作。如果你现在取消,那定金是不予返还的!"

"哼……"高馨雅冷笑一声,"说来说去,还是为了钱。不就是两百块吗,我当打发要饭的了!"说完,她抓起皮包,摇曳生姿地走了。

"你……"麦子瞪着她的背影,气得脸都白了,"什么人啊!"

几分钟后,高馨雅拉开车门,坐上了副驾驶。同伴斜了她一眼,问道:"这么快就回来了?"

"看一眼就出来呗,难不成我还真用狐狸精陪购啊?"高馨雅一脸的不屑,"我看出来了,就一个土妞,仗着自己有几分姿色就妄想嫁入豪门,飞上枝头变凤凰。呵,也不掂量掂量自己的斤两。"

同伴乐了:"既然是这样,你还担心什么?梁家什么家世,那谷梁彧又是独子,将来可是要继承家业的。你跟他才是门当户对。那些个野花野草,你不必放在心上。"

"也对。这么个货色,他不过是图个新鲜吧!我太小题大做了。"

(二)

麦子本来心情就差,又遇上个奇葩的客户,更是雪上加霜。晚上,室友邀她一起看电影,她谢绝了,一个人在宿舍里做毕业设计图。

可就在麦子沉浸在服装设计中,暂时忘了烦恼时,手机响了。她拿起一看,是裴少霆。

"喂,麦子,你在哪儿?"

裴少霆的声音听起来很兴奋,旁边也是人声嘈杂。

"我在宿舍啊……"麦子迟疑道。

"赶紧出来,到篮球场!"裴少霆大声说。

"篮球场?现在?"

她朝窗外望了一眼,天已经黑了。

电话里传来裴少霆笃定的声音:"对,就是现在!我在篮球场等你!"

放下电话,麦子随手扯了件外套披在身上,心中仍很疑惑。据她所知,裴少霆毕业后就很少回母校,今天为什么忽然回来了,还去了篮球场……

初夏夜的校园灯火通明,篮球场这边更是被里三层外三层地包围了,不知道的,还以为是有什么重量级的人物在打比赛。

一个高个子男生回头看见了麦子,马上大喊:"来了,来了!校花来了!"

麦子瞪大眼睛,已经完全蒙了。

接着,人群自动分开,在麦子前面闪出了一条路。有鼓掌的,有吹口哨的,还有人在后面推着麦子往前走。耳畔忽然响起了音乐,是周杰伦的《告白气球》。

麦子就这样傻愣愣地走进篮球场,眼前的景象瞬间让她目瞪口呆。只见篮球场中央用白色的蜡烛摆了个巨大的心形,荧荧烛火将四周映得暖意融融,而在蜡烛中心站着一个身穿白色球衣的男生。他身形修长,眉目俊朗,一双狭长的桃花眼映着跳动的烛光。

这个身影太熟悉了……

麦子半张着嘴,傻愣愣地站在原地。裴少霆在校时是篮球队的主力,每次比赛,她都会在场下注视着那个写着11号的白色球衣。这个画面简直就是刻在脑子里一样。

直到被裴少霆带着凉意的手牵着走进蜡烛圈,麦子方才回过神来。

"师……师兄……这怎么回事?"麦子的声音都发颤了。

裴少霆弯起嘴角给了她一个温柔的笑容,眼中柔波流转。忽然,他像变魔术一样,从身后拿出一束娇艳欲滴的玫瑰,递到麦子面前。

"麦子,还记得这里吗?"裴少霆盯住麦子的眼睛,语气温柔得一塌糊涂,"篮球场,是我们第一次见面的地方。我一直记得,大四上学期的那场比赛,你是啦啦队的一员。中场休息的时候,你递给我一瓶矿泉水。其实,我那个时候就开始注意你了。我对你是一见钟情。我就想啊,以后跟你表白的时候,一定要在这个篮球场。麦子,我真的很喜欢你!做我女朋友吧!"

说完,他单膝跪地,竟摆出了求婚的架势。

四周围观的人也纷纷喊了起来:"在一起!在一起!"

麦子用双手捂住了嘴,回忆的画面像电影镜头在脑海中闪现。她记得裴少霆说的那次比赛。同时,她也非常清楚地记得,她递给他矿泉水时,他根本连眼皮都没抬一下。

一见钟情,是这样的吗?

"哎呀,妈,你就别操心了行吗?我知道张阿姨家的女儿很优秀……

可她家那小门小户的，我的事业也借不上什么力啊！我压根就不想找这样的……"

"你那个老板，根本就不喜欢你！他只是看你傻，想利用你！"

"裴老板并不适合你。他这个人太油滑了，对谁都好，又对谁都打着小算盘。"

……

几个声音交织在一起，像串了台的收音机在耳边嘈杂作响，麦子看着笑意盈盈的裴少霆，忽觉脊背发凉，下意识地后退了一步。

裴少霆见她只瞪着眼睛不说话，以为被吓傻了，又扬着脸笑着说："麦子，其实你那天跟我说，你有喜欢的人，我就知道你说的是我。之前，你虽然没说，但我也能感觉到。可我总是想着等事业成功了，有了一定的基础，才有资格跟你表白。可现在你身边出现了另一个人……我……我真的害怕了……我怕你会动摇。所以，我也不管那么多了。我喜欢你，虽然我没那个人有钱，但……我会尽全力给你最好的生活。麦子，做我的女朋友吧！"

"答应他吧！"围观的人再次起哄，一边拍手一边有节奏地喊着，"在一起！在一起！在一起！"

烛光中，裴少霆的目光也越来越炽热。

麦子却忽然冷静下来了。

这是她幻想过无数次的场景啊！她应该感动得热泪盈眶，然后毫不犹豫地投入男神的怀抱啊！可为何看着他热切的眼神，她却只觉得茫然和害怕？

"对……对不起……"麦子又后退一步，"我……我还有事……先走了……"说完，她转身拔腿就跑，仿佛身后有洪水猛兽一般。

裴少霆站起身，捧着花直愣愣地望着麦子的背影，眼中闪过一丝焦躁……

麦子奋力拨开人群，死命往前跑。她也不知道要跑去哪里，只飞快地向前跑，把嘈杂的人声远远甩在身后。直到再也跑不动，她才停下脚步，弯着腰大口大口喘着气，直起身，脸颊竟有凉凉的液体滑落。

她抬手抹了一下眼泪，有点纳闷自己为什么会哭，可那眼泪像不受自己控制一样，一滴接着一滴滚落下来。她索性蹲在地上，任由泪水肆意流淌。

哭了好一会儿，腿也麻了，麦子这才站起来。她发现自己完全理解不了今晚发生的一切。裴少霆怎么就忽然跟她表白了？而她怎么就跑了呢？还有，为什么要哭呢？

凌乱了，完全凌乱了……

谁能给她答疑解惑？

二十分钟之后，麦子坐在学校门口的大排档里撸着肉串，而面前的小木桌上已经整整齐齐摆着一大排竹签子了。

"喂，教授，我是请你撸串，不是请你排兵布阵来了。"麦子瞪着认认真真摆着竹签子的谷梁或大声抗议，"你倒是吃啊！"

谷梁或抬头看向她，镜片后的眼眸荡起温暖的笑意："你刚刚说你心情不好没胃口，你没胃口的时候能一口气吃了十二根肉串，那我估算一下，如果有胃口的话……"

"啊！"麦子将手中吃了一半的肉串摔在桌上，"教授你太过分了！我……我这是刚刚哭过了，需要补充能量！"

"流眼泪应该补充水分。"谷梁或说着将一瓶矿泉水放在她面前，又语重心长地说，"油炸的东西还是少吃，对身体不好。"

麦子瞥了一眼矿泉水,嘟起嘴:"我要喝可乐!"

"碳酸饮料就更不好了……"

"啊,教授!"麦子要抓狂了,"我找你是要请教那个凡什么效应,不是来听健康讲座的!"

煤油灯暖黄的光晕映着麦子俏生生的脸庞,谷梁或露出了孩子般纯真的笑容。

这时,老板娘端过两个塑料碗,摆在了二人面前。谷梁或低头看着碗里一块块蒙着红色酱汁的金黄面饼,很是好奇。他拿起上面的牙签戳了一下,又抬头问麦子:"这是什么?"

"烤冷面啊!没吃过?"

谷梁或轻轻点头。

"唉,这等人间美味都没吃过,你们这些讲究人真是太可怜了!"麦子说着,竟用牙签在自己的碗里扎起一块,递到了谷梁或的唇边,"来来来,尝一口!"

谷梁或本来对不明物体有点抗拒,可在麦子的"蛊惑"下,竟乖乖地张开了嘴。

面饼有嚼劲,酱汁酸甜可口。谷梁或细细咀嚼着,发现这不明物体似乎也挺美味。

"好吃吧?"麦子扬起下巴问道。

谷梁或点头:"唔,好吃……"

"瞧你吃的……"麦子拿起餐巾纸,一伸手很自然地抹去了谷梁或唇边的一滴酱汁。

粗劣的餐巾纸擦在脸上有微微的痛感,可谷梁或却有种触电般奇妙的感觉。他怔怔地看着麦子,脸微微发烫。

麦子也意识到自己这个动作似乎太过暧昧，脸也红了。

"呃……那个……教授，你倒是快点帮我分析分析啊！"麦子低下头步入正题。

"哦……对，你刚刚是说，裴少霆跟你表白了……"谷梁或清咳了两声，"你没答应是吧？"

麦子蹙眉点点头："嗯，好奇怪。我自己都搞不懂自己了，明明期待这一天都期待了四年……怎么竟会落荒而逃呢？"

"那你担心的是什么？"

麦子抿唇思索了一下："他突然说喜欢我，还说是一见钟情……我……我感觉不对劲……在这之前，他是对我也不错，但感觉不到是喜欢我很久的样子啊！另外，周年庆那次，我明明听见他说要找对他事业有帮助的伴侣……还有，他之前提过，公司的新项目缺少资金，希望我能找鹏程集团的公子来投资……"

这样一梳理，不用谷梁或说什么，麦子自己也明白问题的症结在哪里了——她是质疑裴少霆表白的动机。

谷梁或双手交握放在小桌上，摆出了讲课的架势："今天咱们抛开'凡勃伦'效应，来说个别的经济学概念吧！"

麦子眨眨眼，开始认真听讲。

"咱们来说'贴现率'。"谷梁或推了下眼镜，"何为贴现率呢？通俗地讲，就是未来价值转化为当前价值的打折程度。"

麦子眼中一片茫然。

谷梁或继续耐心讲解："举个例子。比如你有一套房子，两年以后能卖到两百万。而现在你急需钱用必须卖掉它，只卖了一百万。这中间打折的程度就是贴现率。"

"这……跟我的事有什么关系？"麦子瞪大眼睛问道。

"当然有关啦！"谷梁彧拿起一根竹签摆在麦子面前，"这个就好比裴少霆理想中的伴侣。一开始，他所期待的是能够在事业上给他长久帮助的伴侣。我分析他理想的目标应该是富家千金这一类的吧！"

麦子低头对那根"富家千金"撇了撇嘴。

谷梁彧又拿起一根竹签，折成两半，将其中一半放在麦子面前："这个，就好比是你。"

麦子瞪着谷梁彧，嘟起嘴："我……我怎么就比人矮半截？"

"噗……"谷梁彧乐了，"这只是打个比方。"说着，他拿着剩下那半根竹签晃了晃，"裴少霆现在遇到了麻烦，急需一笔资金周转，所以他等不到未来所期待的那个富家千金，而想选择能解燃眉之急的你。那么这个，就是'贴现率'。"

麦子垂下头，低声嘟囔："原来，你也认为他是想利用我……"

谷梁彧看她这副模样，不禁有些心疼，柔声安慰道："其实，这也只是我的分析，不一定是真的。"

麦子抬头注视着谷梁彧，眼中一片澄澈："教授，我怎么才能确定他对我是不是真心？"

"这个也简单。"谷梁彧抿唇想了想，"你只需要告诉他，你打算接受他，所以彻底断了和那个富二代的联系。看他什么反应。"

麦子咬了咬下唇，没作声。

（三）

第二天上午，麦子站在裴少霆办公室门口做了三次深呼吸后，才抬手敲门。

"请进。"裴少霆的声音听起来有点发闷。

麦子轻轻推开门,见他正站在落地窗前,背对着自己,修长的身影显得有些落寞。

"师……师兄……"麦子关上门,小心翼翼地唤了一声。

裴少霆没转身,也没说话,定定地站在那儿就像一尊雕像。过了好一会儿,他才微微侧身,轻声问了句:"有事吗?"

麦子紧张得声音发抖:"师兄……你生气了吗?"

裴少霆转身,看着战战兢兢的麦子,无奈地笑了一下:"生气倒不至于,就是……知道自己是自作多情,有点没面子……之前,听你说你有喜欢的人,我还以为……好啦,给师兄点面子,别提这件事了。"

"我……"麦子上前一步,又深吸了一口气,"师兄,你没自作多情……我喜欢的人……一直……一直都是你……"

裴少霆先是一怔,接着露出个哭笑不得的表情:"那你昨天跑什么?"

"我……我就是……"麦子抿了下嘴唇,尽力让语气保持平静,"我是去找那个追我的人了……"

"啊?"裴少霆瞪大了眼睛。

麦子接着说:"就像你之前说的,我不能一直吊着人家啊!既然我喜欢的人已经跟我表白了,那我就不能再继续给他希望了。我是想……先把他解决了,再……再跟你开始……这样,对你才公平啊!"

裴少霆张大了嘴,半响才挑着眉毛问出一句:"你把他……解决了?"

麦子的心开始下沉。她点点头:"嗯,断得彻彻底底、干干净净!他说,以后再也不会出现在我面前了。"

"哎呀……"裴少霆指着麦子,又急又气,"你……你可真是个孩子……怎么能这么冲动呢?"

见他如此反应,麦子的心钝钝疼了起来。

"怎么是冲动呢?我……是想好好跟你在一起啊!"尽管竭力控制,但麦子的声音还是带了哭腔。

可此时的裴少霆根本没注意她的情绪变化,只一味埋怨:"那你也不用做得这么绝啊!就算做不成男女朋友,做个普通朋友也好啊!"

"师兄……"麦子的眼泪已经在眼眶里打转,"我答应做你女朋友了……你……你应该高兴啊……你怎么一直纠结别人的事?"

裴少霆皱了下眉,忽又将双手扶在麦子的肩膀上,柔声说:"我当然高兴了。不过,亲爱的,我之前也跟你提过,艾美现在陷入了危机。我真的需要一笔资金周转,这个迫在眉睫。你帮我约一下鹏程集团的公子,就约他出来就行,后面的事我来搞定。"

一滴清泪滑落脸颊。麦子退后一步,拨开了裴少霆的手,颤声问道:"你跟我在一起……就是……就是为了这个吗?"

裴少霆一把拉住麦子的胳膊,紧张地说:"麦子,你想哪里去了?我这么做,不也是为了我们俩的未来吗?我那么喜欢你,当然想给你幸福,让你过好日子。现在的难关,我们要一起去面对啊!"

麦子抽出胳膊,抹一下眼泪,忽然弯起嘴角笑了:"师兄,我也一直记得那场篮球比赛。那天,别的啦啦队员都统一穿白色短裙,而我为了引起你的注意,穿了蓝色的……你还记得吗?"

裴少霆迟疑了一秒,马上又笑着说:"当然记得啊!你穿蓝色短裙,真的很漂亮,我的眼睛一刻都离不开你呢!那时我就想,如果这么漂亮的女孩儿是我女朋友,该有多好啊……"

没等他说完,麦子已经捂着脸泣不成声了。

"怎么了?怎么又哭了啊?"裴少霆伸手将麦子环在怀中,轻轻拍着她的背,"别哭了,我会心疼的……"

麦子用力推开了他,泪眼婆娑地望着他,声音哽咽:"那天,我……我穿的是红裙子……"

裴少霆先是一怔,接着咬了咬牙,语气中多了烦躁:"红的蓝的……颜色有这么重要吗?而且过去这么长时间了,我记错了也没什么大不了吧?"

麦子定定地望着他,流着眼泪缓缓地说道:"大一的迎新晚会,我第一次遇见你。你在台上主持节目,穿着黑西装、白衬衣……第二次遇见你,是在图书馆门口,你为社团招募新生,那天你穿了黑色格子衬衣、浅蓝色牛仔裤……还有篮球比赛那次,你穿白色11号球衣、白色耐克球鞋,还戴了一个红色的护腕……"

"够了!"裴少霆大声制止了麦子的回忆,"我承认我没有你记性好,可这些根本不重要!既然你喜欢我,我也喜欢你,那么当务之急就是解决眼前的问题!"

"可是……你真的喜欢我吗?我怎么一点都感觉不到……"麦子哽咽着。

裴少霆又咬了咬牙,语气已经很不耐烦了:"麦子,这么说吧,既然你喜欢我,想跟我在一起,那么我保证娶你。我对天发誓爱你一辈子,行吗?只要你帮我渡过这次的难关,你要我做什么都行!"

麦子抹了一把眼泪,凄然一笑:"师兄,我真的很想帮你……"

裴少霆的眼中燃起了希望。

"可是……我真的不认识什么鹏城集团的公子……"麦子看着心上人渐渐扭曲的脸,苦笑了一下,继续说,"那都是假的……假装追我的那个人是谷梁教授,他只是想帮我测试你的反应。豪车,是他跟朋友借的……我说过的那些高档场所，也都是他用朋友的关系带我去的……还有，那香奈儿的包，也只是高仿……对不起，一切都是假的……我也想帮你渡过难关……可是……我真的无能为力……"

"你……你居然骗我？"裴少霆面色铁青，声音嘶哑了。

麦子的眼泪又涌了上来，她直直看着裴少霆："对，那些都是假的。可……可我喜欢你是真的啊……自从看见你第一眼，我就喜欢你……我对你才是一见钟情……我根本不喜欢做什么陪购师……我是为了天天看见你，才到艾美工作的……我喜欢了你四年啊……可我终于等到你的回应，竟然是为了一个根本不存在的人……师兄，到底是谁骗了谁？"

说完，麦子捂着脸跑出了办公室。裴少霆想喊住她，可张了张嘴终究没发出任何声音。

麦子一口气跑出了写字楼，见谷梁或的车停在门口，拉开门便坐了上去。

谷梁或想询问情况，可没想到麦子一关车门就大哭起来。

"教授，对不起……对不起……呜呜呜……"

谷梁或被她给弄蒙了——怎么忽然跟他说"对不起"？

麦子捂着脸继续哭："我让你的课题失败了……呜呜呜……师兄根本不喜欢我……你那个凡什么的研究……失败了……呜呜呜……那些研究经费都白花了……呜呜呜……"

原来如此。谷梁或被她给逗乐了，一边抽出纸巾一边安慰她："没关系的，失败的结果也是有研究价值的。你不用为了这个哭啊！"

"可……可我就是想哭啊……"麦子接过纸巾，抹了一把眼泪，扭头看向谷梁或，"我不想为了他哭。教授，你别那么小气……就……就让我哀悼一下你的研究经费嘛……那些玫瑰花好多钱啊……还有……还有吃了那么多次饭……好多……好多钱……还有那么高级的网球场……呜呜呜……都白搭了……"

看着有点"精神错乱"的麦子，谷梁或真是哭笑不得加手足无措。他想了想，缓缓发动了车，就这样漫无目的在大街上逛着。忽然一抬头，看见一条巷子口有个进口零食店，卡通风格的招牌很可爱。谷梁或看了一眼被眼泪淹没的麦子，一转方向盘，停了车。

麦子仍旧沉浸在自己的悲伤之中，也没注意谷梁或已经下车了。直到十几分钟后，他将一大袋子花花绿绿的零食塞到手中，麦子才瞪着红肿的眼睛回到现实。

"买这么多零食干吗？"麦子带着浓重的鼻音问道。

谷梁或掏出一个草莓味的棒棒糖，小心翼翼地剥去粉红色的糖纸，微笑着递给麦子："你不是说，哭过了要补充能量吗？吃吧！"

麦子将棒棒糖塞进嘴里，草莓的香甜冲散了眼泪的苦涩，心里似乎也没那么难过了。

谷梁或见她安安静静地吃糖，不再流眼泪，不禁松了口气，自言自语道："又掌握了一个技能。"

麦子含着棒棒糖，鼓着一边腮怔怔问道："什么技能？"

谷梁或眼眸澄澈，笑容纯净得像个孩子："哄女生的技能啊！哭了，就喂她吃糖。"

麦子这才意识到自己刚刚的情绪释放，给这个耿直 boy 出了多么大一个难题。

"那个，别我自己吃啊……你也吃……"麦子在袋子里翻出一个柚子味的棒棒糖，剥去糖纸，直接塞进谷梁或的嘴里了。

突然来袭的"甜蜜"让谷梁或有些措手不及。他下意识地将棒棒糖拿出来，看了一眼，忽然发现那黄色的球体上面刻了一句：I love 柚！

他的脸颊顿时发烫，接着又紧张起来。好像做错事的孩子，生怕被发现一样，迅速将糖球塞回嘴里。

这个"小发现"在他的味蕾一点点释放着甜蜜的信息，而这个信息不能分享，就自己一个人偷偷窃喜吧。

可教授这个动作却让麦子疑惑了。她含着棒棒糖傻傻问了句："柚子味的……很好吃？"

"嗯。"谷梁或机械点头。

麦子也不知道说什么了，狭小的空间里就这样莫名安静起来。

"呃……接下来，有什么打算？"谷梁或打破了尴尬。

麦子皱了下眉："什么……什么打算？"

"还……追你的男神吗？"

话一出来，谷梁或马上后悔了。因为他看见女孩儿的眼圈又红了，眼底的泪水已经蓄势待发。他不禁在心里责怪自己，真是笨啊，怎么又惹她哭？啊，眼泪溢出来了……又哭了，又哭了，怎么办？他蹙眉思索了一下，赶紧又从袋子里摸出一块巧克力。刚要剥糖纸，手被麦子给按住了。

"教授，这个还没吃完呢……"麦子破涕为笑，"也不是哭就一定得吃糖……你将来要这么哄你女朋友，是会害她得糖尿病的……"

"哈哈……"谷梁或挠着头无奈地笑了，"所以，你行行好，别哭了。我真是黔驴技穷了。"

"好了好了，不哭了。"麦子擦干眼泪，转入正题，"师兄根本就不喜欢我。而且经过这件事，他也不知道该如何面对我了吧，所以……我还是放弃吧……"说到最后一句，声音还是哽咽了。

谷梁或拍了拍麦子的肩膀："其实，裴少霆不是坏人，他只是太想成功，有些急功近利了。这是当下年轻人的通病。可能也是社会大环境造成的。我觉得可以理解。而他最大的错误是不该把感情跟事业混为一谈，这样很伤人……"

"所以……我该不该原谅他呢？"麦子定定地望着谷梁或，像个渴望找到正确解题方法的学生。

谷梁或淡然一笑："这个重要吗？你都打算放弃他了，而他，也应该识趣地不再打扰你的生活了。你们之间，还存在原谅与不原谅的问题吗？"

"可他是我老板，总是要见面的呀……"

"麦子！"谷梁或忽然提高了声调，镜片后眸色渐深，"你是为了他去做陪购师，而这根本不是你的理想。现在你放弃了这份感情，还待在艾美做什么呢？"

麦子瞪大眼睛，半晌才带着气声吐出一个字："对……"

谷梁或伸出双手轻轻扶住麦子的肩膀，迫近她的脸，直视着她的眼睛："再考虑一下我之前的提议吧！我的那个服装设计师朋友真的很有诚意。"

麦子半张着嘴，傻愣愣看着谷梁或。在那双澄澈如水的眼眸中，她看见了自己的脸。是啊，没有爱情，她还有理想。或许，那才是她该去追求的事……

"教授，我马上就毕业了。等我拿到毕业证，也算有点资本了。就……就麻烦教授……"

"没问题！"谷梁或笑着抢答。

(四)

将麦子送回服装学院后,谷梁或也回了C大。一路上,他只觉着天也蓝了,云也淡了,连吹在脸上的风都是那么的温柔,走进教学楼,嘴角都还隐隐泛着笑意。忽然,一个娇小的黑影蹿到他身前,吓得他一怔。

"杨柳?"谷梁或后退一步,笑着摇摇头,"你属猫的吗?怎么总突然蹿出来?"

"嘿嘿……"杨柳笑容里带着谄媚,"教授,有最新情报!裴老板跟麦子表白了!"

谷梁或淡然一笑:"我知道。"

"啊?"杨柳一怔,又接着汇报,"麦子没答应。"

"这我也知道。"谷梁或在杨柳惊诧的目光里,慢条斯理地播报着最新"战况","就在今天上午,麦子跟裴少霆摊牌了,然后麦子决定放弃这段感情。"

杨柳瞪大眼睛:"你……你怎么比'卧底'知道得还多?教授,你这样,让我很没成就感!"

谷梁或转了转眼珠,忽然笑了:"'卧底'的情报可不是白来的,说吧,想交换什么?"

"哈哈……"杨柳讪讪笑了,"哎呀,教授,你总这么直接多不好意思……哈哈……那个,听说成绩出来了……"说完,她冲谷梁或"深情"地眨了两下眼睛。

谷梁或无奈地笑了,然后掏出手机点了两下递给杨柳:"成绩单,自己看吧!"

杨柳一把抢过手机,用手指在屏幕上划动着:"啊,找到啦,65分!谢谢教授……咦?不对啊!"

说着，她加快了划动的速度，最后抬起头瘪着嘴看向谷梁或："教授，你骗人！"

谷梁或一脸无辜地摊开手："我给你及格了啊！怎么骗人了？"

"哼！根本就没有人不及格！"

谷梁或笑了："选修课，我本来也没打算为难谁啊，是你自己跑回来哭天抹泪地求我。做'卧底'的事，我也只不过是顺水推舟而已。好啦，交易完成！"

他一把夺回手机，笑眯眯地朝教室走去。

杨柳气得直跺脚，冲着谷梁或的背影大喊："喂，教授，你这是卸磨杀……"

当反应过来这词用得不太对劲后，她把最后一个字给咽回去了。

谷梁或走到教室门口，手机忽然振动起来。他拿起一看，不禁皱起了眉。

高馨雅，差点忘了这个麻烦还没解决。

"喂，你好。"他走到楼梯拐角，接起了电话，语气冷冰冰的。

电话另一端却是热情洋溢"亲爱的,我在C大门口呢！你出来一下，有东西给你！"

这一声"亲爱的"，真是让谷梁或浑身难受。他皱紧了眉头，低声说了句："我要上课了。"

高馨雅倒是不介意，笑吟吟地说："哦，没关系。反正我今天也没什么事，就在车里等你吧！"

谷梁或挂断电话，不禁冷哼一声："为了你们高家的生意，还真有耐心……"

下课后，谷梁或慢悠悠走出校门，果然看见一辆红色的路虎停在路边。

高馨雅款款下了车，粉面含春地朝他走了过来。

"不好意思，影响你工作了。"高馨雅笑着挥了挥手中的信封，"不过真的是有很重要的事。后天是我生日，我爸爸办了个party，特意叮嘱我一定要请你过来。对了，梁伯伯也会来呢！这是邀请函！"

谷梁或并没有接那封邀请函，只淡淡地笑着说："我查过了，去年你们高家搞投资，赔了几个亿。现在，怕是资金周转困难了吧？"

"啊？"高馨雅的笑容僵住了，"你……你什么意思？我一直在国外，不……不太了解家里的情况……"

"高小姐，看得出来，你对我并不满意。"谷梁或语气平和，"可你还是一再地接近我，怕是另有目的吧？实不相瞒，跟高家结亲，只是家父一厢情愿。而如果他知道了你们家的状况，恐怕也是会另做打算吧？所以，不如你知难而退，主动跟家父说不喜欢我。这样两家都不至于伤了体面。"

高馨雅的脸都白了："我……我到底哪里配不上你？"

谷梁或淡然一笑："我没说你不好。只是不巧，我已经有心上人了。"

"是那个陪购师吗？"高馨雅厉声问道。

谷梁或皱了下眉："你调查我？"

"哼！亏我还当你多有品位！原来，也是色迷心窍，居然看上那种货色！"

谷梁或咬了咬牙，转身大步离去，跟这样的人多说无益。麻烦既已解决，就不要再让它破坏自己的好心情。

08 PART 爱的破窗理论

yin tu guo fen ke ai

一个顽童把窗户打破了，
这个时候窗户的主人就要去买玻璃，
这将刺激玻璃的生产。制造玻璃的工人接到订单，
有了钱以后他可以买面包。
面包工人又可以买衣物。这样就推动了一连串的生产。
经济学中的"破窗理论"，同样适用于爱情。

♥ 粮食夫妇小剧场 ♥

教授,你穿这套衣服真的好土!

 故意这么穿的.

为什么?

 你昨天说你命里缺土……

(一)

麦子再次面对裴少霆的时候，坦然了很多。倒是坐在老板椅上的裴少霆一直低着头，看不清脸上的表情。

"师兄。"麦子轻唤一声，目光平和，"昨天，我情绪太激动了。有些话，没太说清楚……"

裴少霆抬起头，脸上带着些许愧疚，些许窘迫，声音也有些哑："也不用说什么了……现在看见你，我……我都挺无地自容的……公司资金周转出现问题，我不应该用这种方法解决。你说得对，是我骗了你……是我动机不纯……或许，我这样的人，根本不值得你喜欢……"

"师兄，我从来都没后悔过喜欢你……"麦子弯起嘴角看着裴少霆，眼中却是水光流转，"因为喜欢你，我不断告诉自己要变得优秀，因为这样才配得上优秀的你。你一直是我努力的方向……"

裴少霆低下头，摆摆手："别，可别这么说了，我更无地自容了……"

"可这是事实啊！"麦子的眼中闪着柔亮的光，"师兄，如果这四年不是心里一直想着你，我不会那么努力。我真的是因为喜欢你，才不断地完善自己。而且，心里想着一个人，就算对方什么都不知道，就算得不到任何回应，也是一件很幸福的事。师兄，你真的给了我很多，只是……你自己都不知道……"

麦子又哽咽了，眼中闪动着泪光。

裴少霆抬起头，和麦子对视了几秒钟，忽然自嘲地笑了："麦子，你喜欢的并不是我，而是……你自己幻想出来的一个完美的形象……"

麦子抿唇想了想："或许是吧！不过，已经不重要了。我明白了，你从来都没喜欢过我，就算我再怎么努力，都没有办法走进你的心里……所以……我决定放弃了……"

裴少霆微微一怔："你放弃，不是因为瞧不起我？"

"当然不是……"麦子摇头，"你不是坏人，只不过是太渴望成功了。这……也算不得什么错事，只不过……我接受不了把事业跟感情扯在一起……这样……这样很伤人的……"

她把谷梁彧的话重复了一遍。

裴少霆深吸了一口气，将身子靠在椅背上，诚恳地说了句："麦子，真的对不起……"

"好啊，你的道歉我接受了。"麦子释然地笑了，"这件事，就当作没发生吧，我们都不要提了。另外，我来找你主要是想说辞职的事……"

裴少霆又是一怔："不是都过去了吗？为什么还要辞职？"

"师兄你别误会，我辞职不是因为这件事，而是我本来就不想做什么陪购师。这些日子，我总被投诉，也真的挺难受的。我不适合做这个。另外，我还有我的梦想……"

没等她说完，裴少霆就点头说道："我懂了。既然这么说，我也不该再挽留你了……嗯，那我就祝福你梦想成真！"

麦子心无芥蒂地笑了："师兄，我也祝福你！艾美一定会越来越好的！"

裴少霆也笑了，柔柔的阳光洒在他的脸庞，笑容依旧那么明朗、那么温柔、那么好看，麦子不禁又贪看了一眼，心里却再无波澜。

或许每个女孩儿的青春时光里都会有这样一个明朗的笑容。那是照进心房的第一缕阳光,让你如此渴望靠近那温暖的光源。可靠近才发现,那个笑容不过是承载了你对爱情的幻想,而那人也并没有发光,一切的一切都只是自己的想象而已……

麦子交代完所有的工作,跟办公区的同事们道别。大家都以为她接受了富二代,要嫁入豪门当少奶奶了。她只笑着摇摇头,没做什么解释。

这时,裴少霆从办公室走了出来,看着麦子的神情有些尴尬。

"麦子,按说你都要走了,不该再麻烦你……可是……"

麦子见他吞吞吐吐,不禁问道:"怎么了?还需要我做什么吗?"

"唉,刚刚有个客户打电话,说之前就找你陪购,这次还指名要你……"

"哦,这样啊……"麦子抿唇思索了一下,然后笑着点点头,"反正我今天也没什么事,那就再去一次吧!就当……最后为艾美出份力了。"

其实她完全可以拒绝,但目光触碰到裴少霆,还是妥协了——就当是为他,也为自己四年的暗恋,再做一件事吧……

可当拿到客户资料时,麦子马上就后悔了,竟然是高馨雅。这位盛气凌人的高小姐不是觉得她不专业吗?这次怎么又指名找她?可已经答应了,又不好拒绝。她也只能硬着头皮去了。

反正也是最后一次,不管对方怎么刁难,咬咬牙也就忍过去了。麦子在心里安慰自己。

下了出租车,麦子看见身穿宝蓝色丝质连衣裙,墨镜遮住半边脸的高馨雅正趾高气扬地站在商场门口,手里挽着的橘色爱马仕铂金包在阳光下分外显眼。

麦子跑了几步，站在高馨雅面前，冲她点头微笑："高小姐，你好！"

高馨雅摘下太阳镜，扫了一眼麦子，轻蔑地说了句："你迟到了。"

"对不起，因为是突然接到这个任务……"

"迟到就是迟到，狡辩什么？"高馨雅恶狠狠地瞪着麦子。

麦子一皱眉，反驳的话到了嘴边，又咽下去了。反正也是最后一次陪购，她爱说什么就说什么吧，全当没听见。

进了商场，麦子礼貌地说："高小姐，这次你想选什么类型的衣服呢，咱们可以直接找这种风格的店。"

高馨雅摇摇头："就是想买衣服，不确定什么类型……"

"呃……那咱们就边走边选吧……"

"你帮我拿着！"高馨雅将手中的铂金包甩给了麦子，昂着头大步朝前走，仿佛麦子是她的跟班。

麦子虽说心里有些反感，但还是忍住没说什么，只想着忍过了这一次就好了。

就这样，她带着高馨雅逛了一大圈，脚都走酸了，可还是一无所获。她发现这位高小姐根本就是纯心跟她过不去，只要是她选的，对方一概不满意，还不停地讽刺她的品位差。

麦子终于爆发了。

"高小姐，既然上次见面你就质疑我的专业水平，那这次为什么还要指名找我呢？"麦子站在一家女装店门口，气鼓鼓地质问高馨雅，"如果你不满意，那我现在就跟公司联系，给你换个陪购师好不好？"

高馨雅瞪起眼："你这是什么态度，明明是你的服务不好，怎么还跟客户发脾气？你们艾美的陪购师，就这个素质？"

麦子咬了下嘴唇，强忍着怒气说："对不起，就在你约定这次陪购之前,我刚刚辞职。所以我现在只是帮忙,你就算要投诉我,公司也不会处理了!"

"哟,辞职了?"高馨雅双臂环抱在胸前,语气里带着讥讽,"终于找到金主了?"

"你?"麦子气得脸都红了,"高小姐,我们以前不认识吧?我实在想不起来什么时候得罪过你。我真是搞不懂,你对我哪儿来这么大的敌意?"

"哼!"高馨雅冷笑一声,扬起下巴瞪着麦子,"我对一心想傍有钱人的拜金女,一直有敌意。"

麦子咬了咬牙:"高小姐,我们是不是有什么误会?我什么时候傍有钱人了?你……你是不是认错人了?"

高馨雅抬腕看了看表,轻笑一下:"算了,我还有事,今天就到这里吧,我也不指望拜金女能给我挑出什么好衣服……"说完,她神情倨傲地向麦子伸出手,仿佛是个高贵的女王。

麦子只想赶紧把对方打发走,从此再不见这个莫名其妙的人。所以,她也没再辩驳什么,只迅速把手中的包递了过去。

高馨雅却在接过铂金包的一瞬间惊叫起来:"呀,我的包!怎么变成这样了?"

麦子定睛一看,只见那只包的外侧有一道很深的划痕。可她明明很小心地拿着啊,怎么会这样?

就在麦子发愣的时候,高馨雅上前一步,使劲推了她一下,厉声喝道:"你把我的包划坏了!你必须赔给我!"

麦子的脑子"嗡"的一声——这只包少说也得六位数,她一个穷学生哪里赔得起?

"不……不是我划坏的……"麦子无力地辩解着。

"是你一直拿着我的包,除了你还能有谁?"高馨雅不依不饶,"你要是抵赖,那我只有报警了!"

吵闹声引得商场顾客纷纷驻足,不一会儿的工夫,二人已经被围住了。

麦子又急又羞,脸涨得通红,眼泪也在眼眶里打转。而高馨雅见人多了,更是不依不饶,还对麦子推推搡搡,不停辱骂。

就在高馨雅抓着麦子胳膊嚷嚷着要报警的时候,忽然一个修长身影从人群中挤了进来,一把将麦子护在怀中。

麦子闻到淡淡的薄荷味,很是熟悉。

"教授?你……你怎么在这儿?"

麦子抬眸,看见谷梁或清俊的脸庞近在咫尺,有点蒙。

谷梁或则淡淡一笑,接着从怀里掏出一个手机递给麦子:"本想约你吃午饭,可电话打过去是你同事接的。她说你去陪购了,把手机忘在了公司。你啊,可真是个小迷糊。"说着,他还揉了一下麦子的头发,眼神、动作、语气都带着宠溺。

这一幕,深深刺痛了对面的高馨雅。

"谷梁或,你色迷心窍!就为了这么个货色抛弃我!"高馨雅尖声喊叫着。

麦子瞬间瞪大了眼睛,一把推开谷梁或,压低声音问道:"教授,又……又是你的风流债?怎么每次都要殃及我啊?"

谷梁或扶了扶麦子的肩,转过脸看向高馨雅,眼中一片冰冷。

"高小姐,如果我没记错的话,我们只见过三次面。我跟你连普通朋友都算不上,何来抛弃一说?另外,请你注意一下用词,不要侮辱我的朋友。"

麦子看看谷梁或又看看高馨雅,又蒙了。

高馨雅瞪着眼睛,抬手一指麦子:"你醒醒吧,她……她这种女人,就是看上了你的钱!"

"呵……"谷梁或鄙夷地笑了一下,轻描淡写地说了句,"若说到钱,你们高家才是无底洞吧?"

"你……"高馨雅的脸瞬间涨得通红。

谷梁或低头看了一眼她手中的包,语气轻蔑道:"不就是一只包吗,我赔给你。请你以后不要再打扰麦子。"

麦子赶紧扯了一下谷梁或,低头提醒道:"教授……那不是普通的皮包……奢侈品啊……很贵很贵的……"

谷梁或抿唇一笑,轻轻拍了下麦子的肩膀,接着又板起脸继续对高馨雅说:"把账号给我,我马上打给你。"

高馨雅瞪着他,胸口剧烈地起伏着。最后,她咬了咬牙,恨恨地说了句:"不必了。"说完,她拨开人群便往外挤。

刚走了两步,她又忽然转过头眯起眼看着麦子,阴阳怪气地说:"就凭你,也妄想嫁入豪门?他可是鹏城集团的唯一继承人,能娶你这种女人?哼!别做梦了!"

望着高馨雅离去的背影,麦子傻傻地笑了,转过头对谷梁或说:"她居然也以为你是什么鹏程集团的公子,是不是傻?那都是假的啊……"

话说到一半,麦子的笑便僵在了脸上。这个"误会",只有艾美的人才知道,而起因不过是谷梁或随手指的一片楼区。这位高小姐怎么可能也误会呢?再联想到她这两次对自己的态度,麦子不禁一个激灵……

莫非,这根本就不是个误会?

麦子盯着谷梁或,大脑飞快回忆着高馨雅的一举一动。忽然,她觉得近在咫尺的这张脸变得陌生起来……

(二)

星巴克靠窗的一角,明媚的阳光依旧透过玻璃倾泻在棕褐色的木质小桌上,空气中也依旧飘荡着慵懒撩人的爵士乐。

麦子局促不安地捂着手中的咖啡杯,脸上的笑容带着震惊和疏离。

"就……就是说……你真的是鹏城集团的公子?是个很有钱,很有钱的人……"

谷梁或轻轻点头,眼中闪过一丝无奈。接着,他弯起嘴角,轻笑一下:"麦子,我不是有意欺骗你,只是……我想过阵子再跟你说……"

"哈哈……"麦子尴笑,又夸张地摆了摆手,"哎呀,其实……教授,你根本也没必要跟我说什么呀!"

谷梁或的眉心拧成一团:"麦子,你是要疏远我了吗?"

"哎呀,我就是个普通的学生……你……你可是如果不努力就要回家继承亿万家产的人……哈哈哈……什么疏远不疏远的?我们……我们本来就是天上地下、云泥之别啊……哈哈哈哈……"

麦子极力掩饰尴尬,可笑声却在谷梁或逐渐暗淡的目光中停止了。

"教授,你……怎么了?"

谷梁或望着麦子,苦笑了一下:"其实,我没什么朋友……"

"哈哈,有钱到没朋友……真是……"

一句话没经过大脑溜了出来。麦子意识到这个时候不该开玩笑后,迅速捂住了嘴。

谷梁或又苦笑了一下,镜片后的眼眸里尽是落寞:"还真是像你说的那样。跟我家世差不多的人，嫌我太闷、太古板，我也不愿意跟他们一样成天吃喝玩乐。而普通人，在知道我的背景后，不是带着目的接近我，就是跟你一个反应……我其实……挺寂寞的……"

麦子歪头思考了一下，又嘟起嘴无奈地看向谷梁彧："教授，看你难过的样子，按说……我是应该好好安慰你的。可是，请原谅我，真的没办法做到感同身受。那个……有钱人的苦恼，我恐怕一辈子也理解不了吧……如果也给我继承上亿资产，那寂寞就寂寞吧！寂寞到死又何妨？"

看着麦子可爱的模样，谷梁彧又忍不住伸手想揉她的头发。麦子却似触电一般，迅速向后躲开了。

谷梁彧尴尬地缩回手，叹了口气："麦子，以后我还能找你吃饭、看电影或者打网球吗？"

麦子皱着眉看着谷梁彧，发现他此时就像个将要失去心爱玩具的小朋友。

"可是，教授……"麦子小心翼翼地说，"之前我们一起做的那些事，不是要论证那个凡什么的吗？现在已经失败了。还需要吗？"

"可我觉得……我们至少是朋友……对了，我们不是'五谷丰登'组合吗？"谷梁彧的语气有些可怜兮兮。

"哈哈，你还记得这个啊！可教授你早就'五谷丰登'了，不，你都'满汉全席'啦！"麦子自己都不知道自己在说什么，"可我，只是个在温饱线上挣扎的穷学生，还从来没跟这么有钱的人交过朋友呢！这……这一时半会儿的，还真适应不了呢！"

谷梁彧蹙眉："麦子，我还是我这个人啊，有没有钱，又有什么区别呢？"

"区别很大好不好？"麦子夸张地加重了语气。

"我们还可以跟以前一样……"

"回不去啦！"

"怎么就回不去了？"

麦子一抬手："等，我好好捋捋！我呢，现在还有点蒙。原来我以为我是个变不成公主的灰姑娘，你呢，也是个冒牌的王子。那些衣服、马车什么的，都是到了十二点就要现原形的。可现在，十二点到了，我却发现，你是真王子，衣服还是衣服，马车还是马车……只有我……依然是变不成公主的灰姑娘……"

正说着，麦子忽然拍了一下头，瞪大眼睛问道："对了，那个香奈儿的包，不是高仿吧？"

谷梁或点点头。

"我的天！"麦子一下子蹿了起来，"我放宿舍的柜子里了……不会弄坏了吧？哎呀，可别丢了……好几万呢……教授，那个……我先回去了，等过几天我把包给你送过去……"

说完，她转身就跑。

"麦子！"谷梁或也站了起来，"等一下！"

麦子转回身，冲谷梁或笑了一下："教授，我知道你要说什么。我们还是朋友啊！只不过，我现在还不知道怎么跟有钱人做朋友，你给我点时间哈！拜拜！"

望着麦子仓皇逃走的背影，谷梁或怅然若失……

"前几天，就是在这儿，我还请他撸串来着。"麦子在煤油灯的映照下，拿着牙签一下下戳着塑料碗里的烤冷面，"怪不得他什么都不吃。

他那样的人，怎么可能吃路边摊呢，我还硬把烤冷面塞进他嘴里。唉，他没吐出来，已经很给我面子了……"

脑海中不禁浮现出谷梁咀嚼那块烤冷面的样子，有点惊讶，有点新奇，似乎还有点害羞……麦子使劲摇摇头，似乎要把那个画面从脑中甩出去一样。

坐在对面的杨柳一边吃着肉串，一边含含糊糊地说："就算他是什么鹏城集团的继承人又怎么样呢？谷梁教授还是谷梁教授啊，你躲着他干吗？"说着，她一指凳子上的精致布带，"这包，你自己还给他就好了，干吗非要我送过去呢？"

"哎呀，我也说不清楚……就是知道了他的家世之后，我……我就不知道怎么跟他相处了……"麦子用一只手托着腮，神色困惑，"说来也奇怪，可能是这段时间跟他走太近了，我总是能想起他，做什么事都联想到他，连说话都不知不觉像他了……"

"咦？"杨柳咽下一块肉，眼睛瞪得溜圆，"你……该不会是喜欢上谷梁教授了吧？"

麦子的脸腾地红了："怎么会？我以前一直就喜欢师兄的……再说，像教授那种如果不努力就要回家继承亿万家产的人，跟我根本就不是一个世界的……"

说到这里，她的心忽然钝钝疼了一下。

"关键就在这儿了！"杨柳"啪"的一声将竹签子拍在桌上，"你是感情上喜欢人家，可理智又告诉你，你们不可能，所以你就躲着教授！"

"才不是！"麦子狠狠扎了一块烤冷面，把嘴塞得鼓鼓的，"我总想起他，应该是因为他带我吃的东西太好吃了！嗯，一定是！"

午后,窗外阵阵蝉鸣。

谷梁或正独自一人坐在办公室里批卷子,忽然,虚掩着的门被轻轻推开,探进了一个小脑袋。

"谷梁教授……"杨柳压低声音唤了一声,随即警惕地四下张望。

谷梁或抬眸见是她,嘴角泛起一丝轻笑,招了招手:"进来吧!"

杨柳挤身进来,小心翼翼地将门关好,又蹑手蹑脚地走向谷梁或。

"怎么跟做贼似的?"

杨柳走到办公桌前,忽然从背后拿出一个布袋,放在谷梁或面前:"这个……是麦子让我还给你的。"

谷梁或瞥了一眼,皱了皱眉,问道:"她怎么不自己拿给我?"

"谁知道呢?那个傻子说暂时不适应跟有钱人做朋友。不过,我倒是看出了点门道……"

"什么?"

"嘿嘿,最新情报!"杨柳嬉皮笑脸地卖着关子。

谷梁或却是把手一摊:"我现在没有什么可跟你交易的了。"

杨柳继续笑着说:"不用交易,我就当是学雷锋做好事了!毕竟我们家麦子要是嫁入豪门,我也能跟着沾点光啊!正所谓'一人得道,鸡犬升天'……"

说着说着,她又觉着不对劲了——怎么又把自己划分到动物那边了呢?

谷梁或轻靠在椅背上,淡淡地笑着问:"那说吧,什么最新情报?"

"嘿嘿!"杨柳双手拄在办公桌上,笑得神秘兮兮,"我发现,麦子似乎喜欢上教授了!"

谷梁或略微一怔,追问道:"何以见得?"

"她说她最近总会想起你,做什么事都会联想到你,连说话都跟你越来越像了。"杨柳分析得头头是道,"我想,她之所以躲着你,也是因为自己意识到这点了吧?但她顾虑真是挺大的,她觉得你们根本不是同一个世界的人……"

"我理解……"

杨柳愤愤不平:"要说,都怪那个高什么雅的,要不是她说破了这件事,教授就可以慢慢撒网了。等到收网的时候再告诉麦子真相,她肯定觉着自己中彩票了,只顾着乐了!"

谷梁或蹙眉想了想,忽然话锋一转:"你记不记得,我在课堂上讲过一个'破窗理论'?"

"啊?"杨柳吓了一跳,"不是都考完试了吗?怎么又出题?破……破什么?"

谷梁或淡淡一笑:"你啊,还真是没认真听讲。我课上讲过,一个顽童把窗户打破了,这个时候窗户的主人就要去买玻璃,这将刺激玻璃的生产。制造玻璃的工人接到订单,有了钱以后他可以买面包,面包工人又可以买衣物。这样就推动了一连串的生产……这个就是破窗理论。"

"等一下!"杨柳扶额,"教授你说这么一大堆,跟你追麦子有什么关系?"

"我的意思是,那位高小姐把'窗子'打破了,也未尝不是一件好事。咱们也可以变通一下。我把计划调整调整,或许比原来更有利。"

杨柳眨了眨眼睛,笑嘻嘻地说:"虽然……没怎么听懂,但我看教授这么有信心,就一定能成功!我依然是你最信任的卧底,最坚实的后盾!有了新情报,一定第一时间传达!加油!"

"好……"谷梁或笑得人畜无害,"等成功了,我也一定不会忘记

'小鸡'和'小狗'。"

原来,教授也会奚落人。

(三)

七月,麦子和杨柳都毕业了。杨柳很顺利进入一家外企做翻译,开启了朝九晚五的小白领生活,而麦子自从离开艾美,就没找到合适的工作。谷梁彧在微信里再次提起引荐的事,但麦子拒绝了。自从知道了谷梁彧的家世背景,麦子就没再跟他见过面。她也不明白自己为什么要躲着他,总觉得不知道该怎么和他相处。尤其是她一想到云裳发布会上,那个站在他身旁的窈窕背影,心头就拢起阴霾。

不过这些都不是迫在眉睫的事,眼下麦子最着急的是,宿管阿姨已经在撵人了,而她还没租到合适的房子。

就在她在电脑上浏览租房信息的时候,杨柳打来了电话。

"喂,麦子小天使,我找到房子了!"杨柳的声音很是兴奋,"三环的地段,两室一厅,刚好我们两个人住。房租每月一千,水电全免。还不用一次性支付一年的。"

"一千?"麦子瞪大眼睛,"怎么可能?你是不是少看了一个0啊?"

"哎呀,当然不是了。都说我是你的天使了,这回你是沾了我的光。这房东好像跟C大有点渊源,说这是给C大毕业生的特殊优惠!"

麦子一下子从椅子上跳了起来:"那还等什么?赶紧去啊!可别让人抢走了!"

"安啦安啦!我已经跟房东预约好了。等我下了班,咱俩一起去!"

当出租车停在一个高档小区门口时,麦子有点傻了。她扯了扯杨柳的衣服:"喂,你确定是这里?房租一千?"

杨柳挽着她的胳膊就往里走:"没错,我跟房东在微信上联系好啦!你看,门口的保安他都打好招呼了,都没拦我们。"

电梯停在了二十八楼,一梯两户。

杨柳挽着麦子解释道:"这两户都是一家的。房东自己住一户,出租一户。"

她拿着手机辨认了一下,按响了左边一户的门铃。门里忽然传出几声狗吠。

而就在门打开的一瞬间,一只奶油色的小泰迪"嗖"地蹿了出来。

麦子蹲下身,惊呼道:"球球?"

球球对着麦子又是作揖又是转圈,掩藏不住内心的狂喜——哈哈,本汪的女主人终于来啦!从今以后,有好多好多狗粮啦!

抬头,只见身穿白色衬衫,浅灰色亚麻长裤的房东正慵懒地倚在门边。他身材修长,面目清俊,英挺的鼻梁上架着一副金丝边的眼镜。镜片后,一双眼眸清澈如水。他冲麦子轻轻挥挥手,嘴角弯起一抹浅笑,睫毛下缘隆起两弯柔软的卧蚕。这一个笑容,仿佛让全世界都安静了……

"谷、谷、谷……"麦子见到谷梁彧,竟说不出话来了。

谷梁彧的笑意更深了,打趣道:"怎么几天不见,你变成鸽子了?还'咕咕咕'……"

杨柳知道,展现她演技的时刻到了。她上前一步,语气夸张地道:"谷梁教授,你怎么在这里?真是太巧了!"

谷梁彧不禁腹诽——这演技也太浮夸了。

好在麦子一根筋,也没察觉出什么,只是目光触及谷梁彧的时候,脸颊开始发烫。

这个细节被谷梁彧尽收眼底。他似乎能确定杨柳的推测了,她果然是对自己有了好感，不过可能连她自己都没意识到吧。

"哦，说是有两个大学毕业生来租房子，原来就是你们啊！还真巧。"谷梁或倒是演得特别自然。

"是啊，怎么这么巧，呵呵呵……"麦子尬笑着站了起来，可脚下的球君依然在刷存在感，蹦着蹿着求关注，她只得弯腰把它抱在怀里。

"走吧，去对面看看。"谷梁或晃了晃手中的钥匙，领着她们进了对面一户。

很整洁宽敞的两室一厅，装修精良，家具家电一应俱全，连厨房里的厨具都是亮晶晶的。

麦子疑惑了，不禁出声："这里……不像是没人住的样子啊？"

谷梁或清咳一声，还好反应够快，马上笑着说："之前有一对新婚夫妻住过一阵子，后来他们回老家了。由于走得匆忙东西都没带走。"

杨柳在麦子背后冲谷梁或挤了挤眼，又竖起了大拇指。

"怎么样，还满意吗？如果满意的话，就租给你们了。正好一个是我学生，一个是我朋友，都是相熟的人，我也放心。"

"我们……再……再考虑一下……"麦子迟疑着。

杨柳急了："还考虑什么，这天上掉馅饼的事！你考虑的工夫，早让别人抢走啦！"

"可是……"

"哎呀，别可是了……"杨柳一把拉过麦子，吹胡子瞪眼，"现在C市的房价你不知道吗？上哪儿找这么便宜的？我就问问你，卡里还有多少钱？在艾美也没挣多少，现在还没找到工作，难道要跟家里伸手？家里有矿啊？"

在一顿连珠炮下，麦子向贫穷低下了高贵的头。

球球适时舔了一下麦子的手,表示欢迎新邻居。谷梁或的脸上露出一丝不易察觉的笑。

走出小区,麦子忽然意识到一个问题,转过脸问杨柳:"奇怪,我整天在网上查租房信息,怎么没看到过这个啊?"

"嗯,这个嘛……我是在我们C大内部校园网上看见的。估计教授就是想租给C大的学生吧?"杨柳边说边在心里为自己的机智点了个赞。

"哦。"麦子没察觉出什么漏洞,接受了这个解释。

晚上,杨柳收到了谷梁或的微信。

"麦子的经济状况不好?"

杨柳马上回复:"还没找到工作。她那个脾气又不肯跟家里要钱。现在省吃俭用,啃的都是在艾美几个月赚的老本,估计也快没了。"

发送出去之后,想了想她又问了一句:"教授,你不是想给她钱吧?她肯定是不会要的。"

"我当然知道,所以得想想办法。授人以鱼不如授人以渔。"

"教授你不用担心,还有我呢!我现在当翻译,每月工资有五千多。虽然她吃得多,但养她也足够了。"

过了一会儿,谷梁或回了一句:"好,我老婆先放你那儿养着,以后十倍奉还。"

"哇,啊哈哈!"杨柳抱着手机大叫起来,"甜炸了啊!那二货上辈子拯救宇宙了吧!"

PART 09 爱的奥卡姆剃须刀定律

yin ta guo fen ke ai

经济学中,奥卡姆剃须刀定律指的是
"如无必要,勿增实体",
即"简单有效原理"。
爱情,同样需要化繁为简。

♥ 粮食夫妇小剧场 ♥

 你想养狗吗?

 教授,你不是想把球球给我养吧?

 不,是跟它同屋的另一只单身狗。

（一）

第二天，麦子和杨柳就收拾行李搬进了谷梁彧的隔壁。晚上，麦子去超市买了很多食材，准备做几样拿手菜庆祝一下，杨柳则提议应该把房东先生也请过来。

麦子一边切菜，一边嘟囔："教授……他……他那样的人物，会吃我做的东西吗？"

杨柳站在她身后大声说："你是不是想得太多了呀？他是富二代，他家里是很有钱很有钱，可他也是个人啊！你不知道他身份的时候，都敢往他嘴里塞烤冷面呢，他不是也吃了？现在你做的菜他怎么就不能吃了？"

"哎呀，我也说不好，总是觉得怪怪的……"

"别别扭扭的，我看你就是喜欢上人家了！"

"才没有！啊……"

麦子一着急，刀锋贴着指尖就下去了。一声惨叫后，她将食指含在嘴里，心里嘀咕着，还真是不能说谎，一说谎就有血光之灾。

杨柳见状忙问道："家里有创可贴吗？"

麦子含着手指摇摇头。

杨柳转了转眼珠，扭头就跑："那我只能问房东先生要了！"

"喂……"

麦子刚想阻拦，杨柳已经几步蹿出房门了。

过了一会儿，穿着家居服的谷梁或急匆匆地闯进厨房，拉起麦子的手，紧张地抛出一连串问号："怎么样了？严重吗？还流血吗？疼不疼？"

麦子只觉得脸颊一阵阵发烫，倒是感觉不到手指的疼了。

谷梁或拿出创可贴，小心翼翼地帮麦子将伤口贴好，最后还放在自己唇边吹了两下。

杨柳在厨房门口探着小脑袋往里瞅，脸上露出了姨母般的笑容。

而此时的麦子都红成个番茄了。

"没……没事的……伤口不深……"麦子结结巴巴，从谷梁或手中抽出了自己的手。

谷梁或的脸也微微泛红。他局促地四下张望着，问道："准备了这么多菜，都是你来做吗？"

麦子点头。

杨柳蹿了进来，在麦子身后揽住她的腰，探出小脑袋，"吆喝"起来："我们家麦子，别看长得不像良家妇女，但实际上特别贤良淑德。出得厅堂，入得厨房！谁要是娶回家，那可有福气喽！"

麦子急得一跺脚，正踩在杨柳脚面上，疼得她哇哇大叫。

谷梁或看见两个小女生打打闹闹，在一旁偷笑。

"手都受伤了，就不要做饭了。正好我也没吃，不如……我请你们俩到外面吃吧！"谷梁或不动声色，发出了邀请。

麦子却摇摇头，说："都准备差不多了。再说，就划了一下，也不严重，我还是可以的。"

杨柳转了转眼珠，然后撸起袖子，装模作样地走到灶台边："看来得我杨大厨亲自出马了！教授，今天让你尝尝我的手艺！"

麦子一把推开她，一脸嫌弃："你还是歇歇吧！你做的菜，不是好不好吃的问题，而是能不能吃！"

"哈哈哈哈……"谷梁或被逗笑了。

麦子瞪着杨柳："这样吧，你帮我洗菜、择菜，我的手不沾水就没事了。"

说着，她又转向谷梁或，笑了笑："教授，你先去客厅看电视，稍等一会儿，我这边很快就好了。"

谷梁或却摇摇头，自顾自地拿起了一把韭菜，熟练地择了起来。

麦子赶紧伸手去拦："哎呀，教授，真的不用你，你这样的人……怎么可以……"

没等麦子说完，谷梁或就笑了："我是什么样的人？不也是跟你们一样，两只眼睛，一个鼻子，一张嘴吗？我平时也是自己做饭的，择个菜怎么了？"

"你……自己做饭？"麦子有点不敢相信。

谷梁或点点头："是啊。不喜欢吃外面的东西，又不喜欢陌生人出入我的住处，只能自己动手了。"

"我还以为……你都是出入那种私人会所……"

谷梁或笑了："那些地方，是因为要带你长见识才去的。我平时就是学校、家两点一线，生活特别简单。"

麦子低下头，忽然觉得心里紧绷的那根弦放松了很多。而杨柳自然明白谷梁或这番话的用意，他是想让麦子放下心理负担。

谷梁或偷瞄了她一眼，似不经意道："在经济学里呢，有个定律叫作'奥卡姆剃须刀定律'，大意就是简单有效原理。我觉得，人和人相处也需要遵循简单有效原理，想太多真的没什么必要。"

麦子一边将切好的菜倒进锅,一边咂摸这个什么奥什么的"剃须刀",觉得似乎挺有道理……

餐厅里,暖黄温馨的灯光映着麦子精心烹制的六菜一汤,有荤有素,颜色鲜亮。谷梁或呼吸着空气中的饭菜香,忽然有种久违的家的感觉……

"哇,好饿啊!咱们开动吧!"

杨柳挥舞着筷子,直奔那条清蒸鳜鱼。可还没碰到"猎物",她便感觉自己光裸的脚踝被个湿漉漉的东西舔了一下。

"妈呀!鬼啊!"杨柳花容失色,下意识地踢腾起两条腿,筷子也没拿住掉在了桌子上。

她这一惊一乍,倒是把桌下的"鬼"给吓坏了,"嗖"地蹿出来,冲着她气势汹汹地吠起来。

"球球?你什么时候进来的?"麦子盯着多了毛的小泰迪,哭笑不得。

原来,谷梁或觉得这一层就他们三个人,别人也上不来,就干脆没关门。没想到,这小东西倒是不请自来了。

杨柳发现不是鬼,也来了能耐,猫着腰瞪着球球,一边龇牙咧嘴,一边撸袖子:"哈,原来是你这个小东西!敢偷袭老娘?哪里走?看我的降'狗'十八掌!"

泰迪本就色厉内荏,见了比它还凶的"物种",气势立刻就弱了下来。可它秉持着输狗不输阵的精神,依旧"汪汪汪"叫个不停,小身子却一点点往后缩,直到缩到谷梁或脚边,"刺溜"一下躲在他腿后。接着,它又狗仗人势,伸出小脑袋冲着杨柳一顿狂叫。

麦子和谷梁或在一旁哈哈大笑。

"好啦好啦,你们两个不要打架了!"麦子弯腰抚着球球柔软的卷毛,"小家伙,你也饿了吧?来,我给你弄点肉肉吃。"说完,她便拿起一个空盘子,夹了一块排骨放进去。

谷梁或忙拦住她:"它刚吃过狗粮了。"

"哎呀,狗粮干巴巴的不好吃,让球球也尝尝我的手艺嘛!"麦子说着又夹了一块排骨,放在球球面前。

球球一双又圆又大的眼睛顿时亮了。它用小鼻子嗅了嗅,马上狼吞虎咽起来——啊,女主人是个什么神仙?本汪从来没吃过这么好吃的东西!

谷梁或无奈地摇摇头:"我从来不喂它狗粮以外的东西。这回,怕是给它喂馋了。"

麦子却摸摸球球的头,满不在乎地说:"没关系,偶尔也要改善一下嘛!你看它这么瘦,就该多吃点。"

"你呀,就知道惯着它……"谷梁或轻声埋怨着。

杨柳在一旁偷笑——这个语气,怎么听怎么像夫妻俩教育不听话的小孩儿。

(二)

晚上,麦子失眠了。她把原因归结为换了新床睡不惯。

第二天,杨柳早早起来赶地铁上班去了。而麦子刚刚迷迷糊糊睡了一个小时,便被门铃声吵醒了。她以为是杨柳忘带了什么东西,眯着眼睛晃晃悠悠去开门,可站在门外的却是西装笔挺的谷梁或。他一手夹着公文包,一手拎着那只小泰迪,样子很是滑稽。

"早!不好意思,这小家伙太黏人。我出门它总要跟着,每次都要跟它'斗争'半个小时。我想着你在家待着也没事,不如把它放你这儿吧，晚上我再来接它。"谷梁或不容分说，直接把球球塞到了麦子怀里。

小家伙回头望了一眼主人，眼神充满了哀怨。而下一秒，它便审时度势地往麦子怀里拱了拱。

谷梁或伸头仔细看了看麦子的脸，语重心长道："昨晚没睡好吧，都有黑眼圈了。就算白天不上班，也要早睡早起，这样对身体好。好啦，我去学校了，拜拜！"

"咣当"一声，门关上了。麦子这才反应过来，自己默默接受了"狗保姆"这个职务。而更要命的是，她竟然把蓬头垢面的一面展现给教授了。她低头看了一眼还在她怀里拱来拱去的球球，脑海中闪现了四个大字——生无可恋！

谷梁或下午四点多就回来了。而当他再次看见自己的宠物时，瞬间目瞪口呆。

麦子刚一开门，球球便从屋里冲了出来，而它的身上却多了一件衣服。确切地说，应该是多了一条公主裙。三层白纱，上面缀着蕾丝和粉红色的蝴蝶结，脖子上也系着一个大大的蝴蝶结。见到主人，小家伙像炫耀似的后腿直立转起了圈，根本停不下来。

"这……这什么情况？"谷梁或蹲下身，一把按住旋转中的"小公举"，扬起脸问麦子，"你怎么把它弄成这副模样？"

麦子嘟起嘴："什么叫'这副模样'？多好看啊！我可是缝了三个多小时呢！"

教授显然对这个新造型接受无力，皱着眉开始脱那件公主裙。

球球龇着牙奋力挣扎——不脱不脱！穿上女主人做的裙子，本汪就是这条街最靓的仔！

"你干吗？"麦子也蹲了下来，一把抱起球球，"女孩子当然要穿好看的裙子啦！球球很喜欢的！"

球球很配合地"呜呜"两声，表示赞同。

"它……女的？"谷梁或歪头看向球球，宛若初识。

麦子瞪大眼睛："不是吧？你养了它这么久，不知道性别？"

接着，她抱起球球，直视着那双乌溜溜的眼睛，露出了惺惺相惜的神情："看来我们是同命相连，在他眼里都不是女人。"

谷梁或哭笑不得："这事怎么就过不去了呢？"

"哼，我记一辈子！"麦子扭过脸，佯装生气。

谷梁或拎过球球，继续脱它的公主裙："还是脱了吧，我要带它去散步……"

球球殊死挣扎中。

"散步更要穿得美美哒……"

麦子说到一半，忽然在谷梁或绝望的眼神中明白了。一个大男人带着只泰迪已经有点奇怪了，而这狗狗再穿成个"小公举"，那路过的人估计都会以为看见个变态了吧……

"呃……我在家待了一整天，刚好想下楼透透气……要不，一起？"

麦子见球球是头可断血可流，誓死不会脱裙子的样子，那只好陪他们一起去了。多个女生在旁边，就不会那么尴尬。

谷梁或马上眉开眼笑："好啊，我两个一起遛！"

麦子换了鞋跟着谷梁或上了电梯，心里却在琢磨他的那句话——他的意思是，我们两个一起遛狗？还是我把你和狗两个一起遛了呢？

球球穿了新衣服心情大好，跟小区里的小伙伴们玩耍起来也是趾高气扬。几只小公狗围着它团团转，都拜倒在它的公主裙下了。

谷梁彧一边瞄着自家狗狗,一边拉着麦子坐在花园的葡萄架下乘凉。阳光透过翠绿的叶子,在他的格子衬衫上洒下斑驳的碎影。

独处,麦子又开始局促不安,赶紧找话题。

"教授,你……为什么要给狗狗起名叫球球啊?"

谷梁彧笑了,指着远处奔跑打闹的球球说:"'球球'应该是它原来主人起的。我捡到它之后,试着用那些狗狗的常用名叫它。什么'欢欢''乐乐''萌萌''琪琪'的,都试过了,叫到'球球',它就有反应了,跑到我脚边蹭来蹭去。"

"我就说嘛,教授这么有学问的人,怎么可能想出这么烂大街的名字。"麦子摇着头说道。

谷梁彧眯起眼睛笑望着她:"那你觉得,我应该想出什么样的名字呢?"

"嗯……"麦子歪头做思考状,"怎么也该是个英文名吧?像什么'Lucky'啊,'Baby'啊……呃……好像也不怎么样,呵呵呵……"

当麦子发现自己搜肠刮肚也想不出什么高端大气上档次的狗名时,只好以傻笑结束这个话题。

"你工作找得怎么样了?"谷梁彧不着痕迹地转入正题。

麦子笑嘻嘻地说:"哎,我今天还真想到一个适合我的工作,还是球球给我的灵感!"

"哦?说来听听!"

"我可以给宠物做衣服,猫猫狗狗的都行,然后放在网上卖!球球就当我的'麻豆(模特)',给它多拍些照片,肯定能火!"麦子显得兴致勃勃。

谷梁彧抿唇思索了一下,轻声问道:"那你有没有算过成本多少?

卖出一件的利润是多少？"

麦子怔住了。她只不过刚刚冒出个想法，哪里想到这么多？不过人家都问了，怎么也得回答一下……

"呃……这个成本嘛，其实很少的，就一些小碎布拼拼凑凑就能做一件……利润嘛，我看网上都卖二十块左右呢，利润还是挺大的。"

"工时呢？这也是成本。"

"好吧……"麦子挠挠头，"做一件大概三个小时……"

谷梁或推了下眼镜，开始算账："好，我就算你用布的成本是十块钱，一件衣服卖二十块，那利润就是十块。你一天除去吃饭、睡觉的时间，差不多能做四件，也就是赚四十块。一天都不休息的话，一个月能赚一千二。这还是在订单源源不断的前提下。而必须提醒你的是，这是你能赚到的最多的利润。就算订单再多，你也只有限的时间，不可能完成更多……"

麦子头有点大——差点忘了，这位可是行走的计算器。不过她还是听懂了，也就是说她就算再努力，最多也就是一千二。这个收入在C市根本是连温饱都保证不了。

"好吧……这条路堵死了……"麦子低下头，像只泄了气的皮球。

谷梁或抿唇偷笑——忽悠个数学不好的人，还是挺容易的。

"所以，不要想着给狗狗做衣服了。而且你学了四年的服装设计，也不是为了这个吧？"

"我知道，你又要说你那个朋友……可是我……"

没等麦子说完，谷梁或就笑着摇摇头："既然你有负担，我自然不会再提了。只不过，我听我那个朋友无意中说起，好像有个叫'GL'的品牌要办设计师的培训班。只是对这行，我也不是太了解，也不知道这个培训班适不适合……"

还没说完,麦子便一把抓住了他的胳膊:"真的吗?天啊!GL可是国际大品牌!他们办的培训班门槛一定很高吧?像我这种大学毕业生,一点经验都没有,可以去吗?"

谷梁彧淡淡一笑:"这个,我就不清楚了。我朋友说,这个信息是官网上看到的,你可以去看一下具体的要求。"

麦子马上掏出手机,飞快地打开了GL的网站。

"不限年龄、不限学历、不限专业……也不需要什么经验……"麦子激动得声音发颤。

"那就是没有门槛?随便报名?"谷梁彧挑眉问道。

麦子又仔细往下看:"哦,也不是。要求是报名时,除了简历还要附上一张设计图,考核就是以设计图为标准,最后只选二十人。培训班里表现优异者,可以留在GL做设计师。哇,那岂不是一步登天了!"

"既然这么好,那你赶紧报名吧!"谷梁彧催促道。

麦子挠挠头:"只要二十人……我……我怕是没什么希望吧?"

"机会摆在眼前,就去试试嘛。万一成功了呢!"

麦子抬眸看向谷梁彧,发现他正用鼓励的目光望着自己,心里瞬间涌起一股暖流。

"嗯,试试就试试!反正又不会怎么样。我马上就准备设计图!"

"加油!"谷梁彧郑重拍了下麦子的肩膀。

球球疯够了,跑回主人脚边往地上一趴,不停地喘着粗气。谷梁彧伸手将柔软的小身体捞起来,抱在怀中,笑着招呼麦子回家。

麦子本以为狗保姆的工作到此为止,可谁料到,当她做好晚饭,摆好碗筷时,球球又被主人抱来了。

谷梁或站在门口，眉头紧锁："怎么办，你把它给喂馋了。今天说什么都不肯吃狗粮。"

说着，他把球球放在地上。这货马上冲到麦子脚下，打了个滚，接着又是撒娇又是卖萌。

麦子只得将它抱起来，摸摸它的小脑袋，宠溺地说："那就不要吃狗粮了。今天继续改善伙食吧！"

说完，她又看向谷梁或客气地让了下："教授，你吃了吗？要不，也一起吧！"

谷梁或马上点头："好啊！"

看着他大大方方地进了屋，麦子忽然有点疑惑——想来蹭饭的，到底是狗还是主人呢？

因没想到还有客人，麦子这次只做了两菜一汤——素炒土豆丝、可乐鸡翅和虾仁冬瓜汤。

谷梁或吃了两碗米饭，对麦子的厨艺更是赞不绝口。

麦子有些不好意思："教授，你真是太客气了。我做的不过就是家常菜，比起你带我吃的那些美味，根本算不得好吃吧？"

谷梁或却不以为然："这个没有可比性。我就是喜欢家常菜，有家的味道。外面的东西再好吃，也没有这种感觉。"

"那……喜欢你就多吃点……"麦子羞涩地夹起一个鸡翅，放在了谷梁或的碗里。

杨柳在一旁转了转眼珠，忽然一拍手："哎呀，教授，你既然喜欢吃我们家麦子做的菜，不如就跟我们搭伙吧，每天晚饭都过来吃，好不好？"

说完，她在桌子下面踢了麦子一下。

麦子一想，教授就收了那么一点房租，她们可是占了大便宜了，给人家做个晚饭，也是应该的。于是，她赶紧笑着表示欢迎："是啊，如果不嫌弃的话……"

"好啊！"谷梁或答应得倒是痛快，"不过，我也不能白吃你们的。不如，房租减一半吧！"

"别啊！"杨柳大声嚷起来，"教授，现在已经很便宜了！再减半，我们都不好意思住了！"

她赶紧冲谷梁或挤眼睛，潜台词是：差不多行了，别弄得太假，傻子也会起疑心的！

"那……我就恭敬不如从命了……"

就这样，教授携宠物开启了名正言顺的蹭饭生涯。

（三）

半个月后的一个周末，好容易睡个懒觉的杨柳，被麦子一声尖叫给吓醒了，没睁眼就开门冲了出去。

"怎么了？怎么了？有蟑螂吗？"杨柳边喊边拎起一只拖鞋，"别怕！看我一鞋底拍死它！"

可下一秒，麦子已经从背后深情地拥抱她了。

"什么情况？"杨柳在麦子的怀抱中凌乱。

"我选上了！选上了！"麦子激动得将怀中人越抱越紧，却没注意正勒着对方的脖子。

杨柳在被闺蜜勒死之前，用了吃奶的力气推开麦子，咳了几声问道："是那个什么'GL'的培训班吗？"

"嗯嗯！"麦子满眼含泪，用力点头，"本来没抱什么希望。真没想到，居然被选中了！"

"我就说你肯定行的嘛！"杨柳坐在沙发上跷起了二郎腿，一边揉着脖子一边说，"我掐指一算，我们家麦子就是那未来的名设计师！苟富贵，勿相忘啊！要不咱们先计划一下，你十年之内怎么报答我……喂，人呢？"

杨柳一扭头，发现麦子已经跑到门口了。她不禁揶揄道："你是不是要跟谷梁教授报喜去啊？"

门口传来麦子喜悦的声音："这个消息是教授告诉我的，我当然要第一时间跟他汇报结果啦！"

杨柳恍然大悟，摇头晃脑，自言自语："搞了半天，是这么回事啊！还真是'授人以鱼不如授人以渔'。不得不说，教授这男友力真是MAX！"

谷梁或刚打开门，麦子便兴奋地大喊："教授，教授，我……我选上了！"

谷梁或依旧是一副波澜不惊的模样，好像早就料到了结果一样。

"来，进屋慢慢说。"

麦子换了鞋，跟着他进了屋。这些日子谷梁或天天来她的住处，而她还是头一次迈进他的家门。

这里的格局跟她和杨柳的住处差不多，只是多了一个房间。整个客厅的色调都是白色和原木色，只在窗边点缀了一些绿植。干干净净，清清爽爽，丝毫没有单身男人所谓的脏乱差。

球球围着麦子转了几圈求关注后，便又懒洋洋地趴在了沙发上。自从跟着主人改善了伙食，这货已然是"胖若两狗"了，动作也没了以前的灵活，甚至两条后腿都难以支撑肥胖的身躯。

麦子坐在球球身边，抚摸着它的小脑袋，感叹道："它现在可真是狗如其名，真胖成了个球。"

谷梁或笑着说："还不都是拜你所赐，生生把它给喂成了这样。"

"没关系，我带它多散散步，应该可以减肥的。"

"我刚好煮了红茶，一起喝点吧！"谷梁或说着，拿起茶几上的精致的茶壶，给麦子倒了一杯。

空气里顿时茶香四溢。阳光透过落地窗洒落进来，将谷梁或的身影在地毯上拉得很长。麦子忽然觉得，这屋子里的一切都那么舒服。

"被选中进培训班了？"谷梁或抿了口茶，笑着问道。

麦子用力点点头："嗯，教授，我真是太开心了！本以为只要二十人，我这种菜鸟不会有什么希望的，可没想到，幸运之神还是很眷顾我的！"

谷梁或淡然一笑："成功都不是偶然的，我从来就不相信什么运气。我的那位服装设计师朋友就说过，你很有天赋。你在帮我做市场调查的时候，也显露出非常高的专业素养。我想，GL应该也是看中了你的天赋。"

"是吗？"麦子用双手捂住脸颊，"被你说得我都不好意思了……呵呵……不过如果真是这样，那我真是太高兴了！"

"麦子，加油吧！这仅仅是个开始。你以后的路还长着呢！"

"嗯，为了我从小到大的梦想，我一定会努力的！"麦子的眼睛亮晶晶的。

谷梁或嘴角的笑意更深了。他发现，眼中闪烁着梦想光彩的女孩儿，美得特别生动……

"为什么会萌生做服装设计师这个梦想呢？"谷梁或的口气活像记者采访。

麦子抱起球球，将脸颊贴在它柔软的背上，有些羞涩地说："这要从小时候说起了。我小时候特别想有个漂亮的洋娃娃,可是洋娃娃太贵了,我妈不给我买。因为她以前是服装厂的工人,经常会拿各种颜色的碎布头回家,于是,她就用碎布缝了一个给我玩。虽然那个娃娃挺丑的,但我还是爱不释手。后来,我也学着我妈的样子,用布头给那个娃娃做衣服。可能从那个时候起,我就爱上做衣服了吧!"

看着女孩儿渴望的眼神,谷梁或不由得一阵阵心疼。虽说,他不能完全理解一个洋娃娃对于童年麦子的意义,但此刻他愿倾其所有,只换她一个满足的笑容。

麦子轻抚着球球的卷毛,摇头感叹道:"我特别希望将来能生个女儿,我一定要给她买好多好多漂亮的洋娃娃,摆满一屋子!哈哈哈哈!"

"嗯,放心,我会帮你实现的!"谷梁或脱口而出。

麦子愣住了,瞪大眼睛问道:"教授,你……帮我什么?"

谷梁或的脸瞬间红了——是啊,帮人家什么?买洋娃娃?还是生女儿?

麦子回来时,小脸还是红扑扑的。

坐在客厅沙发上的杨柳忍不住逗她:"喂,怎么在教授家待这么久啊?还春心荡漾的……是不是有什么奸情,赶紧从实招来!"

麦子使劲拍了一下她的头:"哪有什么奸情?你这脑袋里装的都是什么龌龊的东西?"

"好好好,我龌龊,你纯情好了吧?哎呀,我睡回笼觉去了。"说着,她站起身伸了个懒腰,"好梦都被你给搅和了……"

"哎,你等一下,我还有事……"麦子赶紧拉住她,然后低下了头,"那个……我们还是彼此的天使吧?"

杨柳怔了一下,乐了——这不是她的台词吗?这二货什么时候也学会了？

"说吧，是不是有求于我呀，小天使？"杨柳跷起二郎腿，笑眯眯地看着麦子。

麦子挠挠头，吞吞吐吐地说："那个……我的钱花得差不多了……"

"哎呀，我当什么事呢！两千够不够？"杨柳特别痛快。

麦子竖起一根指头："一千就够了……"

"好，我一会儿就微信转给你。"杨柳拍了拍麦子的肩膀，"下次跟我借钱就大大方方地说，咱们俩谁跟谁啊？我的就是你的！再说，等你嫁入豪门，有的是机会报答我！"

"又来了……"麦子皱起眉，"我什么时候说要嫁入豪门了？你怎么天天念叨这个事？"

"我觉得你有嫁入豪门的潜质呗！"

麦子把头摇得像个拨浪鼓："才不要！我有自知之明！跟豪门沾上边，你的自尊就会被按在地上摩擦摩擦，似魔鬼的步伐……"

杨柳跟着麦子的节奏下意识地将脖子一伸一缩。

麦子又绘声绘色地说："那电视剧不都演了吗？男主他妈一边给女主开支票，一边盛气凌人地说：'说吧！要多少钱才肯离开我儿子？'然后，女主哭着解释：'不，请不要用金钱羞辱我们的爱情！我们是真心相爱的！'另外，即便是成功嫁入豪门，那也只是表面风光。为了传宗接代，公公婆婆肯定逼着你生儿子……一胎不行生二胎，二胎不行生三胎……女人就这样沦为了生孩子的机器，太悲惨了……啊！啊！啊！"

麦子比比画画，声情并茂，演得还真像八点档的狗血剧。

杨柳却不以为然："是不是傻？白给支票干吗不要？"

麦子瞪起眼："教授那么好的人，我怎么能骗人家的钱？"

杨柳愣了一秒钟，然后笑得前仰后合："哈哈哈哈……我说是教授了吗？你啊，这是不打自招了！哈哈哈哈哈……"

麦子一捂脸，整个人像只被煮熟的虾子。

之后的某日，杨柳下班回来刚好在电梯门口偶遇谷梁或。她见电梯里没有闲杂人等，就把麦子闹的这个笑话说给谷梁或听了。说完之后，她又是低头大笑了一阵，可抬起头，却见谷梁或皱着眉做思考状。

"喂，教授，你想什么呢？这么好笑的事，你怎么不笑啊？"

谷梁或摸着下巴，若有所思："在不了解她未来婆婆的前提下，有这个顾虑也很正常。这个婆媳关系问题嘛……只能以后慢慢解决了……"

电梯门开了。

杨柳望着谷梁或离去的背影，一脸蒙——明明是个笑话，怎么就上升到婆媳关系问题了。不对不对，我得捋捋……

PART 10 爱的木桶定律

yin ta guo fen ke ai

一个木桶是由众多木板箍在一起的，
它能盛多少水，不取决于桶壁上
最长的那块木板，相反却取决于桶壁上
最短的那块木板。
经济学中，把这一规律总结为"木桶定律"。
而在恋爱中，两个人能否长久地相处，
往往也取决于"短板"。

♥ 粮食夫妇小剧场 ♥

麦子语重心长地教导正在吃狗粮的球球。

按照这个"木桶理论",一只狗的成功往往是取决于它的短板。球球,你看你的长处很明显——漂亮、可爱,可你的短板也很明显,除了卖萌没有任何生存技能,你是不是要考虑一下学点其他的本领呢?

球球抬眸瞥了麦子一眼,忽然一头扎进食盆,猛吃几口,然后沾了一脸狗粮瞪着麦子。

它……它怎么了?

谷梁彧蹲下身,拈起球球脸上的一颗狗粮。

 球球在用行动告诉你,它就想靠脸吃饭……

(一)

坐在 GL 宽敞明亮的会议室里，麦子既紧张又兴奋，还时不时怀疑一下自己是不是在做梦。这里可是国际一线品牌 GL 的总部啊！

GL 这个品牌虽说创建时间不到十年，但以其前卫大胆、独树一帜的设计风格迅速占领了国际市场，近几年更是成了各大时装周的宠儿，连很多好莱坞的明星都十分青睐这个品牌。而它的品牌创始人朱湘芸女士也成了时尚界的一个传奇。

麦子扫视了一下入选的其他十九个人。她发现年纪都比自己大，而且不论男女都穿着时尚，气质出众。相比之下，她就跟个乡下土妞一样。大家都安安静静地等着，没有任何交谈。

看来，只有我一只菜鸟。麦子在心里偷偷想着。

忽然，会议室的门开了。一个身穿深蓝色无袖西装外套，同色系阔腿裤的年轻女子拿着一个文件夹走了进来。她动作利落，气质高雅，挑染的齐耳短发一边掖在耳后，露出一只夸张的半圆形大耳环，闪闪发亮。

"大家好，我是朱湘芸女士的助理琳达。首先，要恭喜你们进入我们 GL 的设计师培训班。"琳达脸上挂着职业性的微笑，落落大方，"这是我们 GL 第一次举办设计师培训班。正如你们在官网上看到的，在本期培训班中表现优异者将被 GL 留用，加入我们的设计师团队。"

众人虽仍然保持安静，但一双双眼眸中都闪烁着憧憬。麦子的心也跳得特别厉害。

琳达环视了一下,继续笑着说:"我知道,你们中间藏龙卧虎,看简历时还真是吓到我了呢!居然连'言'的前首席设计师都来报名了……"

说着,她将目光投向了一个穿着黑色骷髅T恤的男子。他三十多岁的样子,瘦瘦的,皮肤白到没有血色,眼睛狭长上挑,头发用发胶定了型,还将发尾染成了天蓝色。在目光触碰到琳达后,他显然有些羞赧,不自然地笑了笑,然后低下了头。

众人一片哗然。

麦子也瞪大了眼睛,要知道"言"虽说不是国际品牌,但在国内也是能排进前十的女装品牌。

听到大家议论纷纷,男子尴尬地咳了一声,然后站起身挥了挥手:"大家好,我是林木森!"

"哇!真的是他!"

"林木森,居然连他都来了!"

……

众人又是一阵惊呼。

林木森却摆了摆手,语气中带着自嘲:"因为理念不和,去年我退出了'言',现在呢,就是无业游民一个。本来想着跟朱湘芸老师也是有过几面之缘,可以走个捷径……可谁知,朱老师真是一点情面不讲啊!呵呵,所以我跟大家是站在同一条起跑线上的,一切从零开始!"

"欢迎!"琳达带头鼓起了掌。

麦子望着林木森,也跟着鼓掌。可她心里想的却是,连这样的人物都要从零开始,那么我到底是怎么混进来的?我怎么可能跟人家站在同一起跑线呢？明明是我刚站上，人家已经绕地球一周了好不好？

琳达打开手中的文件夹，拿出一摞图纸，冲大家晃了晃："这里呢，就是你们大家报名时交上来的设计图。每一张朱女士都认认真真地看过，也标注了修改意见。现在我就给大家发下去。大家的第一个任务，就是把这张设计图修改至朱女士满意为止。"

能得到朱湘芸的亲笔指点，大家都异常兴奋。每个人拿到设计图后，都开始认真琢磨起来。

而麦子看到自己的设计图却整个人都傻了。设计图的空白处，只有两个娟秀的字——重做！

这什么情况？麦子凌乱了。难道说，她的设计图没有任何可取之处？可如果是这样，她又为什么会被选中？这个朱女士，到底在想什么？

结果，麦子第一天的培训班经历，让她又是疑惑又是沮丧，满腔的兴奋与热情，似被浇了一盆冷水，透心凉啊！吃晚饭的时候，她也是闷闷的，打不起精神来。

谷梁或放下筷子，忽然看向杨柳："喂，今天的菜是你做的吧？"

"啊？"杨柳一怔，赶忙摆手，"不是，怎么可能是我？还是我们家麦子做的啊！"

麦子也愣了："这……是我做的啊，有什么问题吗？"

谷梁或摇着头，一脸嫌弃："不对，以前我吃麦子做的菜，都能感觉到快乐。可今天……菜里的负能量太多……不好吃！"

麦子苦笑了一下："教授，我知道你的意思。厨师影响了你的心情是吧？对不起……我头一天去培训班，结果……一言难尽……你说得没错，我现在真的是负能量爆棚……"

接着，麦子拿出了那张设计图，又把白天发生的事给谷梁或讲了一遍。

谷梁或眼中也透出一丝疑惑，可他没说什么，只默默吃光了碗里的饭，然后携球球一起打道回府了。

回到家，谷梁或马上掏出手机，拨通了一个号码。

"喂，我亲爱的朱女士，能解释一下这个'重做'是什么情况吗？"开门见山，直奔主题。

"哈哈哈哈……"电话另一端传来爽朗的笑声，接着一个清甜的女声说道，"这小妮子把我生命中最重要的男人弄得神魂颠倒，我总得给她个下马威啊！"

谷梁或无奈地笑了："你这'下马威'可真把她吓坏了。别怪我没提醒你，这个徒弟可是你自己看中的，吓跑了可不关我的事。"

"放心吧，我自有分寸！"

谷梁或思索了片刻，又接着说："呃……还有一件事。你们这个培训班可不可以给点报酬啊？比如表现优异的，给个奖学金之类的。她现在没经济来源，都跟室友借钱呢！大不了，这个钱我来出。"

"不行了，不行了，我嫉妒！我酸死了！这徒弟不要了，明天我就把那小妮子撵回去！"

谷梁或捧着电话像哄孩子一样："谁也动摇不了美丽与才华并重的母上大人在我心中的位置啊！您永远都排第一！"

"这还差不多！行了，乖儿子，钱的事不用你操心，妈来安排！放心，这媳妇跑不了！"

放下电话，谷梁或眉开眼笑。

三天后，要交修改完的设计图了，可麦子根本无从下手。她坐在会议室里，双眼发直，心里默念着——一定是一开始就弄错了。我根本就没入选,一定是错了,错了……

这时,一个瘦削的身影坐在了麦子身旁,还带着浓浓的古龙水的味道。

麦子歪头一看,竟然是林木森。她只得冲他咧嘴笑了下,笑容有些尴尬。

林木森冲她礼貌地点了下头,目光却定格在她手中的设计图上了。

麦子的脸瞬间红了,下意识地遮住了那两个字的批语。显然,林木森已经看见了。

"这是朱老师给你的意见?"林木森挑眉问道。

麦子挠挠头,尴笑着说:"是啊,我也是一头雾水……呵呵,我想……搞不好是弄错了……我压根就没选上吧!"

"能给我看看吗?"

麦子双手奉上:"大师,请多指教!"

她想着,这位也是有名的设计师,能得到他指点一二也算没白来。就算今天打道回府,也还是有点收获的。

林木森接过设计图,皱着眉看得很认真。几分钟后,他笑着摇摇头:"中规中矩,却没什么亮点……"

"哦,谢谢哈……"麦子悄悄抽回了设计图。

"呃……你是不是不高兴了?"林木森皱了下眉,"对不起,我这个人说话有点直接,不太会拐弯抹角……"

麦子赶忙摆手:"没有没有……能得到大师的指点,我很高兴……嗯,这下我更确定,是他们搞错了……"

是啊,这么普通的设计图怎么可能被选中呢?麦子这回彻底死心了。

正在她万分沮丧的时候,会议室的门开了。琳达先走进来,后面跟着一位身形窈窕的女子。她穿着件乳白色的棉麻裙子，头发松松地绾着个髻，一张瓜子脸，白皙莹润，眉眼弯弯的，透着亲和。整个人清清爽爽，舒舒服服，美得没有一点攻击性。

琳达郑重介绍："这位就是我们GL的创始人——朱湘芸女士！"

掌声雷动。

麦子不禁吃了一惊，小声嘟囔："朱女士这么年轻，我还以为……"

谁知，没等她说完，林木森便歪过头笑着说："五十多啦！"

"啊？"麦子瞪大眼睛看着台上的朱湘芸，"怎么可能，我看她顶多三十岁！"

"内心清澈明朗的人，不容易老……"林木森望着朱湘芸，眼中闪烁着由衷的崇拜。

朱湘芸笑着冲大家点点头，然后开口了，声音清甜软糯，竟似个少女一般。

"大家的设计图我都看过了，也写了修改的意见。今天呢，我就随机挑选几个，现场给大家讲讲我的设计理念吧！"

说着，她的目光在台下的人群中逡巡，忽然一伸手指向了麦子："来，把你的设计图拿出来，大家一起交流一下。"

麦子傻了——这是要当着大家的面丢人了吗？

"我……我没修改……"麦子缓缓站起身，哆哆嗦嗦的，脸红得都快滴出血了，"是……不知道怎么改……我觉得，你们肯定是搞错了……我……我应该是没选上吧……"

朱湘芸忍住笑——看来那臭小子没说谎，这小妮子还真是被她的"下马威"给吓坏了。

"你是在质疑我们GL工作的准确度吗？"朱湘芸故意绷起脸，"二十个人,都是我亲自挑选的,怎么可能会弄错?"

麦子战战兢兢地拿起设计图:"可是……您让我重做……那就是一无是处的意思吧?"

朱湘芸冲她招招手:"来,拿上来,大家一起看看。"

麦子低着头,走了上去,竟有种视死如归的壮烈感。

朱湘芸拿过设计图看了看,又扬起来给大家展示,然后转头对麦子说:"我让你重做,是因为你的手被绑住了。如果放开手,你完全可以做得更好!"

"什么?"麦子没听懂,下意识地伸出两只手。

台下的人也是一头雾水。

朱湘芸指着那张设计图,摇着头说:"一看就是科班出身,学院派的。可问题就是,太守规矩了,束手束脚,根本没有大胆的想象!要知道,一个服装设计师最重要的是什么?想象力啊!有时候哪怕是天马行空,不着边际,也会是个性鲜明的设计。而你,明明是有想法的,却被在学校里学到的东西给限制住了。所以,我说你的手被绑住了。麦子,你现在要做的就是解开这些束缚,让你的想象力发挥到极致,找到属于你自己的风格!"

一番话,简直是醍醐灌顶。

麦子欣喜地望着朱湘芸,瞬间拨云见日。

"我知道了,我知道了!谢谢老师!"麦子给朱湘芸深深鞠了一躬,然后又有点手足无措,"所以……并不是搞错了……我……我还是有可取之处的……"

"哈哈哈……"朱湘芸爽朗地笑了起来,"我还没老糊涂!"

麦子声音颤抖:"嗯,我知道该怎么改了!这次,我一定会改好的!"

其实,做这张设计图的时候,麦子因为太过在意,反而不敢做大胆的尝试,她的确是被束缚了手脚。而朱湘芸这么一说,她马上就明白问题出在哪里了。

回到自己的座位,她依旧激动得身子发颤。

林木森伸过头,压低声音说:"设计这东西,有时候就是一层窗户纸,可没人帮你捅破就一辈子弄不明白。我虽然也看出点问题,但就是说不到点子上,而朱老师一语就道破你的问题所在。恭喜你,有上升的空间了!"

"嗯!"麦子双手握拳,托着腮,满眼憧憬地望着台上的朱湘芸,"她真的好厉害!这么几句话,比我在学校学四年还有用!另外……她居然能叫出我的名字……看来,我在她心目中还是有点印象的,简直太荣幸了……"

朱湘芸瞥了一眼傻笑中的麦子,不禁在心里感叹——这孩子哪儿都挺好,就是有点傻乎乎的。不过,跟我那一根筋的傻儿子倒是挺相配。只不过,两个傻子会不会生个傻孙子呢?如果先天基因不行,就得后天教育补上来了。看来,这下一代的教育还得我亲自来抓。养儿一百岁,长忧九十九,还真是操不完的心啊!

五天之后,麦子将全新的设计图郑重交到朱湘芸手中。

朱湘芸露出了满意的笑容,点着头说:"我果然没看错。你是有天赋的,很聪明,一点就透。这次比之前的好多了。"

麦子挠挠头,不好意思地笑了:"长这么大,还是头一次被夸聪明……呵呵……我还挺不习惯呢!"

朱湘芸笑望着她,眸色渐深:"人的精力是有限的。若是在其他事情上绞尽脑汁、机关算尽，哪里还有精力搞创作？所以，我宁可你生活上笨一点，多用心专注在设计上。"

"朱老师，您说得太有道理了！"麦子惊呼，"您简直就是我的人生导师！我的偶像！灯塔！"

朱湘芸被她傻呵呵的模样逗得忍俊不禁："好啦，以后有你表达崇拜的机会，现在是不是该把时间让给你后面的同学啦？"

麦子这才意识到，还有其他人等着点评呢，赶紧一边道歉一边退回到自己的座位。

不知道是不是巧合，林木森又坐在了她旁边。他瞥了一眼麦子手中的设计图，低声说了句："朱老师真的是伯乐。"

麦子一惊："啊？这话……怎么说？"

林木森轻笑了一下，指着麦子的设计图说："这次比上次的好太多。如果换作是我，看到你第一次交的设计图，根本不会给你进培训班的机会。朱老师真是厉害，从那张平淡无奇的设计图中居然看出了你的天赋。"

"被你们这么一说，我都有点相信自己真有天赋了……呵呵呵……"麦子又是一阵傻笑。

林木森抬眸看了麦子一眼，眼中透出一丝暖意，淡淡说了句："看得出来，你也是个清澈明朗的人。加油吧，小姑娘！"

待所有人的设计图都点评过之后，朱湘芸从包里拿出了一个很厚实的红包。

"为了对大家的努力表示肯定。我呢，准备了一个小小的奖励。钱不多，虽然只有五千块，但也算是一个激励吧！以后每个阶段，表现优秀的同学都会得到这样一份'奖学金'。"

望着那个沉甸甸的红包，麦子不禁小声感叹："五千块啊，还小奖励？对于我这个穷人来说，已经是巨款了。起码能把外债还上，生活费也解决了……"

朱湘芸晃了晃手中的红包，笑着说："那么我们第一次获得奖学金的是哪位同学呢？我的意思是……给进步最大的那个。那大家觉得应该给谁呢？"

话音刚落，只见林木森举起了手，大声说："我提议，给麦子！她进步最大！"

麦子还没反应过来，又有几个人也喊出了她的名字。

朱湘芸心中暗笑——我这未来儿媳妇的人缘还不错呢！果然是傻人有傻福。

就这样，麦子拿到了培训班的第一份奖学金，也算是众望所归。

下课后，麦子特意追上林木森，向他致谢："大师，今天真是谢谢你。其实，你的设计图比我的专业多了，按说应该给你才对……"

林木森笑着摇摇头："第一，你比我更需要这五千块。第二，朱老师说了，是要给进步最大的。按进步程度来说，你当之无愧。好啦，安心拿着吧！先把债还了。"

"大师，不管怎么样，还是谢谢你！"麦子说着，给林木森行了个礼。

林木森有点难为情："那个……别大师大师地叫了……要不，你跟大家一样，叫我一声'森哥'得了。"

"嗯，好！谢谢森哥！"

（二）

麦子回到家，对"嗷嗷待哺"的杨柳和谷梁或郑重宣布，今天不做饭了，出去吃大餐，她请客！

看着麦子兴奋的模样，谷梁或是由衷地高兴。同时，他也暗暗对母上大人的办事效率给予了肯定。

"那个，你们先研究去哪儿吃，我去给我妈打个电话汇报一下。"麦子像只快乐的小鸟，雀跃着"飞"回了自己的房间。

杨柳笑嘻嘻地看向谷梁或，摆出一副了然于胸的样子："谷梁教授，如果我没猜错的话，这钱……是羊毛出在羊身上吧？"

谷梁或装傻："听不懂你说什么。"

"喊，肯定是！就那傻子被蒙在鼓里。等真相大白的时候，估计要感动得涕泪横流了吧！"

"别说得好像麦子得到什么特别关照一样。这都是她付出努力应有的回报。"谷梁或推了下眼镜，态度认真。

杨柳瞪了他一会儿，忽然单腿跪在了地毯上，又举起两只手，夸张地喊道："我也很努力啊！苍天啊，大地啊，请也赐予我一个英俊多金，又把我宠上天的男友吧！"

"当然，努力只是一部分。找男友这事，主要还是看脸……"谷梁或语气平静。

"教授！对你的亲生学生这么毒舌，真的好吗？"

当麦子走出来时，正看到杨柳举着双手跪在地上，做朝拜状，而脸上却是龇牙咧嘴，一副要吃人的模样。

"你们这是干吗呢？"麦子疑惑道。

谷梁或轻笑，一指杨柳："她说，她想吃羊，能吃这么大一只！"说着，他也夸张地比画了一下。

麦子倒是实在，一拍手："想吃羊肉好办啊，我们去吃火锅不就得了！"

于是，半个小时之后，三个人已经隔着氤氲的水汽，围坐在沸腾的火锅旁了。

好在包间里的冷气够足，不然这大夏天吃火锅，还真是酸爽。

因为要为麦子庆祝，杨柳提议不醉不归，要了一打啤酒，可谷梁或说什么都不肯喝。

"天都黑了。如果我们都喝醉了，会有危险的。我必须要保持清醒，到时候把你们两个安全护送回家。"谷梁或解释得头头是道。

可杨柳根本不买账，硬是给他面前的酒杯满上了。雪白的泡沫顺着杯壁倾泻而下。

"哎呀，就喝一杯，醉不了的！"

谷梁或却慌忙摆手："不行，有些事开了头就控制不住了。"

"哈哈哈……"杨柳不怀好意地瞥了麦子一眼，"教授，你这禁欲系男神也失控一次，让我们也开开眼！"

"好啦，别为难教授了。"麦子怕她嘴没把门的，又胡说八道，一把拿过谷梁或的酒杯，"我替他喝！"说完，她一仰头，一饮而尽。

"喂，你慢点喝……"谷梁或刚想阻拦，可杯子已经见底了。

杨柳笑着摆摆手："教授，你不用担心。我们家麦子酒量好着呢！"

"没看出来，你还有这个本事。"

谷梁或饶有兴致地望着小脸红扑扑的麦子，觉得这样的她好像更可爱了。

麦子倒觉着不好意思了，低头解释道："这算什么本事啊，我平时也不是总喝酒的……就同学聚会的时候，发现自己好像挺能喝……应该是天生的，呵呵呵……"

杨柳抓住一切时机"安利"："我就说我们家麦子十项全能吧！还

有好多好多特长呢，你呀，就慢慢发现吧！"

本是句玩笑，可谁知谷梁或竟点点头，像接受了什么重要的任务一样："嗯，我一定会认真挖掘的。"

麦子低头浅笑，小声嘟囔着："挖什么？我又不是矿……"

而杨柳喝了几杯更肆无忌惮了，看着谷梁或还在喝矿泉水，又把火力对准了他。

"喂，教授，哪有两个女生喝酒，你一个大男人在那儿喝水的啊？"

谷梁或依旧雷打不动，淡淡笑着说："喝酒，真的是我的短板，就别为难我了。"

"哎，说到这个短板，我也想起个经济学的理论！"杨柳边说边用筷子敲着桌子。

谷梁或乐了："来，说说什么理论。我倒要看看，这位期末考试差点拿零蛋的学生，到底课堂上都听了什么？"

麦子也扭头看向杨柳。

杨柳拿着筷子在手中摇着，边回忆边说："我记得教授讲过一个'木桶理论'，说的就是短板的问题，对不对？"

谷梁或欣然点头："还行，证明你还是听了课的。"

麦子也来了兴致，凑过去问道："什么是'木桶理论'？"

杨柳赶紧显摆自己的学问，比比画画着说："就是说一个木桶，是由好多好多木头条箍起来的，而这些木头条呢，长短不一，参差不齐……"

"长短不一？谁家桶长那样啊？那是残次品！"麦子在一旁提出了异议。

谷梁或乐不可支。

"哎呀，我的这个桶就是这样的！"杨柳用筷子敲了一下麦子的头，

"这个同学,好好听课,别乱插话!"

"哦,好……"麦子揉了揉头,乖乖闭上了嘴。

"杨老师"继续授课:"那,这个桶呢,我们用它来装水。那么问题来了!能装多少水,是取决于最长的木头条呢?还是最短的木头条呢?"

问题抛出后,她目不转睛地盯着麦子,可后者只顾着往嘴里塞肉。

"喂,问你问题呢!这位同学,别只顾着吃,回答啊!"杨柳推了一把麦子。

麦子一激灵,一脸茫然,口中含含糊糊地问:"不是说……不让随便插话吗?"

"哈哈哈哈……"谷梁或笑倒了。

杨柳一手掐着腰,咬牙切齿,摆出一副恨铁不成钢的架势:"这回让你说话了!你回答啊!哎哟,我怎么就摊上这么笨的学生,真是倒霉!"

"是啊,我怎么就摊上这么笨的学生?"谷梁或在一旁慢悠悠说道。

杨柳觉着似乎哪里不对劲,可现在也顾不上了,只一味催促麦子:"快回答,快回答,是取决于哪根木头条?"

麦子皱着眉想了想,犹犹豫豫地说:"短……的?"

"答对了!"杨柳兴奋地使劲拍了一下麦子的肩膀,然后长吁一口气,"我的妈呀,笨蛋总算是开窍了,我这个老师当得可真不容易。"

"那……然后呢?""笨蛋"瞪着无辜的大眼睛,继续发问。

杨柳眨眨眼,摊开手:"讲完了呀,没有'然后'了。"

麦子鼓着腮,来了个发蒙三连,又迟疑着问了句:"那……你到底是要表达什么呢?"

"哈哈哈哈……"谷梁或伏在桌上,已经笑出眼泪了。

杨柳趴在桌子上,一只小手攥成拳头,使劲砸着桌面:"啊啊啊……这学生真是笨到前无古人后无来者啊……杨老师吐血身亡了……啊……教授还是你来吧!"

谷梁或直起身子,忍住笑,接过了"答疑解惑"的接力棒。

"其实这个'木桶理论'的含义是说,不论一个组织还是个人,他的成功往往是由最弱的那一项决定的。所以,大多数人只注重培养自己的强项,这是个误区。很多时候,弱项才是导致失败的决定因素。"

"哦,我听懂了!"麦子转向杨柳,"还是你没讲明白,人家教授一说我就都懂了。问题不在我!"

杨柳白了她一眼。

谷梁或得到肯定,更来了兴致,推了下眼镜,继续深入讲解:"这个'木桶理论'可以应用于我们生活的方方面面。就比如说谈恋爱吧!两个人相互吸引时,看见的往往都是对方的长处,也就是木桶上最长的那根木条。可这两个人能否长久地相处下去,往往就取决于能否忍受对方的缺点,也就是最短的那根木条。"

"哎,有道理欸!"杨柳眼睛亮了,"仔细想想还真是这么回事!"

可这一番话,却让麦子吃心了。她晃了晃酒杯,忽然沮丧道:"那像我这种,根本就没什么长处,都是短板的人……岂不是一辈子都嫁不出去了?"

谷梁或一怔,忙说道:"你怎么就都是短板了?不要妄自菲薄,你有好多长处的!"

"不不不……"麦子使劲摇头,"教授,你就别安慰我了。我太清楚自己几斤几两了……我……我根本就连个桶都成不了,我……就……

就……就是个盘子！"

"哈哈哈……"杨柳笑趴在了桌上，"你……你这个形容，还真贴切……哈哈哈哈……盘子……盘子……哈哈哈哈……"

麦子嘟起嘴，狠狠给自己倒了杯酒，一口气干了，然后抹抹嘴，更加沮丧了："看吧？连好闺蜜都这么认为……"

说完，她偷偷瞟了一眼温润儒雅的谷梁或，心里更不是滋味了。他那么出众，随便拿出哪一样都是闪闪发光，而自己呢！有一样没一样，全是缺点……在酒精的作用下，麦子眼里竟泛起了泪光，然后一杯接一杯，自斟自饮。

谷梁或看见麦子眼圈红了，完全慌了。他想了想，赶紧解释："其实，这个'木桶理论'是告诉我们要努力让短板变成长板……嗯，其实人的潜力是无穷大的……呃……只要我们努力，缺点也是可以克服的……"

教授语无伦次，自己都不知道自己说的是啥。他看麦子的眼泪在眼眶里打转，心里这个急啊！怎么办？又要哭了，这里没有糖，也没有狗……看来只能亲自上阵了！

想到这里，谷梁或一咬牙，以壮士断腕的气势给自己倒了杯酒，然后，深吸一口气，一饮而尽。

麦子瞪大眼睛，暂时忘记了自怨自艾。

谷梁或皱了皱眉，竭力让自己保持平静："看吧，短板也是可以克服的……"

说完，他又连着喝了两杯。

"看、吧……"

接着，只见这位身体力行，十分敬业的教授双眼发直，直视了麦子三秒钟，然后"啪叽"趴在桌上，人事不省……

麦子眨了眨眼，接着"哇"的一声就哭起来了，边哭还边嚷着："看吧……短板就是短板……怎么努力都不行……呜呜呜……我注定就是个盘子……盘子……"

杨柳瞪大眼睛，使劲推了推谷梁或："喂，教授，你怎么样了？"

谷梁或一动不动。

"哎，你先别哭了，看看教授……"杨柳向麦子求助。

可喝醉的麦子只顾着愤慨命运的不公，边哭边嘟囔："我就是个盘子……我就是个盘子……盘子……呜呜呜……"

"你是麦子！"

"不，我是盘子……"

"麦子！"

"呜呜呜……盘子……"

"这咋还改名了？"杨柳扶额。

她看看人事不省的谷梁或，再看看精神错乱的麦子，风中凌乱……

这时，麦子抽了抽鼻子，小心翼翼地推了一下谷梁或，战战兢兢地问了句："你……喜欢……盘子吗？"

谷梁或幽幽睁开眼，展露出孩子般纯真的笑容，无限深情地望着麦子："我喜欢……麦子……"

可麦子瞪了他几秒钟，又哭开了："可是……我是盘子……盘子……呜呜呜……"

"我现在是疯子！"杨柳使劲跺脚，"活活让你们俩给逼疯了！"

（三）

杨柳费了九牛二虎之力才把喝醉的两个人弄回住处。

电梯里，麦子忽然一把揪住谷梁或的衣领，双眼含泪，委屈巴巴地问："你……为什么不喜欢盘子？"

只见谷梁或战战兢兢地推开她，用双手护住领口，目光坚定"我……我只喜欢麦子！其他的……什么杯子、瓶子、勺子、筷子……统统都不喜欢！"

杨柳忽然觉得心好累——这怎么还进厨房了？

"哇……"麦子再度泪如雨下，抓着谷梁或的胳膊，摇晃着追问个不休，"怎么就不能喜欢盘子？盘子也很可爱的……为什么不喜欢盘子？呜呜呜……"

"不！"谷梁或立场坚定，"我就喜欢麦子！就喜欢麦子！直到世界末日，也只喜欢麦子！"

"啊……啊……可我是盘子……啊……"

杨柳气喘吁吁地靠在电梯壁上，斜睨着还在纠结死命题的两个人，一脸的生无可恋："居然跟这两个二货去喝酒……我就是个傻子！"

电梯门开了。杨柳扯住麦子出了电梯，可刚要掏钥匙开门，却见麦子挣脱了自己，再次扑向谷梁或。

"就……不能给盘子一次机会吗？"麦子像只章鱼一样扒在谷梁或身上。

谷梁或边掏出钥匙开门，边果断摇头："不，除了麦子，谁都不行！"

"好，不跟我回家是吧？"杨柳咬了咬牙，使劲将二人推进了谷梁或的家，然后一脚将门踹上，接着放下一句狠话，"一对儿二货！不生出一套碟子，你们就别给老娘出来！"

第二天，当第 N 缕阳光照射在麦子脸上的时候，她终于被一条湿

· 210 ·

漉漉的小舌头给舔醒了。

麦子睁开眼,只觉浑身酸痛,尤其是额头,不知被什么东西硌得生疼。她微微欠身,发现是一颗透明的纽扣。而那纽扣缝在一件浅灰色的衬衫上,正在伴随着衬衫主人的呼吸,均匀起伏。

什么情况?

麦子一跃而起,看见谷梁或正歪歪斜斜躺在布艺沙发上,而自己刚刚是整个人都趴在他身上。

难道,昨晚都是这么睡的?麦子拍拍脑袋努力回忆,却什么都想不起来了。

这时,耳畔传来一声狗叫。麦子一扭头看见球球正兴奋地冲自己摇着尾巴。她这才意识到,就是这小东西把自己舔醒的。

而随着这一声狗叫,谷梁或也醒了。由于没戴眼镜,他眯起了眼,疑惑地看着站在地上的麦子。

"啊……幻觉……"麦子用双手在空气中画了个圈,转身便朝门口跑去。

"喂,盘子……"谷梁或坐起身,嗓音嘶哑。可话一出口,他更疑惑了——为什么要喊"盘子"?

麦子此时已经跑到门口,转身看见球球追了出来。她蹲下身,一把掐住球球,逼近它黝黑的眼眸,然后用另一只手在它脖子上划了一下,眯起眼威胁道:"目击狗,要是敢泄露半句,小心我杀狗灭口!"

球球眼中透出一丝恐惧,幼小的心灵瞬间蒙上童年阴影,"嗷呜"一声,扭头就跑。

麦子拍了半天门,杨柳才睡眼惺忪出现在门口,懒懒说了句:"盘子,回来啦……"

"什么盘子?"麦子赶紧挤进来,把门关得死死的,又转向杨柳,"喂,我怎么在教授家?昨天……后来发生什么了?我什么都想不起来了……"

"哈,断片了?"杨柳慢悠悠地坐在沙发上,跷起二郎腿,一脸哭笑不得,"我们昨天去吃火锅。都怪我,非说个什么'木桶理论',然后你就哭了,说自己都是短板,没有长处,成不了桶,就是个盘子。然后,你就没完没了问教授,喜不喜欢盘子。教授也喝多了,表示只喜欢麦子……然后,你就接着哭,接着问,他坚决表示,只喜欢麦子,不喜欢盘子……你们就一直纠结这个问题,难舍难分……我都快疯了……"

"哈?"麦子双手捂脸,"这……这么丢人?"

"没事,不只你丢人,教授也丢了……"杨柳忽然一脸坏笑,意味深长地看着麦子,"喂,你们俩昨晚有没有发生什么不可描述的事情?"

麦子马上摇头:"没有,没有!都喝醉了,什么都没发生!"

杨柳想了想,点点头:"也是,醉成那个样,是啥都干不了。从来就没有什么酒后乱性,能乱了的,都是酒壮尿人胆。"

"等下!"麦子反射弧太长,才抓到重点,一把抓住杨柳的肩膀,"你刚刚说……教授说他……他……喜欢我?"

杨柳甩掉麦子的手,瞪着她:"这事傻子都看出来了,你才知道?"说完,她又感觉似乎哪里不对——怎么又把自己绕进去了?

而此时的麦子,已然神经错乱,跟刚洗完澡的球球一样,大呼小叫满屋疯跑……

"以前吧,我还觉着教授那么正经个人,跟你个傻缺二货的画风不太搭。可昨天一看,你们俩啊,简直天生一对!"杨柳站起身晃晃悠悠地走回自己的房间,"我看,你就赶紧从了他吧!"

"啪!"门关上了,只留麦子一人在客厅继续狂乱……

晚上,同样断片的谷梁或跟个没事人似的,依然带着球球来蹭饭。而麦子看见他就跟老鼠见了猫一样,他一头雾水。

看到麦子用碗装着菜端上桌时,谷梁或终于忍不住问了句:"盘子呢?"

"什么盘子?"麦子炸了毛,满脸通红,"根本没有盘子!这里从来就没有过盘子!"

谷梁或目瞪口呆,杨柳笑岔了气。

而还在阴影中的球球,吓得"刺溜"钻到桌下,露出个小脑袋,用无辜的眼神表示——本汪可什么都没说!

PART 11 爱的需求定律

yin ta guo fen ke ai

在经济学中，需求第一定律是说，
在其他情况不变时，只要价格提高，
商品的需求量就会减少；价格降到一定程度，
需求量就会增加。
在爱情中，同样如此。

❤ 粮食夫妇小剧场 ❤

 从今以后,我得对你称呼"您"了。

 为什么?

 因为你在我心上。

(一)

为期两个月的培训班接近尾声。麦子跟朱湘芸学到了很多实用的东西，思路也更开阔了，还拿了两次奖学金，真是收获满满。可到了最后关头，她又倍感压力，因为马上要进行最后的考试，决定是否可以留在GL成为真正的服装设计师。

其实，麦子对留下来没抱太大希望。因为她知道同期的学员里不仅有林木森这样成名的设计师，还有好多在知名品牌工作过的人，无论如何也轮不到她一个菜鸟头上。可梦想近在咫尺，她还是压抑不住心灵深处的渴望。

在忐忑和焦虑中，麦子接到了考试题目——男装设计。朱湘芸告诉大家，GL一直都只涉足女装领域，而这一次要创立子品牌，进军男装市场。她设立这个培训班，目的也是想从这二十个学员中选出负责男装品牌的设计师。

设计男装倒没有难倒麦子，可接下来的要求，却让她一筹莫展。朱湘芸的意思是，不仅要交设计图，还需要做出实物穿在模特身上，来一次小型的模拟时装秀，而这个模特需要学员们自己去找。

去哪里找男装模特呢？麦子思前想后，想起了服装学院模特班有个叫张昊天的，曾经追过自己，也算是有点来往。她试着给他发了个微信。对方倒是很痛快就答应了。麦子约他第二天来自己的住处。

第二天,谷梁或下午没课,下班后就顺道去超市买了些菜,打算给麦子送过去。

他提着菜,等电梯,忽然发觉电梯是从自己住的二十八楼下来的。难道是麦子?他的嘴角不自觉地上扬。可开门之后,却见一个穿着黑色紧身T恤、牛仔九分裤的男生走了出来,他身材高大威猛,肤色是健康的小麦色,紧实的腹肌线条在T恤下若隐若现。

这是谁啊?谷梁或警惕地用眼角余光瞄着他。

只见那男生边走出电梯边打着电话,说说笑笑的,声音还特别大,一字不漏,全落在谷梁或的耳中了。

"哎,还有哪个校花?就是麦子嘛……对对对……身材特别辣的那个……哈哈哈……是啊,主动邀请我去她家……刚刚给我量尺寸,我还顺便抱了一下呢!嘿嘿……那个胸……贴近了,从上面看……哈哈哈……简直了……"

谷梁或的脸都绿了。

而这边还在用猥琐的语气大声地说:"这不皮尺坏了嘛,我去门口超市给她买一个,马上就回去了……当然……一会儿找机会,说不定还能再抱一抱呢!哈哈哈哈……"

"咣当"一声,那人出了楼门。谷梁或镜片后面露出了杀人的凶光,而下一秒,他瞥见墙角写着电梯故障的三角指示牌,又歪着嘴角露出一丝阴森森的笑——杀人何必见血?

十分钟后,张昊天哼着小曲回来了,可站在电梯门前,低头一看,却愣住了。

就这么一会儿,电梯就坏啦?他掏出手机刚要给麦子打电话,只见一个戴着金丝边眼镜、文质彬彬的男子急匆匆从楼梯间出来了。

只见他抬手擦了擦头上的汗,气喘吁吁地对张昊天说:"哎,我是物业经理……这栋楼的电梯出了很严重的故障……你别碰了啊!"

"那……那我怎么上去啊?"张昊天瞪大眼睛,傻乎乎地问。

谷梁或又假装喘了两口气,一指身后:"只能走楼梯了……我刚刚就从二十楼下来的……"

"啊?"张昊天傻眼了,"这大热天的……要死人的……"

"那也没办法啊……"谷梁或摊开手,"我不也是走的楼梯……"

张昊天皱着眉思索了一会儿,最后一咬牙,钻进了楼梯间。

谷梁或瞪着眼,渐渐攥紧了拳头,内心的 OS 是这样的——垂涎我未来老婆的美色,还真是勇往直前啊!小样儿,弄不死你!

他拿起藏在角落里的菜,上了电梯,同时在心里用公式计算好成年男子爬二十八层楼梯所需的时间。他回到家,以最快的速度开电脑,以物业的口吻打印出了一张告示。

尊敬的住户们:由于电梯出现严重故障,需维修一周。为您带来不便,敬请谅解。为了补偿您的损失,我们将减少下季度的物业费。感谢您的支持!

——物业公司

谷梁或将这张伪造的告示贴在电梯旁的墙上,然后关上门,从自家的猫眼里静观其变。

几分钟后,满头大汗的张昊天气喘吁吁地从楼梯间"爬"了出来,汗水把他背后的衣服都浸透了。

谷梁或冷笑一声:"打我未来老婆的主意,活该你累成狗!"

脚边的球球"呜呜"两声,表示不欢迎此"物种"加入汪星人家族。

张昊天抬头朝电梯处看了一眼,然后伸头凑上前去,盯着那张假告示,气得直摇头。

"开什么玩笑?要我爬一个星期的楼梯?二十八楼啊!什么性感校花……就算是玛丽莲·梦露,老子也不干了!"

打定主意后,他敲开了麦子的门,将皮尺递给麦子,又挤出了一脸歉意:"麦子,对不起啊,刚刚我妈给我打电话,说我外婆得急病住院了。这段时间正需要人照顾……所以……我恐怕不能帮你走秀了……"

"啊?这样啊……那……那你赶紧去照顾外婆吧……"目送张昊天离去,麦子一脸的失落。

闲杂人等走了,轮到男主闪亮登场!

谷梁或提着从超市买的菜,出现在麦子面前,脸上依旧是人畜无害的笑容。

"嗨,麦子!站门口干什么呢?"

麦子看见他手里的菜,笑了笑:"教授,你又去超市啦?进屋再说吧!"

进去之后,谷梁或将菜放进冰箱,就好像在自己家一样。

麦子坐在沙发上,一边叹气一边嘟囔:"虽然,我觉着能留在 GL 的希望不大,可还是想尽全力完成好最后的考试。不管成不成,总是不要留下遗憾才对……"

"是啊,你这么想没错!"

谷梁或坐下来,喝了一口麦子倒给他的水。

麦子又叹了口气,抱怨道:"可是不顺利啊!朱老师要求我们自己找模特,还必须是男装模特。我好不容易找来个同学,可他外婆突然得急病住院了……唉,我要去哪里再找个男模啊?"

谷梁或在心里默默替那男生的外婆祈祷——一定要健康长寿,千万别被你外孙的乌鸦嘴给诅咒了……

"模特？一定要很专业的那种吗？"

"要求倒也没那么高，又不是专业的走秀，其实……就身材、气质好一点……"麦子边说边打量起谷梁或，忽然眼睛一亮——这可是天生的衣架子啊！

"教授，要不……你……"

可话没说完，麦子又犹豫了。她知道谷梁或一直都很低调，像他这样的人，怎么可能跑到聚光灯下走台呢？

谁知谷梁或竟点点头，笑着说："如果可以的话，我很愿意帮你解决这个难题。"

如果换成别人，未来老婆避免不了还要被吃豆腐，那还不如干脆亲自上阵。

"太棒啦！"麦子从沙发上一跃而起。

看见她开心的模样，谷梁或的心里也充盈着阳光。

"那我们现在就开始吧！"麦子拿起皮尺，马上进入了工作状态。

谷梁或看着那个张昊天跋山涉水买回的皮尺，心里又暗爽了一把。

而当麦子用皮尺帮他量胸围时，坐怀不乱的教授也终于忍不住低头瞥了一眼，顿时血脉贲张。

傻丫头，不会穿件保守点的 T 恤吗？这春光乍泄的，谁受得了？不过，好像不是 T 恤的问题，而是……真的藏不住啊……未来老婆这身材也太……

"教授，你很热吗？怎么脸这么红？呀，都出汗了！我去把空调开大点。"

"嗯嗯，是该开大点……"谷梁或赶紧附和，"马上要入伏了，这天气真是一天比一天热……"

量完尺寸,麦子开始上一眼下一眼端详起谷梁或来。谷梁或本就有些控制不了体内的"洪荒之力",被她这么看着,更是浑身不自在。

麦子看出他的窘迫,忙笑着解释:"教授,你现在是我的模特。我要完成的这个作品,必须与你的气质相配。所以,我现在要好好观察你,这样才会迸发出灵感。"

"那……我们就这么大眼瞪小眼?"

"不不不……教授,你不用看我,随意做点什么,就当我不存在就好。"

谷梁或想了想,说:"那不如去我那儿吧。我下午本打算在家写论文的。"

"好,那你写你的论文。就把我当空气,我保证不打扰你。"

就这样,两个人将阵地转移到谷梁或家中。谷梁或带着麦子进了书房。麦子又看见满满一屋子的书,不禁在脑中画了个问号——教授到底看过多少书啊,怕是比自己几辈子加一起都多吧?

谷梁或给麦子倒了杯茶,然后自己坐在电脑前安安静静地写起论文。

忽然,窗外狂风大作,窗帘被吹得鼓了起来。桌上的几本书被穿堂而过的疾风迅速翻开,书页哗哗作响。谷梁或赶忙去关窗子。而这时,外面已是乌云蔽日,黑压压的,如夜幕降临。接着,一道闪电划破暗黑的天际,雷声隆隆而来。紧跟着,雨点像筛豆子一样,噼里啪啦地迅速下落,在地面上激起一大片水雾。

"这天还真是说变就变。"谷梁或收拾停当,又按开了灯,转过脸关切地问麦子,"你害怕吗?"

麦子笑了笑:"又不是小孩子,打雷下雨有什么好怕的?"

谷梁或也笑了。在他眼里，她还真就是个孩子，动不动就掉眼泪，让人心疼。

他又继续写论文，时而在电脑上敲几行字，时而翻阅手边的书。麦子就安安静静地坐在摇椅上，眼睛一眨不眨地注视着他。

窗外狂风暴雨，而属于他们的这个狭小空间里却是明亮而温暖的。麦子有种错觉，好像置身一艘风雨飘摇中的小船，外面惊涛骇浪，可船舱里却有一盏暖灯，一抹浅笑，隔绝了一切风雨，让她觉得无比安全。她知道，这样的感觉皆因身旁这个男人。他身上似乎有种神奇的力量，会让一切喧嚣都安静下来。静静待在他身边，什么都不做，什么都不想，就会感觉到内心的平静和安宁。所谓的岁月静好，所谓的天荒地老，就是这个滋味吧？

"呼噜……"

脚边忽地一暖。麦子低头，看见球球不知什么时候过来了，也跟着她一起"观察"主人。不过这小东西却没感觉到什么"岁月静好"，打了几个无聊的呵欠之后，直接趴在地上呼呼大睡。

麦子笑着揉了揉球球的小脑袋，脑海中忽然开始闪现画面——如果她有这样一个温馨的小家，有一个安静平和的丈夫，再养一只可爱的狗狗，生个聪明的宝宝……等到两个人都白发苍苍，还能"坐着摇椅慢慢聊"，那该多幸福啊！

打住！麦子的脸颊烧了起来，赶紧把思绪拉回现实。拜托，你是来观察模特，找创作灵感的，怎么还犯上花痴了？

不过……这似乎就是灵感啊！麦子忽然眼前一亮，如醍醐灌顶。

"灵感来了！灵感来了！"麦子一跃而起，原地一边跳一边转圈，仿佛球球附体一般。

球球也被她吓醒了,先是怔了一下,然后点点头——本尊对这个模仿者表示满意。

而这时麦子才意识到,教授在写论文啊,自己这么大喊大叫的会把人家的思路打断。

"对不起,教授……'空气'忽然说话了,吓到你了吧?"

谷梁或淡然一笑,依旧是不紧不慢的样子:"没关系,设计师的灵感才是头等大事,能跟模特分享一下吗?"

"当然要跟你分享啦!"麦子兴奋得双眼放光,"我坐在你身边,就这么静静地看着你,脑海中就忽然蹦出四个字——'岁月静好'……就是……就是那种夫妻相知相守,执子之手与子偕老的感觉……"

谷梁或眼中笑意渐浓:"看着我……你就想到夫妻相知相守了?"

"不是……"麦子的脸红了,赶紧低下头,"我在说作品,你……你别想歪了……"

谷梁或轻笑:"我也是在说作品啊!你想哪儿去了?"

麦子恨不得找个地缝钻进去。

"总之,我现在灵感喷发。我……我……我要回去做设计图了……拜拜!"

说完,她像只兔子一样逃走了。

第二天傍晚,谷梁或依旧携球球来蹭饭,杨柳却没按时回家。

麦子将设计图的初稿拿给谷梁或看,怕他看不懂,还在一旁讲解:"既然我的理念是相知相守,那么就一定要有两种颜色。你看这个灰色代表的就是男性,而淡粉色代表的是女性。这两种颜色用威尔士亲王格交织在一起,就是象征着平淡缠绵而又细水长流的生活啊!"

谷梁或看着设计图上灰色和粉色细密交织的格子，还真体会到了她所说的那种平淡的缠绵。

"你再看这里。"麦子指着设计图继续讲解，"西装的左右是不一样的。左边灰色为底，而右边则是粉色为底。这寓意着在一个小家中，夫妻的地位是平等的，有时丈夫占的比重多一些，有时妻子则要多一些。但整体上不能失衡。这样才是长久的相处之道。"

谷梁或抬眸看向麦子，眼中透出惊喜："说得很好啊！"

麦子羞涩地低下头："这……都是教授给我的灵感。"

"既然这样，那……我给你这个作品起个名字吧！"

"好啊！教授这么有学问，一定比我起的好。"

谷梁或略微思索了一下："你之前说，看着我头脑中蹦出一个词——'岁月静好'。那你可知出自哪里？"

麦子嘟起嘴："不是起名吗？怎么考起我来了？我一个做衣服的哪知道这么多？"

谷梁或轻笑，眼中闪过一丝宠溺，接着又摆出了讲课的架势："是《诗经》里的《女曰鸡鸣》，讲的就是一对平凡的夫妻。妻子早上叫丈夫起床，丈夫早早就出门打猎，妻子在家中为丈夫烹制佳肴。晚上，两个人一起把酒言欢，女弹琴来男鼓瑟，和谐美满地生活在一起。原文就是——宜言饮酒，与子偕老。琴瑟在御，莫不静好。"

"这不就是我这个作品要表达的吗？'宜言饮酒，与子偕老。琴瑟在御，莫不静好'，呵呵，真好！"麦子眼中充满了向往。

"所以，我觉得你的这个作品叫'琴瑟'，再合适不过了。"

"'琴瑟'……"麦子咂摸着，一丝浅笑漫上嘴角，"真好……我好喜欢……"

琴瑟在御,莫不静好。此时,空气里仿佛都充盈着甜蜜,一不小心就飘出粉红色的泡泡……

"咣当"一声门响,打破了二人的"岁月静好"。只见杨柳汗流浃背,气喘吁吁,歪歪斜斜"爬"了进来,一下子瘫倒在了沙发上。

"你这是怎么了?"麦子赶紧凑了过去。

"啪!"

杨柳咬牙切齿,颤颤巍巍地将一张 A4 纸拍在了茶几上,然后喘着粗气开始骂街:"这小区的物业是神经病吧?又不是愚人节,开这么大玩笑,是要弄出人命吗?"

谷梁或看见那张假告示,心中暗叫不好——居然忘记撕下来了。误伤自己的亲生学生,似乎不太厚道。不过这亲生学生的智商怎么跟那个猥琐男一个水平线呢?真是给 C 大丢脸……

而不明真相的麦子拿起那张纸,一脸疑惑:"电梯故障?假的吗?"

"假的!"杨柳大叫,"我早上出去看见了,还信以为真。走楼梯下去的,害我差点没赶上地铁。晚上回家,老娘吭哧吭哧爬了二十八楼,忽然看见那电梯的指示灯在走。我试着按了一下,居然没坏!大热天的,三十几度啊!这是要老娘的命吗?"

麦子马上表示与闺蜜同仇敌忾,也义愤填膺地说:"这可太过分了,明天咱们去投诉物业吧!"

谷梁或心虚地清咳了两声,拿过那张假告示,还装模作样认真看了一遍。接着,他指着落款处微笑着说:"你们看,这里没有物业的印章,说明这告示根本不是物业贴出来的。估计是谁搞的恶作剧吧,你们投诉也没用。"

"谁这么无聊?"杨柳爹毛了,"我……我诅咒他吃方便面没调料!"

谷梁或暗自舒了口气——幸好从来不吃垃圾食品。

"喝易拉罐没拉环!"

他又舒一口气——幸好也不喝碳酸饮料。

"上厕所没有卫生纸!"

"咳咳……"

谷梁或一口老血生生憋了回去——这招居然没躲过。这亲生学生太狠了!

这时,麦子忽然说:"可是,除了我们三个人,别人也没有电梯卡,根本也来不了我们这层啊!"

谷梁或又暗自咬了咬牙——未来老婆的智商今天居然在线了。可真不是时候啊!

"呃……我记得你说昨天有个同学来过……"谷梁或厚着脸皮栽赃嫁祸。

那位同学,谁让你偷窥我未来老婆?这个锅,你来背!

"哦,对……"麦子瞪起眼,"真没看出来,那个张昊天居然这么无聊……"

"好啦好啦,杨柳消耗这么多能量,肯定饿坏了。咱们还是开饭吧!"谷梁或赶紧岔开话题。

麦子去厨房端菜,杨柳慷慨激昂地问候了张昊天的祖宗十八代,而谷梁或则始终保持着"蜜汁"微笑。

可谁也没注意到此时正躲在桌子下面的球君,圆滚滚的小身躯瑟瑟发抖,乌溜溜的眼睛里盈满了绝望——一只知道太多秘密的"汪",是不是早晚会被灭口啊?宝宝心理压力大,宝宝不说……

（二）

交设计图的那天，林木森跟在麦子身后走出会议室。

"要等衣服做出来，还要等走秀之后，才能知道结果，还真是又着急又紧张呢！"林木森很自然地跟麦子说道。

麦子没心没肺地笑了："森哥，你可是我们这里最有资历的。我觉着只留一个也肯定是你啊！不用紧张。"

林木森笑着摇摇头："在培训班的这些天，我也多多少少看出些眉目。朱老师注重的是设计师的灵感和想法，对于经验和基本功什么的，她倒不是很在意。麦子，相反我觉得你很有灵气，希望比我大。"

"我？"麦子夸张地笑了起来，"我可是压根就没敢做这个梦。我只想着尽自己最大努力，不留遗憾就好了。"

林木森的眼中闪过一丝异样的情愫："麦子，要不……咱们打个赌？如果我留下来了，我就请你吃最贵的法国大餐。那如果你留下来了，嗯……随便请我吃点什么都行。"

"哈哈，这个划算。那就这么愉快地决定了！这法国大餐，你是请定了！"

两个人说说笑笑上了电梯。可林木森没发觉，刚刚一直有一道利剑一样的目光从身后死死盯着自己。

朱湘芸慢悠悠地从会议室走出来，摇着头自言自语："林木森……这小子怕不是在打我未来儿媳妇的主意吧？没看出来，小妮子还挺抢手。为免夜长梦多，计划得赶紧实施……"

麦子不得不感叹 GL 的工作效率真是高。设计图交上去之后，只一周的时间衣服就做出来了，比预计提前了好几天。而那场模拟时装秀自然也跟着提前了，定在周六的下午。

为了配合给谷梁或量身打造的那套"琴瑟"，麦子买了件同色系的抹胸小礼服，将自己装扮一新。谷梁或特意开了那辆"三叉戟"，给麦子撑场面，而杨柳周末休息，也跟过来给麦子加油打气。

模拟时装秀场地就设在GL总部的宴会厅。虽然规模不大，但也搭了像模像样的T型台，灯光、音乐一应俱全，丝毫不比真正的时装秀逊色。

麦子带谷梁或去化妆间，而林木森正在那里指挥化妆师给他的模特做发型。

"森哥，来得好早啊！"麦子走上前打了个招呼。

林木森一转头，瞬间惊呆了，眼中闪着惊喜："麦子，你今天太漂亮了！简直可以当model了！"

麦子不好意思地低下头："森哥，你可真会开玩笑……"

而麦子身后的谷梁或却在林木森赤裸裸的目光中感受到了危险的气息，镜片后又是寒光一闪。

林木森似乎也感觉到了杀气，抬眸望向谷梁或。

麦子拉过谷梁或，笑着介绍："这位是我的模特。"

林木森打量着谷梁或，摆出了前辈的姿态，不住点头："嗯，素质不错，新人吧？出道几年啦？"

谷梁或面无表情。

麦子赶紧打圆场："呵呵，森哥，他不是专业模特，就是我一个朋友。你先忙，我带他去化妆。"

说完，麦子赶紧拉着谷梁或坐在角落的位置，生怕这位傲娇的教授被打扰，生气罢演。不过谷梁或还是很配合的，除了很少说话外，几乎是任凭化妆师摆弄。

做完了简单的造型后,他像个好奇宝宝一样观察分析了每一位模特,然后摸摸自己的下巴,轻声说了句:"早知道……我这几天就不刮胡子了。"

麦子先是一怔,然后就笑了。她明白谷梁或是看见其他的模特都是留着络腮胡子的猛男型,觉着自己没有具备这个"集体"的特征。

"教授,我们这套'琴瑟'要表现的是暖男形象,不用弄那么野性。"麦子又低头补了一刀,"再说,你这样的也野不起来……"

谷梁或皱了皱眉,忽然问了句:"你们女生……是不是都喜欢野性的?"

麦子乐了:"谁说的?我就不喜欢!要看野性的,去动物园好不好?人类既然是进化过的,当然是要看谁进化得更彻底了。"

"嗯……"谷梁或心满意足点点头,也不知道是对麦子的品位表示赞同,还是表示自己进化得很彻底。

麦子的秀排在第十五个,而林木森刚好在她前面一个。对于这个排序,她有点担心,因为在大师后面,实力相差太悬殊,对比太强烈。

林木森的作品果然个性鲜明,又张扬大胆。哥特风格的暗黑系让人眼前一亮。模特的造型好似中世纪城堡里的吸血鬼——黑色亮面紧身衣裤,搭配蝙蝠翅膀一样的黑色斗篷,腰带上一颗洁白的兽牙在灯光下闪着寒光,阴森中透着邪魅。模特走秀完成后,林木森从后台走出来,简单讲解了一下他的创作理念。麦子看见坐在台下第一排正中间的朱湘芸不住地点头。

接着,音乐换成了舒缓浪漫的曲调,灯光也由鲜红刺眼转化为柔软温馨。工作人员示意该麦子的模特上场了,她冲谷梁或比了个"加油"的手势。谷梁或冲她微笑点头,然后便从容不迫地走上了T台。麦子在后面望着他修长挺拔的背影,紧张得连手心里都是汗。

谷梁或虽然动作有些生硬,但还是很稳健的,整体下来完成得很好。麦子偷偷看向朱湘芸,却发现她紧咬着下唇,看起来似乎有点痛苦。

什么情况?难道自己的作品很差劲?麦子心里开始打鼓了。

而此时,朱湘芸在心里已经笑翻了——没想到我这傻儿子也有今天!还是头一次见他这副模样!哈哈哈哈……要不要偷偷拍张照发个朋友圈,再做几个表情包?哈哈哈哈……不行,等结束要找个地方好好笑一笑,都快憋出内伤了……

麦子怀着忐忑的心情走上台,挽住谷梁或的胳膊,开始讲述自己的创作理念,因为紧张,声音都发抖了。

"我……我的这个作品叫作……呃……'琴瑟'……是……是出自……出自……"

麦子大脑一片空白。

谷梁或见状,赶紧拿过麦克风,接着冲台下微笑了一下,把T台当成了讲台:"'琴瑟'这个名字是我取的,出自《诗经》中的《国风·郑风·女曰鸡鸣》,'宜言饮酒,与子偕老。琴瑟在御,莫不静好',说的是一对平凡夫妻……"

台下的杨柳瞬间笑喷——这教授生生把画风给带歪了,好好的时装秀成了《百家讲坛》。

朱湘芸则是满头黑线——儿子,你是猴子派来的逗比吧?咋还讲上课了?

谷梁或介绍完诗词背景,在台下一片茫然的眼神中将麦克风递回麦子手中。

麦子在他鼓励的目光中,渐渐不那么紧张了。她笑了一下,说:"我的这套西装的灵感,就来自于简单平凡的夫妻生活。灰色代表丈夫,粉色代表妻子……"

接着,她便将夫妻相处之道与西装的设计相结合,讲述了自己的设计理念。

朱湘芸带头鼓起了掌。麦子与谷梁或相视一笑。

待全部作品展示完毕,朱湘芸和她邀请的几个评委退场了。

半个小时之后,朱湘芸亲自上台宣布结果。

"首先,感谢大家为 GL 带来这样精彩的一次时装秀,我在大家的作品当中看到了你们的进步。但经过几位评委的综合评定,我们只能选择两位学员留下来,进入我们 GL 的设计组。"

全场鸦雀无声,大家都屏住呼吸等待着结果。

谷梁或忽然握住了麦子的手,而麦子也紧紧反握住他的手。他们就这样交握着,一起等待最后的结果。

朱湘芸扫视全场,淡淡一笑:"下面,我来宣布入选的两位学员。第一位是……林木森!"

意料之中,大家报以热烈的掌声。林木森站起身挥挥手,忽然转头冲麦子笑了一下。麦子也跟着使劲鼓掌,心想,法国大餐这回没跑了。

朱湘芸继续公布:"那么,第二位入选的学员是谁呢?她就是……麦子!"

"哈?"麦子瞪着眼睛,傻在那儿了。

倒是早就心里有数的谷梁或和杨柳一人一把将她推起来,傻乎乎地冲大家挥挥手。

直到朱湘芸叫她和林木森留下来开会,麦子才如梦初醒。她怔怔地看向谷梁或:"这……不是做梦吧?要不,你掐我一下?"

"哎呀……"下一秒,麦子疼得哇哇大叫。

谷梁或瞪着"亲生"学生:"你还真掐啊?"

杨柳笑嘻嘻地推了下麦子:"看她傻了,让她清醒清醒,哈哈哈!"

谷梁或将双手扶在麦子的肩膀上,双眼含笑,语气温柔得一塌糊涂:"我的大设计师,你不是在做梦,而是梦想成现实了!现在呢,你赶紧去开会,好好听老师的话。我和杨柳先回去准备大餐,晚上给你好好庆祝。晚上见!"

麦子这才反应过来,还要开会呢,赶紧如腾云驾雾般跟着朱湘芸和林木森进了会议室。

三个人落座后,麦子还不太敢相信,直愣愣地问朱湘芸:"朱老师,是我吗?真的是……我吗?会不会是搞错了?"

朱湘芸故意板起脸:"这位同学,这已经是你第二次质疑我做事的准确度了。我在你眼里,真就是老糊涂了吗?"

"不不不……"麦子吓到差点没坐稳,"老师您别生气。我不是质疑您,而是……质疑我自己呀!我跟森哥比,差了十万八千里……我怎么可能跟他一样入选呢?"

朱湘芸笑了:"麦子,你最大的缺点就是不自信!我可以告诉你,现在你的能力是比林木森差很多,但以你的天赋,再加上我的培养,不出五年,你一定会超越他!"

林木森也冲麦子笑了笑:"麦子,你就算不相信自己,也要相信朱老师的眼光吧,她可是从来没看走眼过。"

"哈?那……那我……我就相信吧……"

朱湘芸转向林木森:"木森,我决定把 GL 的男装市场交给你负责。你有信心做好吗?"

"有!"

麦子眨眨眼,弱弱问了句:"那……我是跟着森哥一起做男装吗?"

朱湘芸瞥了她一眼:"你,我另有安排。"

就这样,麦子眼巴巴地看着朱湘芸跟林木森研究了两个小时的男装发展规划,而自己就干坐着……

"好啦,也挺晚了,今天就到这儿吧!木森,你回去写个具体的方案给我。"朱湘芸抬头看了下墙上的钟,宣布散会。

麦子傻愣愣地跟着他们走出会议室,心想,我那个"另有安排"在哪儿呢?可看朱湘芸根本没有搭理她的意思,她也没敢问。

林木森忽然慢下脚步,挨近麦子:"哎,还记得我们打的那个赌吗?"

麦子乐了:"记得。只是,这个结果算谁赢啊?"

"都选上了,那就互相请吃饭呗,就当是给对方庆祝了。嗯……要不,今晚我就请你吃法国大餐?"

朱湘芸的背影抖了一下。

麦子赶紧摇头:"不行啊,我答应房东,要回去吃……"说完,她自己都乐了。这算是个什么借口?不过,跟房东先生吃饭,对她来说真的是头等大事。

林木森当然不懂其中深意,笑着说:"就跟房东说一声嘛。来,跟我走吧,我还有惊喜给你呢!"

"不不不,我真得回家……"

"麦子,其实我对你挺有好感的……"

正在林木森纠缠不休时,朱湘芸忽然转过身,眼中一片冰冷:"林木森,你还想不想继续待在 GL?"

林木森吓得一哆嗦,瞪大眼睛看着朱湘芸:"我……不是已经确定留下来了吗?"

朱湘芸眯起眼睛看着他,不疾不徐道:"合同还没签吧?如果,你再纠缠我未来儿媳妇,现在就走人!"

"啥?"林木森再次将目光投向麦子,眼神中竟带着一丝敬畏,下一秒,他忙笑着打圆场,"哎哟哟,我……我不知道……真是……失敬失敬……刚才我就是开个玩笑……哈哈……那……我先不打扰了……拜拜!"

望着林木森落荒而逃的背影,麦子是彻底傻了。半晌,她才怔怔地问朱湘芸:"朱老师……您刚说什么……未来儿媳妇?"

朱湘芸一挑眉,用命令的口吻说:"我儿子单身,我看好你做儿媳妇了。现在你就跟我去相亲吧!"

相亲?麦子被这两个字雷得是外焦里嫩。今天是什么日子?命犯桃花吗?怎么刚走一个"有好感"的,又来个"相亲"的?

"可是……老师,承蒙您错爱……我……我不想相亲……"

"有男朋友了?"

"那……倒没有……"

"那还顾虑什么?看一眼又不会死。快走!"

PART 12 爱的概率

yin la guo fen ke ai

在爱情中，
我们都愿意相信对方是自己的唯一。
但按照统计学来计算，
世界上两个唯一真爱的人相遇的概率为零。

♥ 粮食夫妇小剧场 ♥

"球球,你知道,在你的狗生中遇到真命天'狗'的概率是多少吗?是零!所以,你要是喜欢20楼的大黄就勇敢地去爱吧!对的时间遇到对的狗,就不要顾虑种族问题了。即便生一窝串串,那也是爱的结晶。"

麦子一边给球球的食盆里加肉一边现学现卖。

谷梁彧蹲下身轻抚着球球的背:"这个你大可放心,大黄上周刚刚做了绝育手术。"

"啊?"

球球将脸埋进了食盆——是的,我们分手了。你们这两只人类就不要在本汪的伤口上撒盐了!心好痛,还是化悲痛为食量吧!

(一)

麦子迫于新老板的"淫威",不情不愿地上了对方的车。想起还在家等她的谷梁彧,心中又是着急又是内疚。

"朱老师……"坐在副驾驶的麦子战战兢兢地问开着车的朱湘芸,"那个……如果……我说如果哈……我见过您儿子以后,觉得不合适的话……那还能不能留在 GL 了?"

朱湘芸侧目:"你这话什么意思?我是假公济私的人吗?这根本就是两码事。"

"哦……"麦子一颗心稍稍安稳了些。

朱湘芸挑了挑眉:"怎么,对我儿子那么没信心?"

"不是……您的儿子一定非常非常优秀。只不过……我……我有喜欢的人了……"

"是吗?"朱湘芸乐了,"那不妨比较一下,多个选择也是好的。说不定,你见过我儿子,就把那个人忘了呢?"

"不大可能吧……"麦子低头绞着手指。

朱湘芸转头看向麦子,眼中闪过一丝狡黠:"哎,说说你喜欢的那个人是什么样的,我先看看能不能比过我儿子。"

"他……是大学教授……"

"嘿,巧了!我儿子也是教授。"

"哎呀,现在这专家啊、教授啊,满大街都是。"麦子扭头看向车窗外,心不在焉。

朱湘芸抿唇笑了,语气中带着暗示:"我儿子可是教……经济学的……"

"教经济学的还真多……可能是热门专业吧?"麦子看着一排排迅速后退的路灯,漫不经心道。

朱湘芸无语了——看来这孩子不是一般的缺心眼儿。

一个多小时过去了。麦子忽然发现朱湘芸已经开出城区,开上了一条山路。

"朱老师,这大晚上的,我们是要进山里吗?"

朱湘芸又笑了:"怎么,怕我把你拐到大山里卖了?"

麦子闭嘴了,可心里还是有些疑惑。

而当朱湘芸将车停在一个类似景区角门的地方时,麦子的某根神经似乎一下子就通了。

古色古香的院落、灰墙黛瓦,黑漆带着铜环的大门……好熟悉的地方!莫非?

"您儿子是?"麦子瞪大眼睛,心怦怦直跳。

朱湘芸边开车门边调侃着:"几个月前的一个晚上,我儿子正在这儿写论文,没想到却救了一个失足落水的少女。救命之恩啊!你说,这个少女是不是该以身相许呢?"

"啊!怎么会是这样?"麦子捂住脸,只觉得脸颊像火烧一样。

这时,大门开了,里面灯火通明。麦子刚下车,就看见杨柳冲了出来,亲昵地挽住自己的胳膊。

"哎呀,我们的大设计师可算来了,快进去看看教授为你准备的大餐,可好玩啦!"

麦子傻愣愣地被杨柳扯进园子。只见谷梁或正提着一盏灯朝她走过来,他身上依旧穿着她设计的那套"琴瑟",脸上挂着融化冰雪般的笑容,整个人散发着浓浓的书卷气,真好似从古书中走出来的翩翩公子。

"听说你想吃法国大餐,我特意找了米其林餐厅的法国厨师做了正宗的法餐。不过,我觉着就放在桌上吃没什么意思,想到了个中西合璧的吃法,很有趣。"谷梁或说着牵起麦子的手朝假山那边走去。

麦子梦游般跟着他,脑袋里还在费力地梳理着母子关系的事,抬眸一看,不禁惊呆了。

只见,一条清浅的人工小溪自假山蜿蜒而下,一直流到另一边的池塘里,而水面上则漂浮着一个个盛着食物的方形器皿。另外还有一盏盏别致的莲花灯也漂在水面上。暗香浮动,水光潋滟,烛影摇曳,好似来到另一个世界。

谷梁或拉着麦子坐在溪边的木凳上,又从水中拿起一个器皿放到麦子面前的木桌上,接着慢条斯理道:"这个器具叫'觞',在古代是用来盛酒的。而这种让食物和酒顺着水流漂浮的吃法,叫作'曲水流觞'。我让餐厅的人将法餐里的食物和红酒用这种方式送到你面前,是不是很有趣?"

麦子朝假山那边望了望,发现真有两个人在那里忙活。

"呵呵……这个原理不就是旋转小火锅吗?只不过传送带变成了水流,不好拿,还浪费人工……"

没等麦子说完,杨柳就白了她一眼,然后转向谷梁或:"教授,我就说这么风雅的画风跟这二货不搭吧?还旋转小火锅,俗不俗?人家这个是古代人的玩法,叫……什么'水'……什么'流'来着?"

麦子笑着揶揄:"还说我呢,你不也是连个名都记不住?"

正在两个女生打闹的时候,朱湘芸走了过来,坐在麦子旁边。麦子一下子又拘谨起来了。

朱湘芸一指正忙着拿食物的谷梁或,转过头问麦子:"我儿子,你满意吗?"

麦子满脸通红:"我……我真的没想到……"

"现在想也不晚。我都说了,今天是带你来相亲的。我这儿子呢,不抽烟、不喝酒、不赌博、不近女色,没有任何不良嗜好。唯一的缺点就是不解风情,不会哄女孩子,跟他在一起应该挺无趣的。你看看,能接受吗?"朱湘芸倒是直奔主题。

麦子抬眸看了看谷梁或,竟反驳道:"谁说他不会哄女孩子?我每次哭,他都会把我哄笑的。而且,跟他在一起,我从来没觉得无趣……"

朱湘芸乐了:"哎哟,原来在你眼里他没有缺点啊!那就是满意了?"

麦子将头垂得更低了,用蚊子一样的声音说:"教授……他很好……是我配不上他……"

谷梁或坐在了麦子对面,对朱湘芸说:"妈,她是不放心你。"

"不放心我什么?"

"她怕你会给她张支票,让她离你儿子远一点。"谷梁或笑着打趣。

朱湘芸假装板起脸:"支票?想得美!要钱没有,就这傻儿子一个,一经出手不退不换!你就说要不要吧!"

麦子也笑了。她发现,跟这个"婆婆"相处似乎压力不会太大。

谷梁或又接着说:"她还有负担,怕你逼着她生孙子,一胎生不出生二胎,二胎生不出生三胎……她不想变成生孩子的机器。"

"谁说非得生孙子啦?"朱湘芸瞪大眼睛看向麦子,"我们家又没有皇位要继承，怎么就非得孙子？我才不会重男轻女！再说，想一直生孩子不出来工作？哪有那好事？我费半天劲招你来GL干什么？别忘了，我可是万恶的资本家，要榨干你每一滴血！"说完，为了彰显气势，她还使劲地拍了下桌子。

麦子皱了下眉，又小心翼翼地问："那……我这次入选，是不是因为教授的关系？"

"不是。"

"哦……"

"这个培训班就是为你办的！"

朱湘芸还真是语不惊人死不休。

"啊？"麦子怔了下，眼中又流露出沮丧，"也就是说……都是因为教授的关系……所以，我根本没资格做GL的设计师；所以，您才又选了林木森；所以，您刚刚只给他分配任务……而我，还是个废人……"

见麦子的眼圈红了，谷梁或的心又揪了起来，赶紧抢着解释："麦子，不是你想的那样。其实我妈第一次见到你，是在云裳的发布会上。你还记不记得，发布会结束后我过去问你穿的裙子是哪个品牌的？那就是我妈让我问的。"

"没错。"朱湘芸接过了话茬，"你那件裙子让我眼前一亮，虽说缺点很多，但还是有亮点的，尤其那种清新的气息，在现在浮躁的时尚圈里真的很难得。而当我听阿或说，就是你随随便便改的，我便断定你有做服装设计师的天赋。再加上你做陪购师时跟阿或分析男装市场，我又发现，你对服装真的费力去研究了。所以，我就想让阿或引荐，好好培养你。那个时候，我就是单纯想收徒弟，可没想到这臭小子会对你动心。"

"哦……"麦子恍然大悟，"原来，那天云裳发布会上跟教授在一起的是朱老师啊！我……我一直以为是他女朋友呢！"

"哈哈哈哈……"朱湘芸笑着指着麦子，"小妮子，你这个想法虽说有点傻，但我喜欢，哈哈哈哈……"

谷梁或却嗔怪地看着朱湘芸："妈，你差点坏了我终身大事。"

"急什么，妈这不是已经出手帮你了吗？"朱湘芸瞪了他一眼，又转向麦子，"小妮子，别打岔，刚刚的问题给个痛快话！我儿子到底行不行？"

麦子满面通红，低着头吞吞吐吐："可是……教授……他……他也没说过喜欢我啊……"

这时，嘴里塞满鹅肝的杨柳抗议了，一拍桌子："怎么没说过？喝醉那次，教授说了一晚上'我喜欢麦子'。我做证！"

"可……可我没听见……"

朱湘芸赶紧冲谷梁或递眼色："该你上了！表白这个环节，妈可帮不了你了啊！"

谷梁或的脸也红了。他温柔地注视着麦子，眼里是化不开的浓情。

"我……我没追过女孩子。这个……真的是短板……麦子，我想对你好，但有时候真不知道该怎么做。你是我遇到的最束手无策的难题。"

麦子笑了，抬眸看了他一眼："我好像没那么难相处吧？"

"不不不……是我表达有误。"谷梁或推了下眼镜，又重新组织语言，"不是你的问题，是我的问题。我不擅长谈恋爱，但……又很想跟你谈恋爱……就是说，让一个人进入他不擅长的领域，总是会觉得艰难的，但这是这个人能力的问题，而不是这个领域的问题……"

"哈哈哈哈……"杨柳笑趴下了，"教授，你到底在说什么？平时上课,你条理挺清晰的,怎么一表白就不会说话了?要不,你再把自己灌醉吧!"

朱湘芸也是哭笑不得:"儿子,你就简单直接说你喜欢人家不就好了?"

谁知,谷梁或竟非常认真地摇摇头:"不,这不是件简单的事,必须要全面具体地说清楚。"

杨柳抬头望着满天星斗:"教授,等你'全面具体'地说完,是不是天都要亮了啊?"

"不用,我计算了一下,大概……五分钟足够了。"谷梁或又非常认真地回答了"亲生"学生的问题后,深情地看向麦子,"麦子,你还记不记得,我们曾经讨论过应不应该为了爱情放弃理想?"

麦子怔了一下,又蹙眉回忆:"哦,好像有这么回事……"

"当时,我说服不了你。所以我就打算身体力行,用我自己的行动来证明爱情和理想是不矛盾的。麦子,我可以给你爱情,同时,不但不需要你放弃理想,还愿意帮助你实现你的理想……"

"等下!"麦子瞪大眼睛,打断了谷梁或,"教授,你的意思是,你为我做的这些都只是为了证明这件事?那……那证明完了,是不是就……"

谷梁或摇摇头,目光真诚地看着麦子:"不,这个论点需要长期论证,这个期限嘛……至少要一辈子吧……"

安静了几秒钟后,杨柳大叫起来:"哇!教授不愧是教授,这个表白……太有深度、太有内涵、太……"

谁知,麦子竟一脸茫然地看向她:"什么时候表白的?我怎么又没听见?"

杨柳无奈了，用同情的目光看向谷梁或，接着说："就是太……不照顾智商不在线的人了……教授，跟这二货说话一定要简单明了，要不她真听不懂！"

"是我的错，我以后会注意的。"谷梁或认真地点点头，再次深情地看向麦子，"麦子，以后你想吃好吃的，我就带你吃。你哭了，我就哄你。我不行还有球球……不对，应该是尽量不惹你哭。但是，你实在是太爱哭了……我……我就尽我最大努力吧！对，最重要的是你的理想，我，还有我妈，一起帮你实现。这样，你……愿意和我在一起吗？"

"愿……愿意……"麦子说完，捂着脸趴在桌上了。

"耶！"朱湘芸和杨柳倒是十分默契地站起身，隔着桌子击了下掌。

坐回座位的朱湘芸忽然收敛了笑容，慢悠悠地从包里拿出一个信封，递到麦子面前："既然你答应了，那么接下来，该做选择题了。"

麦子愣住了："这……这是什么？"

杨柳机警地盯着信封："支票？"

麦子在桌子下面踢了她一脚。

朱湘芸又对麦子说："打开看看。"

麦子迟疑着打开信封，接着便惊叫起来："马兰欧尼学院的研究生？"

作为一个学服装设计的人，不可能不知道世界四大设计学院之一的意大利马兰欧尼学院。去那里学习，简直是麦子做梦都不敢想的事。

朱湘芸淡然一笑："我们 GL 每年都会送一名设计师去米兰进修。之前我也说过，你很有天赋，但现在的水平还达不到 GL 的要求。如果你愿意的话，今年的名额就定你了。等你学成归来，就可以正式成为 GL 的设计师。"

"我愿意，我当然愿意！"

朱湘芸却摇了摇头:"我还没说完。麦子,现在摆在你面前有两条路。第一条,你可以马上嫁入豪门。阿或是鹏城集团的唯一继承人,嫁给他,你即便什么都不做,也是一生的荣华富贵。第二条,去米兰念研究生,脚踏实地,一步一步实现你的梦想。这就需要暂时把结婚的事放一放。当然,这是有风险的。我可不保证在此期间阿或不会变心,会一直等你。"

"我选第二条。"麦子不假思索。

朱湘芸笑望着谷梁或,打趣道:"儿子,这小妮子不怎么在乎你啊!"

"不是的,我在乎……"麦子抿唇思索了一下,继续说,"只不过,我从来就没想过嫁入豪门……我喜欢的是教授这个人,而不是什么鹏程集团的继承人。另外,我对他也有信心。他都已经为我做了这么多,我想一定也会支持我去米兰学习的。相反,如果我放弃了梦想,那就变成连自己都不喜欢的人了,那就更别奢望别人会喜欢我了呀!"

话音刚落,谷梁或一把握住了麦子的手,眼中盈满了骄傲:"谁说我的麦子傻?我看她是大智若愚。面对生活上的琐碎事,她是傻乎乎的。可面对人生大事,她看得比谁都通透。麦子,去米兰吧!去完成你的梦想。放心,我等你!"

麦子颔首,羞涩的笑容里满是幸福。

朱湘芸看到这一幕,忽然感慨道:"我怎么有点嫉妒这儿媳妇了呢,你老公可比我老公强多了!"

"那是因为她老公有个好妈妈!"谷梁或也get了彩虹屁技能。

朱湘芸亲昵地拍了一下他的肩膀,又叮嘱道:"有时间带麦子去见见你爸。他的意见你倒是不必理会,走个过场就好了。"

说着,她又转向麦子,语气轻蔑:"他爸是个老古董、老封建。如果说了什么你不爱听的，就当耳旁风，不用往心里去。反正阿或也是一直跟我生活。以后，你跟他爸的交集也不会太多。"

"哦……"麦子听得似懂非懂，但又不好意思刨根问底。

这次"相亲"算是圆满成功。

（二）

朱湘芸见杨柳差不多吃饱了，冲她使了个眼色："喂，咱们两个电灯泡是不是该退场了？"

杨柳赶紧站起身："对对对，该给二位'新人'多点单独相处的时间。那我和阿姨就先走了哈！最后祝福二位百年好合，早生贵子！"

说完，她挽着朱湘芸便往外走。

而朱湘芸则亲昵地拍了拍杨柳的头："走吧，我儿子的小卧底，你可是功不可没，咱们到车上商量商量给你个什么奖励吧！"

麦子猛然抬头："什么？卧底？"

"哎呀，我忽然想起有个很重要的'死'必须马上去装一下，失陪啦！"杨柳拉起朱湘芸就跑。

麦子刚要起身去追，被谷梁或一把按住了。

"怎么回事？"麦子嘟起嘴问谷梁或。

谷梁或低头笑了笑："都说了，追女孩子是我的短板，当然需要个帮手啦！"

"我就说什么给支票、生儿子的那些话，都是我跟她说，你怎么会知道，原来，她就是个叛徒！"

"好啦，就原谅她吧！她也是被我的诚意给打动了啊！而且，我们现在这样，不是挺好吗？"

谷梁或说完,忽然一阵阵心虚——是被诚意打动?还是被威逼利诱?

这时,米其林餐厅的员工也陆陆续续地离开了园子,只剩谷梁或和麦子两个人。

麦子开始不自在了,低着头小声问道:"我们……什么时候回去啊?"

谷梁或拉着她的手,笑眯眯地说:"都这么晚了。我还有好些话要跟你说。今晚我们就住在这儿吧!"

"什么?"麦子瞪大眼睛,捂住领口,像只受到惊吓的小兔子,"教授,我……我们才刚刚开始……这个……进展太快了吧……"

谷梁或抿唇轻笑,抬手一指那栋雕梁画栋的小楼:"那楼上有两个房间,我们一人一间。放心,我是正人君子,不会骚扰你的。"

"哦……"麦子低着头,小脸红成个番茄。

一阵微风拂过,她下意识地将双臂环抱。

谷梁或拉起她:"冷了吧?我们进屋去。"

小楼里的一切都和麦子第一次进来时一样。她轻车熟路,坐在了窗边的藤椅上。谷梁或搬了把椅子,放在麦子对面,刚要坐下,又拍了下头,似乎想起了什么。接着,他在麦子疑惑的目光里端出了两盘糖果,五颜六色,各种口味都有。

"我记得,你不喜欢吃甜食啊。"麦子望着糖果,怔怔地问谷梁或,"是……给我准备的?"

谷梁或笑着点点头:"我不确定今晚的表白,你会不会接受。万一……又把你惹哭了……而球球又不在,就只能多准备些糖果了……"

麦子笑了:"那我现在又没哭,你干吗拿给我啊?"

谷梁或没回答,只伸手拿起一个柚子味的棒棒糖,剥去糖纸递到麦子面前,略带着些羞涩:"这个……是想对你说的……"

麦子一怔,接过棒棒糖,忽然看见那黄色的球体上清晰刻着——I Love 柚!

糖还没放进嘴里,就甜到心里去了。

"为……为什么是我呀?"麦子红着脸,低着头,"我一直都想不明白。教授这么优秀的人,怎么会喜欢我这么平凡的女生呢?你命中注定的另一半……怎么都不应该是我这个样子啊?"

谷梁或认真地思考了一下:"这么跟你说吧。假设,真有命中注定的另一半,那么在地球上两个唯一真爱的人,你知道他们相遇的概率是多少吗?"

麦子蒙了——怎么又算上概率了?

"是零!"谷梁或轻笑,目光温柔,"所以说,根本不存在什么命中注定的人。我在对的时间刚好遇见你。而你刚好吸引了我。所以,就是你了,就这么简单。"

"就……这么简单?"

"本来就这么简单啊!"

麦子抿唇,笑得傻兮兮的。接着,她抬起头,定定地注视着谷梁或,深吸一口气:"那,教授……你可要准备好了……我……我要开始爱你了……很用心很用心地爱你了……"

说完,她又羞涩地低下了头。

一双温暖的大手轻轻地将麦子的手包裹,耳畔传来清朗而深情的声音:"准备好了,你放马过来吧!另外,你也要有准备。因为不论你给我多少爱,我都会 N 次方还回去。"

"不行,我数学不好……"

"呃……那你就知道是好多好多的爱,就好了。"

窗外,月朗星疏,微风吹皱一池春水。窗内,浓情缱绻,两个有情人似有说不完的话……

谷梁彧忽然话题一转:"对了,我父母的事应该跟你说清楚。"

麦子有点意外。虽说刚刚朱湘芸提起谷梁彧的父亲时,她心里是有疑问的,但她没有太过急于知道真相。没想到,他似乎更着急。再一想,她不禁心头一暖,他这是想让她心里踏实。

"他们……是离婚了吗?"麦子小心翼翼地问。

谷梁彧摇摇头:"在法律上,他们还是夫妻,只不过,已经很多年没见面了。我爸这个人……思想太守旧,也太专制了。他觉得他事业那么成功,我妈就应该在家相夫教子。而偏偏我妈不想过那种生活,她有她自己的理想和追求。就因为这个,两个人的矛盾越来越深。就在十年前,我大学毕业从英国过来。我妈正式离开这个家,去创建自己的服装品牌。而我,为了支持我妈,把自己的姓氏给改了。其实,我爸姓'梁'。我为了跟他划清界限,给自己改了个复姓——'谷梁'。而我妈,就直接用这两个字的首字母命名了她的品牌。"

"哦,原来你叫'梁彧'……"麦子眨眨眼睛,"好像是没有'谷梁彧'好听,呵呵……"

谷梁彧轻笑一下,又接着说:"这么一来,可把我爸给气坏了。从那以后,他们就再没联系过。而我,偶尔会回去看看我爸,但大部分时间还是跟我妈在一起。其实,我爸也不是坏人,就是……太专制,身边的人都得听他的安排。可偏偏我妈和我都不想被他安排。"

"怪不得朱老师会说她羡慕我……"

谷梁彧苦笑一下:"或许就是因为理解我妈的苦衷,所以我是真心支持你去追逐梦想。我可不想做我爸那样的男人。"

"遇到你，真是我的幸运。谢谢你……阿或……"

谷梁或眼睛一亮："你叫我什么？"

麦子嘟起嘴，撒娇似的说："你都是我男朋友了，当然不能再天天喊你'教授'了啊！阿或……朱老师就这么叫你的，那我也这么叫！"

"好。我们家女人最大！"

"对了，公平起见，我也跟你说说我家的情况吧。"

谷梁或笑了笑："记得你说过，妈妈是在服装厂工作。"

麦子一摆手："那都是好多年前的事了。我念初中的时候，她那个厂子就倒闭了，然后，我爸也下岗了。那个时候家里特别艰难。但好在他们心都挺大的，嗯……这点也遗传给我了，哈哈哈……后来，他们俩就在我家那个小区开了个小超市，虽然收入不多，但我们一家人都没心没肺，还是很快乐。尤其是我大学选了服装设计，学费要比正常专业高很多。本来我想放弃的，可爸爸妈妈都义无反顾地支持我。他们省吃俭用，日子紧巴巴的，但神奇的是，每天还都是开开心心的。"

说着，麦子竟在谷梁或的眼眸中捕捉到了一丝羡慕。

果然，他叹了口气，说："麦子，记得你刚知道我的家世时，说什么理解不了我们有钱人的苦恼。其实，你不知道我有多羡慕你这样的家庭。不管遇到什么样的困难，一家人总能相互理解，相互支撑。就算清苦，也是团团圆圆、快快乐乐的。或许你会觉得我这么说很矫情，但……这是真心话……"

"阿或，我懂了，现在我都懂了……"麦子紧紧地握住了谷梁或的手，"你放心，等我从意大利回来，我们就再也不分开了。我跟你结婚，给你生孩子……我们的小家一定是团团圆圆、快快乐乐的！嗯……孩子最好像你,因为我太笨了……不过,太聪明的小孩,童年好像都不怎么快乐。那……就生两个吧!一个聪明的,一个笨的,智商平衡一下。不过,先说好了,笨的那个要你来教,不然我会越教越笨的……"

本来前半段说得谷梁或心里热乎乎的,甚至感动得想掉泪。可后半段,却着实让他笑出了眼泪。这个小丫头,怎么就这么可爱?

"怎么办,我现在……很想吻你……"谷梁或忽然站起身,深情地望着麦子,双手捧起了她的脸。

麦子被他这个突如其来的"请求"给吓蒙了。她瞪大眼睛注视着谷梁或越来越逼近的脸,心都快跳出来了。

别,第一次接吻,不能尿!几秒钟后,麦子开始给自己做心理建设。初吻啊!应该是充满美好回忆的,稳住!稳住!关键时刻可不能掉链子啊!那个……眼睛是该闭上吧?对,电视里都是闭着的……

而当麦子闭上眼,扬起下巴,摆出一副视死如归的架势后,却只感觉额头被蜻蜓点水般轻吻了一下。

这……就完了?

麦子疑惑地睁开眼,看见的是谷梁或略显窘迫的脸庞。

"对……对不起……"

麦子更蒙了——为什么要在这个时候说"对不起"呢?

谷梁或挠挠头,眉心拧成了一团:"'接吻'这件事,我……我真的没经验。而我知道,这是你的初吻。所以,这是件特别重要的事,绝不能敷衍了事……更不能因为我业务上的生疏,而破坏了你对初吻的美好回忆……"

"你……到底想表达什么?"

谷梁或再次捧起麦子的脸,郑重其事道:"我的意思是,给我点时间,让我好好研究一下这个接吻的角度、力度、时长,还有具体的过程……然后,我保证给你一个终生难忘的初吻。"

麦子简直要抓狂,此刻只想发个朋友圈求助——教授男友太有研究精神,接吻都要搞科研怎么办?急!在线等……

清晨,还在睡梦中的杨柳,迷迷糊糊地感觉到自己的脸被个不明物体一下一下有节奏地舔着。她微微睁开一只眼,看见的是球球无助的小眼神。

"哎呀,起开!"杨柳一翻身,推开了球球胖墩墩的身躯。

球球锲而不舍,跳到另一边,继续舔脸,同时,内心大声呼喊——快带本汪出去便便,撑不住了啊!

杨柳再次推开球球,索性直接用被子将脸蒙上了。

球球无奈地注视了她一秒钟,然后使出了撒手锏——转身,一屁股直接坐在杨柳头上。

"啊!压死我了!谋杀啊!"杨柳惊叫着掀开被子,一把抓起球球丢到地板上。

球球委屈地"呜呜"两声,忽觉身体异样,低头一看,一根新鲜出炉,还热乎乎的便便就这样猝不及防地诞生了。

"嗷呜……"球球泪奔,内心是极度崩溃的——本汪居然在家里便便了,好羞耻!

而拿着卫生纸清理狗便便的杨柳更是生无可恋。她拿着便便,指着天花板愤然呐喊:"你们两个二货!天天给我吃狗粮也就算了,还让我捡狗屎……简直,人神共愤!"

PART 13 爱的干预

yin ta gan fen ke ai

干预是对国民经济的总体管理，
为促进市场发育、规范市场运行，
对社会经济总体的调节与控制。
而在爱情中，父母往往充当这一角色。

♥ 粮食夫妇小剧场 ♥

这面孔多么英俊迷人,这身材简直是黄金比例,出身高贵,气质优雅……能拥有这么完美的男友,简直是上辈子拯救宇宙了!

 麦子,我哪有你说的那么好?

看,它(红棕色小泰迪)就是我给球球找的新男友——豆豆!人称"28楼吴亦凡"!

  ……

(一)

开始爱恋的第一天,新手上路的小情侣腻歪在一起,逛街、看电影、吃各种好吃的,真是如胶似漆。麦子发现谷梁或非常细心,之前假装情侣时的一些小细节,他都记在心上。这回假戏真唱,他倒是轻车熟路了。

傍晚,两个人都走累了,忽然发现竟不知不觉来到了第一次见面的那家星巴克。谷梁或来了兴致,要进去纪念一下,可麦子对这个地方有点心理阴影——第一次,谷梁或在这儿被唐莉泼咖啡;第二次,她在这儿被高馨雅冷嘲热讽;第三次,知道了谷梁或的背景,他们就很长时间没联系。似乎,并没有什么美好回忆……

不过,见谷梁或兴致正浓,她也没说什么。

而事实证明,女人的第六感有时真准得厉害。

从星巴克出来后,谷梁或去取车,麦子就站在门口等他。忽然,一辆黑色越野车停在麦子面前。车门一开,两个身材魁梧、戴着墨镜的黑衣人从车上跳了下来,一步步地逼近了她。

"麦子小姐,跟我们走一趟吧!"其中一个黑衣人用低哑阴森的声音说道。

麦子吓傻了,往后退了两步:"你们……你们是什么人?"

两个人黑衣人对视了一眼,微微点下头,然后一左一右架起麦子便往车里塞。

麦子大声呼救："救命……"

可只喊了一声,一只大手就死死捂住了她的嘴。

就这样,前后不到十秒钟,麦子就被弄上了车。车子开动,两个黑衣人一左一右将麦子夹在中间。

麦子喘了两口气,再次哭喊起来："救命啊!救命啊!"

右边的黑衣人转过脸,冷冷地说了句："别浪费力气了,你就是喊破喉咙也没人听……"

"啪!"

话音未落,只见副驾驶坐着的人回身就给那黑衣人一个脑瓢。黑衣人瞬间被打蒙了。

"关叔,干吗打我?"

"我让你们下车把麦小姐请上来,你们怎么把她吓成这样?"关叔怒气冲冲地瞪着黑衣人。

左边的黑衣人战战兢兢地说："我看电影里说'请'……一般都是这么'请'的呀……"

这时,麦子包里的手机铃声大作。

"阿彧,我被人绑架了!啊……"麦子接起电话,哇哇大哭。

关叔赶紧抢过麦子的手机："喂,我是关叔。哎呀,不是绑架,不是绑架!误会啦!梁董就是想见见麦小姐,请她回家吃个饭,聊聊天……谁料到,新来的这两个保镖有点缺心眼儿,把麦小姐给吓着了……好好,我把电话给她……"

麦子接过电话,依然是泣不成声。直到电话里传来谷梁彧安定人心的声音："麦子,别怕。不是绑架,是我爸想见你。你不要哭,我随后就到。"

"嗯……"麦子这才止住了哭声，抽抽搭搭地问，"阿彧，你爸爸……是黑社会吗？"

谷梁或笑了："不是。估计是新来的保镖警匪片看多了。"

虽说只是闹了个乌龙，但谷梁或还是很担心。他怕麦子被吓坏了，更怕梁万鹏会为难她，一路上猛踩油门。

可当他风风火火跑进梁家别墅，听到餐厅里两个人的对话时，才感叹自己真的低估了未来老婆。

"哎，我说小姑娘，你有没有听我说话？"

"唔……"

"哎，你别光顾着吃啊！你听着啊，这个'不孝有三，无后为大'，阿彧是我们梁家的独子，既然你要嫁给他，那就得把传宗接代的事放在第一位！"

"梁大爷，大清已经亡了好多好多年了。再说，你们家又没有皇位要继承。"

一声"梁大爷"差点把谷梁或雷倒。他推门进了餐厅，看见的画面是这样的——麦子嘴里塞得鼓鼓的，拿着筷子比比画画，振振有词，而对面的梁万鹏脸都绿了。

梁万鹏抬头看见谷梁或，使劲地拍了下桌子，一指麦子："这……这就是你给我找的好儿媳？跟你妈一个德行！"

谷梁或坐在麦子身旁，搂住她的肩膀，又转向梁万鹏："这是我给自己找的媳妇。我喜欢就行！"

"你……"梁万鹏咬了咬牙，"好，你喜欢就你喜欢，我不干涉你找谁。但，她必须得给咱们梁家传宗接代！咱家是没皇位，但还有百八十个亿的资产要继承呢！去什么意大利？学什么服装设计？要是跟你妈一样，心野了，就管不住了！"

麦子将筷子拍在桌上，语重心长地说："我说梁大爷，这都什么时代了？你还指望着女人大门不出二门不迈？实话告诉你吧，朱老师是我的偶像，我就要做她那样的女强人！"

"完了完了，全让你妈给教坏了！梁家的女人要翻天啊！"梁万鹏气得直摇头，"我就搞不明白了。嫁到我们家，你们什么都不缺啊！吃喝不愁，享不完的清福，你们还瞎折腾什么？"

"有吃有喝，混吃等死，那跟猪有什么区别？"麦子大声说着，"梁大爷，女人也是人，我们也有自己的追求和理想！我们不是生孩子的机器！我们也是要为富强民主的和谐社会做贡献的！"

梁万鹏哆嗦着指着麦子："气死我了！气死我了！都是……都是他妈教的，好好的孩子全给教歪了！"

"唉，真可怜……"麦子望着梁万鹏，忽然幽幽地叹了口气。

"哎，小姑娘，你说谁可怜？"梁万鹏一瞪眼，"我这身家，你几辈子都赚不到，还说我可怜？"

麦子不以为然："有钱又怎么样？妻子、孩子都跑了。就算我生了儿子也跟你没关系啊！阿或不回家，我和儿子自然是跟他在一起，你估计连孙子的面都见不着，还不是一个人孤独终老？唉，空巢老人梁大爷，真是可怜……"

梁万鹏差点吐血，而谷梁或忍着笑都快憋出内伤了。

麦子则淡定地转向谷梁或："阿或，我吃饱了。我们回家吧！"

"好，回家！"谷梁或起身搂着麦子就走。

看着两个人离去的背影，梁万鹏的心头忽然涌上一阵凄凉。麦子刚刚说的话，像幽灵一样在耳边挥之不去——"孤独终老""空巢老人梁大爷'"……啊,大夏天的,怎么有点冷……

上车之后,谷梁或实在忍不住,搂住麦子一顿笑:"麦子啊麦子,你可真是我爸的克星……我还从来没见过他被气成这样……"

"我记得朱老师的叮嘱,是想把他说的都当耳旁风。但,我又一想,他毕竟是你爸呀,这血浓于水的,我还是有必要拯救一下他的三观。"

"那……你是怎么想起叫他……叫他'梁大爷'的?噗,哈哈哈哈……"

麦子眨眨眼:"我看电视剧里都是叫男友的父亲'伯父',可这个称呼太文绉绉了。我一想,'伯父'不就是'大爷'吗?所以就叫'梁大爷'了。"

"哈哈哈哈……"谷梁或伏在麦子肩头笑岔了气。

忽然,麦子只觉腮边一片温热,竟被谷梁或偷袭了一个香吻。

"居然偷亲我?"麦子瞪起眼嘟着嘴撒娇,"不管,我要亲回来!"

"那说好了,不准亲嘴。"

看着正襟危坐的教授,麦子哭笑不得:"喂,你矜持什么?我才是女生,是不是拿错剧本了?"

"都说了,初吻要慎重,我不是随便的人!"

(二)

晚上临睡前,麦子忽然想起谈恋爱这件事还没跟自己的父母报备。她都已经见过谷梁或的父母了,可自己的父母对这件事还一无所知,这样似乎不太好。

想到这里,麦子起身开了灯,拿起手机点开了和妈妈的视频通话。

接通后,麦子妈先劈头盖脸数落了一顿:"都几点啦?怎么还不睡觉？这一天天的，没人在旁边看着你，昼夜颠倒了是不是？"

麦子都习惯了。她撒娇似的说："妈，我本来睡下了，可忽然想起有个重要的事还没告诉你和爸……"

"啥事？"

"那个……我、我交了个男朋友……"麦子说着，红着脸低下了头。

麦子妈反应几秒后，马上眉开眼笑："哎哟，交男朋友啦？这是好事啊！"接着，她又转过头推了推身边的人，"她爸，快起来！女儿交男朋友啦！"

"啥？"镜头里闪出睡眼惺忪的麦子爸，"男朋友？啥时候的事？"

"就、就昨天……"

"你这男朋友，是干什么的啊？多大年纪？"麦子妈开始查户口了。

"是大学教授。二十九岁。"麦子如实作答。

麦子妈想了想，然后点点头："工作倒是不错，大学教授有文化，知书达理，主要是收入稳定，旱涝保收。就是这年纪嘛，有点大……不过，大点也行，成熟稳重总比毛毛糙糙的好。"

麦子爸也跟着点头。

"那他父母是做什么的呀？"麦子妈继续盘问。

"哦，他爸是鹏城集团的董事长，他妈是GL的董事长。"

麦子妈和麦子爸都愣住了。

"都是董事长？"麦子爸试探着问，"那……那家里挺有钱吧？"

麦子点点头，如实回答："嗯，有百八十个亿的资产。"

麦子妈和麦子爸对视了一眼，脸上皆露出惊恐的神色。

麦子妈皱着眉，一边斟酌着一边说："麦子啊，你这孩子从小就没什么心眼儿，现在一个人在外边，我跟你爸都挺不放心的，尤其这找对象啊……唉……现在这社会太复杂，坏人到处都是……一个不小心就……我跟你说，白天啊，我看那个《法制时空》，哎哟哟，一个小姑娘跟你年纪差不多，就被男朋友给骗了……妈就想到你……这心啊……"

"妈，你……你说这些是什么意思啊？"麦子一头雾水。

"你说那些个没用的干啥？"麦子爸推了麦子妈一下，挤到镜头前，"女儿啊，听爸的，这'男朋友'咱别处了，赶紧离他远点！"

"啊？"麦子惊呆了，"为什么呀？我们好好的……"

"哎呀，哪有什么董事长的儿子能看上咱这小门小户的？还百八十个亿？也就你这傻孩子能信！肯定是遇上骗子啦！趁着时间不长，你赶紧脱身，不然就来不及啦！"

"爸，不是你想的这样。他父母我都见过，是真的！"

麦子妈和麦子爸又对视了一眼。麦子爸一拍大腿："完了，被犯罪团伙盯上了！"

麦子整个人都傻了。这都什么跟什么呀？

而麦子妈吓得脸都白了，对着摄像头哆哆嗦嗦地说："麦子啊，你手机别关机啊！明天，不，今晚我就和你爸过去！她爸，快去订车票……"

没等麦子反应过来，手机屏幕已经黑了。她简单梳理了一下，最后还是决定告诉谷梁或一声。

"喂，阿或，我爸妈明天要过来。"

"哦，那我们去接他们。"

"那个……有个事，你得有点心理准备……他们……他们把你当成骗子了……"

"啊？"

第二天一大早，麦子和谷梁或就来到车站。麦子站在出站口，不住地往里张望。过一会儿，就见风尘仆仆、神色紧张的两个人跟随着人流出来了。

"爸，妈！"麦子赶紧冲他们招手。

麦子爸和麦子妈挤出人群，一眼就看见了站在麦子身边的谷梁或，眼中透出一丝警惕。

谷梁或则微笑着上前鞠了一躬："叔叔、阿姨，你们好！"

麦子赶紧介绍："他就是我的男朋友——谷梁或！"

二人冲谷梁或尴尬地笑了笑。

麦子妈偷偷扯一下麦子爸的衣襟，压低声音说："这小伙子长得还不错，斯斯文文的……不像是坏人啊……"

麦子爸皱了下眉："那坏人要是都写脑门儿上，警察不都失业了？"

四个人上了谷梁或的车。麦子坐在副驾驶座，麦子妈和麦子爸坐后座，四只眼睛齐刷刷盯着谷梁或的后脑勺。

谷梁或转过脸，温和地笑了下："叔叔、阿姨，还没吃早饭吧，我先带你们去吃点东西。"

"不用！"麦子爸大手一挥，"我们在车上吃过了。咱找个地方好好谈谈吧！"

麦子想了想，对谷梁或说："要不，先回家吧。"

谷梁或点点头，接着发动了车。

麦子转过身："爸、妈，咱们去我住的地方吧！之前也跟你们说过，我和杨柳一起租的房子。"

麦子爸伸头，压低声音对麦子妈说："看见没？一下骗了俩。估计杨柳也上套了……"

当杨柳打开门迎接麦子爸和麦子妈时,看见的是二位脸上同情和担忧的神色。

进了屋,谷梁或礼貌地说:"叔叔、阿姨,我就住隔壁。你们先坐一会儿,我去拿点东西,马上就回来。"

谷梁或走后,麦子爸警觉道:"他怎么就住你们隔壁,这太危险了!"

麦子无奈了:"爸,他是房东。这房子就是他租给我们俩的。"

麦子爸转过脸跟麦子妈对视了一眼:"看看,这骗子早就布好局了!幸亏咱们发现得早!"

杨柳在一旁乐了:"叔,你想啥呢?谷梁教授就是我们C大的。他还教过我呢!你们怎么把他当成骗子了?"

"真的?"麦子妈瞪大眼睛,"他是你们学校的老师?"

"那还有假?在我们学校那么多年了,怎么可能是骗子?"

麦子妈又动摇了:"她爸,听杨柳这么说……好像是真的……"

麦子爸却一脸担忧地看向杨柳:"孩子,是不是被洗脑了?"

杨柳看向麦子,哭笑不得。

麦子受不了了:"爸,你怎么就认准了他是骗子呢?以你女儿的智商,能这么容易上当受骗吗?"

"能!"

"能!"

麦子爸和麦子妈异口同声,神同步。

"哈哈哈哈……"杨柳笑倒在沙发上,指着麦子,"原来,一切误会的根源,都是你的智商!"

麦子哭丧着脸,怀疑自己是不是亲生的。

这时,谷梁或推门进来了,手里还拿着一个牛皮纸的档案袋。只见他将档案袋放在茶几上，然后将里面的东西一样一样拿出来，摆在麦子爸和麦子妈面前。

"叔叔、阿姨，这是我的身份证、户口本、从初中到大学的毕业证、硕士学位证、教师资格证、教授职称证，还有Ｃ大的聘书……"谷梁或一一介绍，还排除了疑点，"你们看，这纸张都泛黄了，绝不可能是刚刚伪造出来的。"

麦子爸随手拿起一个看了看，不禁皱起了眉："这怎么都是外国字啊？"

"哦，那个是牛津大学的硕士学位证。我研究生是在英国念的。"

"你研究生毕业回国就当教授了？"麦子爸眯起眼，又发现了疑点，"据我所知，那大学教授都得挺大岁数呢！你还不到三十岁，怎么可能？"

谷梁或耐心解释道："因为我五岁就上了学，小学跳了三次级，初中就去英国，十六岁就上了大学，由于学分修得快，十九岁就研究生毕业了。"

麦子也是头一次听他讲求学经历，不由得在心中感叹，这真是超级学霸啊！

麦子妈则看着谷梁或不住地摇头："哎哟哟，学习这么好，又在外国念的书，那……那怎么就不开眼看上咱们家麦子了呢？她这跟头把式的，考个大学都费劲，别说跳级了，没留级我都烧高香了！"

"妈，我到底是不是亲生的？"麦子终于没忍住问出了心中的疑问。

麦子爸摆摆手："行了，你的这些证件，我们也看不懂。还是来简单直接的吧！我听麦子说，你父亲是鹏程集团的董事长，你母亲是什么ＧＬ的董事长。我特意上网查了一下，还都是大公司，挺有名的。那网上还有本人的照片呢。这样，你把你父母找出来，咱们见见面。如果跟照片上长得一样，那就证明你不是骗子。"

"爸……"

麦子爸一扬手："你闭嘴！"

麦子只得偃旗息鼓。

谷梁或思索了一下，笑着点点头："应该没什么问题。这样，我回隔壁给他们打个电话，约定一下时间。先失陪了。"

说完，谷梁或便转身朝门口走去。麦子想了想，跟了上去。

进了隔壁的门，麦子马上学着球球的样子开始作揖："对不起，对不起……我怎么也没想到，我爸妈会把你当成骗子，还提这么过分的要求……"

谷梁或将麦子抱在怀中，轻抚着她的背："不用跟我道歉。其实，叔叔阿姨担心你也很正常，我完全可以理解。换位思考一下，如果我是你爸爸，把这么漂亮的女儿放在外地，也是会担心这担心那的……"

"不……"麦子摇头，委屈巴巴地嘟起嘴，"他们担心我，不是因为漂亮……而是，智商……"

"噗……这倒也是一个不可忽视的因素。"

麦子捶了谷梁或一下，马上又担心起来："你真的要给他们打电话吗？他们……会不会生气？"

"其实，双方家长早晚也是要见面的，这个倒没什么。我妈那边肯定是没问题，主要是担心我爸……"

"阿或，不要勉强。就算是梁大爷不来，我们也一起想办法。你千万别因为这事着急。我爸我妈那边，我会去沟通。"

谷梁或轻轻点了一下麦子的鼻尖，语气里满是宠溺："我未来老婆还真是善解人意。"

(三)

谷梁或分别给朱湘芸和梁万鹏打了电话。意外的是，梁万鹏很痛快就答应了，还特意订了一个高档的中餐厅，晚上请未来亲家吃饭。

麦子妈见对方这么痛快就答应了，又开始犹疑。而麦子爸依旧是柯南附体，养足精神准备晚上再战。

到了晚上，梁万鹏和朱湘芸倒是前后脚先到了。一对很多年没见面的夫妻，忽然单独相处，真是满室尴尬。

梁万鹏用眼角余光偷偷瞄着朱湘芸，见自己的妻子竟还是那么年轻，甚至比离家时更加容光焕发，心里说不出什么滋味。

"呃……湘芸，很多年没见，你……没怎么变啊……"梁万鹏没话找话，首先打破了沉默。

朱湘芸没拿正眼瞧他，只轻蔑地笑了下，毫不客气地说："你倒是老了不少，我差点没认出来。"

"呵呵……阿或都长大了，有女朋友了，我能不老吗？这一晃，都快十年了……"梁万鹏语气中夹杂着凄凉。

朱湘芸冷冷地看向他："你也知道快十年了。当初，你怕影响你的声誉，一直拖着不离婚。现在可以给个痛快了吧？"

"我……我……唉……"梁万鹏捶下桌子，低下头，"我那不就是嘴硬吗？什么影响声誉？我……我就是不想让你走……谁知道，你竟那么绝情。自己走了不算，还……还把阿或也带走了……就剩我一个人……"

"哎，你可别这么说。阿或那时已经是成年人了，愿意跟谁生活在一起，那是他自己的决定。什么叫我把他带走了？还不是你专制，竟逼他做他不喜欢的事,把他给逼走了?"

"行行行,都怪我!"梁万鹏皱着眉,看向朱湘芸,一脸尴尬地说,"那个……今天来啊,除了跟未来亲家见面,我……我还想跟你说说……那个……咱们岁数也不小了……就……就别赌气了啊……回家吧!别让未来亲家看着咱家不和睦,让人家笑话。"

"哼!"朱湘芸冷笑一声,"回家?干吗?还跟我来三从四德那套,给你当老妈子,伺候你啊?想得美!"

梁万鹏做了个深呼吸,艰难地说:"湘芸,当年的事,我跟你道歉。你就回来吧!我……我不干涉你搞自己的事业了……如果需要我做什么,我也可以帮你……回来吧,好不好?"

最后一句,竟带着几分哀求的意味。

朱湘芸愣住了,半晌,才瞪着眼睛问道:"你……怎么忽然就转变了,我没听错吧?"

"不都是麦子开导我的吗?她说,这个女人也是有理想有追求的,女人也是要为社会做贡献的。我觉得很有道理。"

梁万鹏说得有点心虚。是因为麦子不假,但似乎"孤独终老"和"空巢老人"才是重点。

正说着,门开了。谷梁或带着麦子一家三口进来了。

梁万鹏和朱湘芸赶紧起身寒暄。麦子爸一边打着招呼,一边仔细端详这两个人。

落座后,麦子妈又低声问:"她爸,是不是照片上的人?"

"好像……还真是……"

"哎哟,那这事闹的……"

这时,朱湘芸先笑着开口了:"本来按照礼数,应该让阿或先到府上拜访长辈的。没想到,阴错阳差地,咱们倒先见面了。不过这也是早晚的事。"

麦子妈红着脸说:"哎呀,是我们失礼了。我和麦子她爸,怎么也没想到麦子能找你们这样的人家……这一时啊,接受不了,就以为……也是怪我们没见过世面……"

朱湘芸赶紧说:"可别这么说,还是阿彧没沟通好,这才闹出误会。麦子这孩子,我是打心眼儿里喜欢,不但人长得漂亮,还单纯善良,而且在专业上特别有悟性。其实,是我先看上她当我徒弟的。谁知道,竟被阿彧这小子惦记上了。现在好啦,我是既收了徒弟,又有了儿媳妇!"

麦子赶紧在一旁补充:"爸、妈,朱老师还打算送我去意大利的马兰欧尼读研究生呢!等我回来之后,就可以正式成为 GL 的服装设计师了!"

"啊?还要去意大利?就你自己去啊?那么远……"麦子妈震惊之后又开始担忧了。

朱湘芸笑了笑:"一切尽管放心,意大利那边我会安排好的。"

"咳咳……"一直没说话的梁万鹏咳了两声,然后开口了,"关于这个去意大利进修的事,我发表下意见啊。既然孩子有理想,有追求,我们做长辈的当然要支持。不过,阿彧也老大不小了。我提议啊,先把婚结了,再去意大利。等麦子进修回来,咱们再把这个生孩子的事提上日程……"

"爸,我们刚开始交往,哪有这么快就结婚的?别把麦子吓到了……"谷梁彧很是无奈。

朱湘芸也不耐烦地看向梁万鹏:"结婚、生孩子,那是他们自己的事。自己的人生,他们自己做主,你又来安排什么?"

麦子妈也犹犹豫豫地说："这个，麦子还小……这才刚毕业，我们也没打算让她这么早结婚……是不是，她爸？"

谁知，麦子爸竟掷地有声地说了句："我同意！"

在座的人都惊呆了。只有梁万鹏眉开眼笑地冲麦子爸举起了酒杯："亲家，还是你通情达理。这大事啊，就得咱们男人决定！"

麦子妈赶紧扯了扯麦子爸的衣角，压低声音说："她爸，你这还没喝呢，怎么就多了？刚刚还说人家是骗子，现在怎么就同意了……"

麦子爸拽起麦子妈，冲梁万鹏和朱湘芸微微一笑："事关两个孩子的终身幸福，我跟她妈到外面商量一下，失陪！"

到了走廊，麦子妈便开始埋怨："她爸，你怎么这么沉不住气？咱女儿才多大就结婚？再说，你这么着急，让未来亲家怎么想？以为咱们是看人家有钱，想赶紧把女儿嫁出去呢！"

"哎呀，有没有钱的，我倒不在乎。我是看出来这小子对咱家麦子是真心实意。找这么个女婿，我也放心了。我就担心一样……"麦子爸机警地四下看了看，然后压低声音，"她妈，咱女儿缺心眼儿，你又不是不知道……万一耗时间长了，让人家发现了，岂不是坏菜了？趁着他爸着急，咱赶紧的，省得夜长梦多……"

麦子妈眨眨眼，冲麦子爸竖起了大拇指："机智！"

就这样，重新回到饭桌上，四位家长对于结婚这件事的意见已经是3:1了。

麦子和谷梁或面面相觑，完全搞不清状况。而朱湘芸见麦子的父母都同意了，也不好再说什么。

最后梁万鹏拍板："先结婚，再去意大利，就这么定了！"

"爸，我不想婚礼太仓促……"谷梁或做最后"挣扎"。

麦子爸又开口了："婚礼不着急，先把证领了。"

"对对对，先领证，婚礼等麦子从意大利回来再办也来得及。"麦子妈随声附和。

梁万鹏心满意足，将杯中酒一饮而尽："我回去就找人看皇历，找个良辰吉日，就让他们去民政局！"

朱湘芸只得搂过麦子，在她耳边低语："我尊重你的意见。"

麦子无助地看着父母双亲——我，还能有啥意见？

就这样，谷梁彧请了假和麦子一起陪未来岳父岳母在C市玩了两天，然后又买了大包小包的礼物，将他们送上了回程的火车。

回到家，杨柳深情地拥抱麦子，那叫一个难舍难分。

"听说你下个月就要远嫁了，可千万别忘了我们是彼此的天使，啊啊啊……"

天使的未来老公在一旁友情提示："不远，就隔壁。"

杨柳忽然推开麦子，瞪大一双惊恐的眼睛："等下，你嫁给房东，那……就是我的房东太太了！以后我得一个人交房租了！"

"好像是这样……"

谷梁彧想了想，笑着说："这样吧，为了报答你给我当助攻，房租免了。"

谁知，杨柳竟将头摇得像个拨浪鼓："一码归一码，我才不占闺蜜的便宜呢！房租我正常交，至于报答嘛……嘿嘿，我们集才华与美貌于一身的朱湘芸女士已经给我啦！"

"朱老师给你什么了？"麦子好奇地问。

杨柳美滋滋地看了一眼谷梁彧："'授人以鱼不如授人以渔'，朱女士邀请我到GL做翻译，还说巴黎时装周让我全程随行呢！而且，最主要的是……工资比现在翻了三倍,啊哈哈哈哈!"

谷梁彧对"亲生"学生竖起了大拇指:"你用我妈的钱给我交房租,厉害!"

(四)

次月的某个黄道吉日,梁大爷率一众黑衣人一路"押送"着谷梁彧和麦子到了民政局。直到看见两个小红本上都盖了钢印,他才放心地离开。

晚上,已经在法律上成为人妻的麦子被她的"天使"无情地赶出领地。无家可归的她,迫于无奈只能找隔壁房东先生求助。哪料,平时斯文和善的房东先生,在这一夜露出了真面目……

穿着史努比睡衣的麦子,气鼓鼓地坐在床边。

"这个杨柳,真不知道满脑子都是什么乱七八糟的东西!非把我赶出来,还说什么新婚之夜,春宵一刻值千金的……我们虽说已经是合法夫妻,但毕竟还是刚刚开始谈恋爱嘛,连吻都没接过,怎么可能进展那么快……"

坐在转椅上谷梁彧合上书,含笑望着麦子,忽然没头没脑地来了句:"我研究好了。"

"什么研究好了?"

谷梁彧抿唇浅笑,冲麦子招招手。待麦子走过去,他一把将她拉过来,让她坐在了自己的腿上。

看着教授含情脉脉的眼神,麦子忽然明白了——他之前说过,初吻要好好研究……

"你是要……"

没等麦子说完,谷梁或已经将她紧紧抱在怀中。柔软温润的唇迅速覆上麦子的唇,从小心翼翼逐渐过渡到霸道强势……

当麦子晕乎乎靠在他怀里时,脑子里只有一个想法——他,还真是认认真真研究过了……

"怎么样?"耳畔响起清朗而平静的声音。

麦子扬头,有点发蒙——怎么还需要现场点评吗?

谷梁或轻抚着她的脸,语气很是认真:"刚刚有三十秒,能承受吗?如果可以,下次我们试着增加时长。"

麦子笑倒在他怀里,忽然感觉有点不对劲——身体怎么在转?一低头才发觉,谷梁或正用一双长腿操纵着转椅做匀速运动。

"为什么要转?"

谷梁或眨眨眼:"我看韩剧里接吻的时候都转。"

"哈哈哈哈……"麦子又笑倒了,"你……你研究这么长时间,就是研究韩剧啊……"

"也不全是,还看了几本言情小说。比如这个。"谷梁或说着拿起了他刚刚看的那本书。

麦子好奇地看了眼封面——《强宠虐爱:壁咚吧!总裁》。

"哈哈哈哈……我不行了……经济学教授看总裁文……哈哈哈哈……还'壁咚'……"

"哦,这个'壁咚'我也研究过了,操作起来还是有点难度的。我怕一不小心会磕到你的头。不过,我们也可以试一试,毕竟实践出真知。"

说着,他抱起麦子便朝墙壁走去。麦子边笑边挣扎,还没反应过来,就被教授成功"壁咚"了……

这时,卧室的门被一个胖乎乎、圆滚滚的物体拱开了一条缝,乌溜溜的眼睛看见门里的一幕,顿时惊呆了,接着"呜呜"两声,掉头就跑——啊,童犬不宜呀!讨厌,人家还是个宝宝!

可就在球球仓皇穿越茶几底部时,居然卡住了……它奋力扭动着胖胖的身躯,内心无比绝望——都怪你们这两只人类天天撒狗粮,本汪"又双叒叕"胖了!快来救驾!

01 EXTRA
(番外一)

二货夫妻欢乐多之萌宠篇

yin ta guo fen ke ai

那年，我就是在这条路上捡到它的。
当时本没想自己养，所以经常带它回这里，
希望能遇到原来的主人。
可后来，我发现它能逗你笑，就决定养着了。

(一)

一辆蓝色玛莎拉蒂停在某书屋门口。西装革履的男子用力推开玻璃门，身后还跟着一只奶油色穿着公主裙的小泰迪。

"呃……请问，有那个……关于'接吻'的书吗？"谷梁或低着头，尽量不让对面两个小女生看见自己的脸。

一个戴眼镜的女生一边打量着谷梁或一边问："知道书名吗？"

谷梁或摇摇头："没有具体书名。就……各种姿势接吻的……"

另一个女生撇了撇嘴，从书架上抽出一本封面香艳的小说丢给了谷梁或。

望着一人一狗离去的背影，戴眼镜的女生嘟囔："这男的看着人模狗样的，居然看这种书，不是变态吧？"

"肯定是，你看他养一只泰迪，还给穿个裙子……哎呀，不是一般的变态……"

刚要跳上车的球球耳朵动了动，忽然朝谷梁或"呜呜"起来——主人主人，发现敌情！后面那两只人类在非议我们！

(二)

米兰某二层公寓内，两人一狗，气氛甜蜜温馨。

麦子费力地抱起肉墩墩的球球，转向谷梁或嗔怪道："我不过就是在电话里随口说了句'想球球了',你也不用兴师动众,弄个专机把它带过来吧?我都没享受过这种待遇。"

谷梁或摸了摸球球的头,笑着说:"我也不想这么高调,可一想到托运,这小家伙要在封闭箱待十几个小时,总是于心不忍。"

"不是有航班可以带宠物的吗?"

谷梁或看了一眼在麦子怀里拱来拱去的球球,幽幽叹口气:"我查过了,要小型犬才允许跟主人一起登机。泰迪倒是属于小型犬,但还有个规定是体重要在十斤以内,它……超重了五斤……"

麦子掂了掂怀中的球球,也叹了口气:"好像是又胖了……"

球球一头扎进麦子怀中,心里委屈——想低调地当一只"无人问斤"的汪,怎么就这么难?

(三)

麦子学成归国,谷梁或带着她和球球重回景区的小园子。春暖花开,树林里传来声声鸟鸣。

谷梁或搂着麦子,沿着山路缓缓前行。球球则跑在他们前面,尽情撒欢。

谷梁或一指球球:"那年,我就是在这条路上捡到它的。当时本没想自己养,所以经常带它回这里,希望能遇到原来的主人。可后来,我发现它能逗你笑,就决定养着了。"

谁知,麦子竟紧张地抓住谷梁或的胳膊:"老公,咱们还是快带球球回去吧!万一在这儿遇到它以前的主人,把它要回去怎么办?"

谷梁或轻笑:"老婆,你这个担心是多余的。你看它,比刚来时胖了十斤,别说前主人了,估计连它妈都认不出来了吧?"

正在追一只蝴蝶的球球忽然打了个喷嚏——又是哪只人类在背后说本汪的坏话?

(四)

晚饭过后,教授跟往常一样携妻带犬在小区里散步。迎面走来了步履铿锵的居委会王大妈。

"王大妈,锻炼去啊?"谷梁或热情地打着招呼。

"是啊,去对面公园跳广场舞!"王大妈一低头看见了球球,惊叫起来,"哟,你们家这狗是怀孕了吧?几个月了?"

麦子哭笑不得:"没,它只是……单纯的……胖……"

球球一扭头——本汪发誓,跟跳广场舞的人类不共戴天!

王大妈又抬头看了看麦子:"哎,麦子,我发现你好像也胖了不少,该不会……"

"哈?"

晚上,厕所里忽然传出麦子的一声惊呼:"老公,真的是两条杠!"

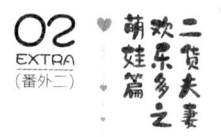

02 EXTRA（番外二）
二货夫妻欢乐多之萌娃篇

我感谢他给了我
琴瑟和鸣、岁月静好的生活，
更感谢他无条件地支持我追求自己的梦想。
是他让我懂得，
真正爱我的人，不会让我放弃梦想，
而是会以我的梦想为荣……

（一）

"大家好！我是 GL 子品牌——'琴瑟'系列的设计师麦子。在今天的发布会上，我要特别感谢我的老公。'琴瑟'这个名字就是他取的，是'琴瑟在御，莫不静好'的意思。我感谢他给了我琴瑟和鸣、岁月静好的生活，更感谢他无条件地支持我追求自己的梦想。是他让我懂得，真正爱我的人，不会让我放弃梦想，而是会以我的梦想为荣……"

看着电视屏幕上的爱妻，谷梁或激动得热泪盈眶，不禁自言自语："老婆，你是最棒的！老公以你为荣！"

而一旁正在给婴儿换尿不湿的梁大爷却是一脸的不悦，嘟嘟囔囔着："你老婆这是要成精了！孩子还没满周岁就出去疯，心野了啊！"

谷梁或瞥了他一眼，揶揄道："那也是你老婆把我老婆带出去的。"

梁大爷熟练地将婴儿包起来，一把塞给谷梁或："哼，你这么大的时候，你妈就出去野了。来，你也感受一下我当年的辛苦！"说完，转身走了。

谷梁或轻轻亲了一下儿子的小脸蛋，温柔地哄着："乖儿子，你看妈妈在电视里，多漂亮……"

"哇……"婴儿小脸一皱哭了起来。

"怎么又哭了?"谷梁或忙拍着儿子,"乖,不哭不哭啊……"

忽然,他感觉胸口一阵温热,低头一看,不禁绝望地喊道:"爸,您忘记垫尿布湿了!"

(二)

"来,儿子告诉爸爸,128+164等于多少?"谷梁或在书房一边看书,一边逗着追着球球玩的儿子。

麦子推门进来,瞪着谷梁或:"老公,他才三岁,哪里能会三位数的加减法?"

小男孩站定歪着头看了看麦子,忽然奶声奶气地开口:"妈妈,128*164等于多少?"

"啊?你……等我拿个计算器……"

"20992……"小男孩淡定地说出正确答案,然后继续玩球球。

麦子傻愣愣站在原地——智商被教授碾压也就忍了,居然还被三岁的儿子碾压,太丢人……

球球跑到麦子脚边,费力地蹲了两下,"呜呜"发出邀请——要不,干脆加入我们汪星人行列算了!

(三)

"国家开放二孩政策,只要是合法夫妻就享有生育二胎的权利,不再受'单独二孩'政策或'双独二孩'政策的限制……"

周末,熟睡中的谷梁或和麦子被客厅里传出的《早间新闻》播报叫醒。

谷梁或睡眼惺忪地来到客厅，果然看见梁大爷正坐在沙发上假装看电视。

"爸，怎么这么早就来了？"谷梁或瘫在沙发上，"你孙子还没睡醒呢！"

"哦，出门锻炼身体，顺便看看报纸……"说着，他拿起手边的报纸，大声朗读起来，"自2015年国家开放二胎政策，已经有……"

谷梁或哭笑不得，转了转眼珠："爸，这国家政策咱们得响应啊！"

梁大爷眼睛亮了："说得对！你早该有这觉悟！"

"嗯。"谷梁或使劲点点头，"爸，你跟妈不是已经和好了嘛，干脆响应政策，给我生个弟弟，然后继承你那百八十个亿的家产吧！"

"滚！"

谷梁或只觉眼前一黑，一张报纸糊在脸上。

（四）

麦子抱着刚出生的女儿，眼中满是幸福的憧憬。

"老公，我要给女儿的公主房里摆满一屋子的洋娃娃，都穿上漂亮的裙子……我小时候没实现的愿望，一定要让女儿实现！"

谷梁或轻轻拥着麦子，点点头："嗯，我一会儿就去买娃娃。"

两年后。

"哇……"小公主将洋娃娃摔在地上，又哭又闹，"我不要洋娃娃，怎么都是洋娃娃？哇……我要哥哥的大飞机、大坦克！"

麦子靠在谷梁或的怀里，扁了扁嘴："我的女儿居然不喜欢洋娃娃……唉，这一屋子白买了，真浪费……"

谷梁或抱紧麦子："谁说浪费了？她不玩，你玩！"

"我又不是小孩子！"

谷梁或宠溺地捏了一下麦子的鼻尖："你呀，在我眼里永远都是抱着洋娃娃的小姑娘……"

本书由萧筱晗委托长沙大鱼文化传媒有限公司正式授权花山文艺出版社，在中国大陆地区独家出版中文简体版本。未经书面同意，本书的任何部分不得以图表、电子、影印、缩拍、录音和其他手段进行复制和转载，违者必究。